Jutta Jacobi / Julia Solovieva

Katias Zorn

EUROPA
VERLAG

Jutta Jacobi ★ Julia Solovieva

Katias Zorn

Roman eines russischen Sommers

Europa Verlag
Hamburg · Wien

Handlungen und Figuren des Romans sind frei erfunden.
Eventuelle Ähnlichkeiten mit lebenden Personen
oder Institutionen sind rein zufällig
und von den Autorinnen nicht beabsichtigt.

Erstausgabe

Umschlaggestaltung: Kathrin Steigerwald, Hamburg
Satz: Pinkuin Satz und Datentechnik, Berlin
Druck und Bindung: GGP Media, Pößneck
ISBN 3-203-78555-2

1.

Itertass/Republik Udmurtien/Ischewsk. 2:20 Uhr Moskauer Zeit. Tod eines Politikers: Der udmurtische Duma-Abgeordnete Aleksandr Wjatkin, 57, wurde tot auf dem Dachboden seiner Datscha bei Walentinowka in der Nähe von Moskau aufgefunden. Die Polizei geht davon aus, daß es sich um Selbstmord handelt.

Noch im Halbschlaf hatte Katia den Computer eingeschaltet, um vor ihrer Abreise die russischen Nachrichten im Internet zu lesen. Jetzt rieb sie sich interessiert die Augen und nahm einen Schluck Tee. Es war nichts Besonderes am gewaltsamen Tod eines Politikers in Rußland, reihenweise wurden sie umgebracht, aber dies war Selbstmord – und daß er aus Ischewsk war! Es kam sehr selten vor, daß der Name überhaupt erwähnt wurde, üblicherweise passierte da nichts, Provinz eben. Sogar die alljährliche sommerliche Cholerawelle im nahe gelegenen Kasan pflegte einen Bogen um Ischewsk zu machen. In diese gottverlassene Ecke am äußersten Rand Europas wollte sie morgen reisen, und jetzt diese ungewohnte Publicity. www.gazeta.ru gab ihr keine weiteren Informationen, und sie klickte weiter auf www.utro.ru. Ein Banner mit der Aufschrift: »Die schönste Büste Rußlands ... ich warte auf dich hier!« und dem Foto einer Blondine schob sich immer wieder in ihr Blickfeld und blinkerte ihr zu, ungeduldig versuchte sie, es wegzuklicken. Sie fand einen kurzen Bericht des Korrespondenten aus der Hauptstadt der Republik Udmurtien, Ischewsk. Neben dem Bild und einer knappen Biographie von Aleksandr Wjatkin fand sie dort auch Hintergrundinformationen. Es habe in der letzten Woche noch zwei weitere Selbstmorde gegeben. Sie alle hatten sich aufgehängt. Katia überlegte kurz. Da war ein bestimmtes Wort, nach dem sie suchte: *Oschiskon.*

2.

Katia war gewohnt, ihren unmittelbaren Eingebungen zu folgen. Zum Frühstück wollte sie Pelmeni, mit Fleisch gefüllte, kräftig gepfefferte Pelmeni.

Nicht solche, die sie selbst versuchsweise mit viel Aufwand und enttäuschendem Ergebnis nach dem russischen Kochbuch zubereitet hatte, auch nicht die, die sie vor zehn Jahren in der engen Pelmennaja in der Nähe der Moskauer Metrostation Aeroport zu essen pflegte – serviert in angestoßenen Tellern und schwimmend in geschmacksneutraler Brühe –, sondern die kleinen Kunstwerke des Kochs Sergej.

Sie waren winzig – nur für einen Biß, rund, fast durchsichtig und zum Platzen gefüllt mit grüngesprenkeltem, zartrosafarbenem Fleisch. Sergej, dieser Künstler, hatte ihr mal sein Geheimnis verraten, aber leider nur andeutungsweise: Er gab zusätzlich etwas Kohl und verschiedene Gewürze aus seiner Spezialtüte aus weißem Leinen zu der üblichen Mischung aus Schweine- und Rindfleisch.

»Katia! Detotschka!« Die Wirtin des Cafés Sestriza Aljonuschka machte ein betrübtes Gesicht. Pelmeni? Die gab es leider nicht. Nicht heute, wo Sergej nicht erschienen war. Die Köche kamen und gingen wie die Jahreszeiten, im Herbst der schwarzlockige Gogi aus Kutaisi, im Winter ein Riese aus Semipalatinsk, und jetzt dieser talentierte Alkoholiker, dieser Sergej. Ach, seine Pelmeni waren großartig gewesen. Nach dem Osterfest war er gekommen, jetzt war Sommer. Nur Sestriza Aljonuschka, Schwesterchen Aljonuschka, in Wirklichkeit Ljuba, die kleine muntere Wirtin, blieb immer dieselbe. Und die Gäste. Manche jedenfalls.

Es gab allerdings Momente, da wußte selbst Katia nicht mehr so genau, was sie eigentlich herzog. Das russische Programm ORT vielleicht, das schon am Vormittag lief, oder das schwere, salzlose Weizenbrot. Mit Appetit biß sie hinein. Genauso hatte das Brot geschmeckt, das sie vor zehn Jahren während ihrer Auslandssemester an der Moskauer Universität zu kaufen pflegte, für 13 Kopeken das halbe Kilo. Heute wird es von der Firma Völker in Holzgerlingen gebacken und von russischen Emigranten und Aussiedlern in rauhen Mengen verzehrt.

»Ich mache dir ein schönes Rührei aus vielen guten Eierchen«, schlug Ljuba vor. »Bist mager wie eine Straßenkatze aus Mogiljow-Podolskij.«

Die üppig gerundete Wirtin sprach Russisch mit ihrem deutschen Gast, dem einzigen, den sie hatte. Katia lachte. »Anständige Leute haben was auf den Rippen. Ich weiß schon. Na gut, Rührei, aber nur aus zwei Eiern, hörst du.«

Das westliche Schlankheitsideal wurde von Russen nicht unbedingt geteilt. »Und laß dir nicht allzuviel Zeit, ich hab noch viel zu tun heute.«

»Wann fährst du?«

»Übermorgen, mit dem Mittagsflieger.«

»Kannst du was mitnehmen?«

»Ja, aber nicht wieder drei Otto-Kataloge wie letztes Mal.«

Manchmal fühlte Katia sich wie Mutter Theresa. Aber im Gegensatz zu Mutter Theresa hatte sie langes rotes Haar, einen schwarzen MG und eine Habilitation zu Ende zu bringen.

Die beiden Hälften ihres Lebens hielt sie sorgfältig voneinander getrennt. Ins Café Sestriza Aljonuschka kam sie immer mit dem Fahrrad. Viele ihrer Bekannten wußten nichts von ihrer Herkunft, der berühmten Essener Familie von Theissen-Syberg. Alte Ruhrbarone. Schon ihr Großvater hatte sich aus dem aktiven Geschäft zurückgezogen. Als Kunstsammler und Mäzen hatte er sich einen Namen erworben. Noch mit fast neunzig erwartete er von seiner Lieblingsenkelin, daß sie in seine Fußstapfen treten würde. Kam vielleicht noch. Vorerst hatte Katia ihren eigenen Weg gesucht. Nach Osten sprang das expressionistische Bronzepferd (Marino Marini, eine ähnliche stand in Peggy Guggenheims venezianischem Palazzo) im elterlichen Park. Also Prag, Budapest, Moskau. Daß sie jetzt in Hamburg gelandet war, hatte mit dem Thema ihrer Habilitationsschrift zu tun. Eneli Wendemaa-Doerner, Professorin für estnische Sprache und Literatur, hatte sie ans Institut für Finno-

Ugristik geholt. Sie war es auch, die Katia am Abend nach ihrer Probevorlesung ins Sestriza Aljonuschka geschleppt hatte, ein Lokal, zu dem die überzeugte Emigrantin ein Verhältnis von Haßliebe und Nostalgie pflegte.

Das bisher einzige russische Lokal der Stadt hatte seinen Platz mitten im bunten Leben des Schanzenviertels, neben dem arabischen Falafelimbiß Lieblicher Golan und einer Sushi-Bar. Doch ausschlaggebend für die Existenz des Sestriza Aljonuschka war die Praxis von Doktor Dobroljubow direkt gegenüber. Daß Doktor Dobroljubow Lungenfacharzt war, sah man sofort an den vielen Menschen, die mit Röntgenbildern ins Café kamen. Fast immer saßen da mehrere vor ihrem abfotografierten Innenleben und diskutierten gemeinsam die möglichen krankhaften Veränderungen. Katia freute sich über die Treffsicherheit, mit der die Protagonisten dieses russischen Theaters mit den komplizierten medizinischen Vokabeln jonglierten. Sonst pflegte sie sich gern in solche Gespräche einzumischen, um den Betroffenen durch die Diagnose erfundener Krankheiten einen Schrecken einzujagen. Aber heute wären ihr solche Späße nicht in den Sinn gekommen. Sie verfolgte das Nachrichtenprogramm in der vergeblichen Hoffnung, etwas Näheres über die Selbstmorde in Ischewsk zu erfahren.

3.

Olga – liebes Nilpferd, vergiß bloß nicht, mich morgen abzuholen. Ich komme wie üblich mit der Aeroflot-Maschine um 17 Uhr. Übrigens: Weißt Du was über einen Duma-Abgeordneten aus Ischewsk namens Aleksandr Wjatkin? Hat sich gestern umgebracht. Wichtig!!! Ich freu mich sehr auf Dich. Deine Katia.«

Katia saß vor ihrem Computer im Institut und erledigte ihre letzten Meldungen. Eben hatte sie die E-Mail an ihre Freundin Olga abgeschickt, als die Mickymausstimme aus dem Rechner ihr freudig zurief: »Sie haben Post.«

Eneli Wendemaa-Doerner war nicht in ihrem Büro. Sie war sofort zu ihr gestürzt, als sie die Nachricht gelesen hatte.

»Liebe Kolleginnen und Kollegen, das Organisationskomitee des 5. Finno-Ugrischen Kongresses bedauert, Ihnen von dem plötzlichen vorzeitigen Tod unseres lieben, sehr verehrten Kollegen Professor Vitali Sokolov Mitteilung machen zu müssen. Wir informieren Sie daher über eine Programmänderung, die wir kurzfristig vornehmen mußten. Anstelle des Vortrags von Professor Sokolov wird Professor Galina Tschernorukowa (Staatsuniversität Ufa) das einführende Referat über ›Nationale Entwicklungsprozesse im heutigen Udmurtien‹ halten ...« Katia sah betroffen auf ihren Bildschirm. Mit Vitali Sokolov hatte sie einige Male telefoniert. Sie hatte im Auftrag der »Internationalen Gesellschaft für Frauenforschung« einen Aufsatz über »Matriarchale Strukturen in finno-ugrischen Völkern« schreiben sollen und hatte ihn dazu um seine Meinung gebeten. Er sprach Deutsch mit leichtem Wiener Akzent und nannte sie »liebe gnädige Frau«. Sie kannte die männliche Überheblichkeit der Russen. Aber daneben hatte sie noch etwas anderes wahrgenommen, den entwaffnenden Charme eines erfolgsgewohnten Mannes und eine fast kindliche Neugier. Vielleicht war es das, was sie veranlaßt hatte, ihre gewohnte Wachsamkeit beiseite zu legen und viel mehr von sich preiszugeben, als sie wollte. Sie hatte von ihrem Elternhaus erzählt, und das Matriarchat war irgendwo auf der Strecke geblieben, stellte sie halb amüsiert, halb verärgert fest, als sie den Hörer endlich aufgelegt hatte. Sie hatte sich sehr darauf gefreut, ihn auf dem bevorstehenden Kongreß endlich kennenzulernen. Sokolov galt als glänzender Wissenschaftler. Er hatte ein Jahr in Wien, ein Jahr in den USA und ein weiteres als Gastprofessor in Helsinki verbracht. Warum es ihn schließlich doch zurückgezogen hatte nach Ischewsk, war für ihre estnische Kollegin Eneli ein ständiges Rätsel geblieben.

Katia hatte beobachtet, wie Enelis Gesicht sich veränderte, wenn sie von Sokolov und den gemeinsamen Studienjahren in Leningrad sprach, wie ihre angespannten Züge sich glätteten und in ihre nüchternen blauen Augen ein ungewohnt träumerischer Ausdruck trat, sobald sie von Sokolovs Nähe zu Dissidentenkreisen erzählte, besonders von seiner jahrelangen Freundschaft zu Iosif Brodskij.

Jetzt lehnte Eneli kraftlos in der Tür. So stämmig sie gebaut war – das sandfarbene Leinenkostüm, das sie gern zu Vorlesungen trug, umschlotterte sie heute wie ein Kartoffelsack. Katia mußte sich nicht fragen, ob sie schon Bescheid wußte. Sie sah aus, als hätte sie drei Nächte lang nicht geschlafen, was möglicherweise daran lag, daß sie nicht geschminkt war. Irgend etwas fehlte – ja, es waren die Augenbrauen, normalerweise pflegte sie sie in der Art der Ufa-Filmstars halbkreisförmig mit einem hellbraunen Stift nachzuzeichnen, zart wie Insektenflügel, und jetzt hatte sie das vergessen. Auf diese Weise wirkte ihr hellhäutiges Gesicht seltsam nackt und schutzlos.

Katia konnte es kaum aushalten, ihr direkt in das Gesicht zu sehen – was für Worte konnte sie finden, um sie zu trösten?

»Sie sagen, er hat sich aufgehängt«, sagte Eneli langsam.

»Schrecklich«, murmelte Katia verlegen.

Sie folgte ihr in ihr Büro, ging an den Schrank, von dem sie wußte, daß er Eneli zur Aufbewahrung ihrer Alkoholvorräte diente, nahm eine angebrochene Flasche fünfsternigen Metaxa heraus und stellte zwei Kognakgläser auf den Tisch. Mit zitternden Händen langte Eneli in ihre Handtasche und zog eine dunkelblaue Packung

Tabak hervor. Sie versuchte, sich eine Zigarette zu drehen, aber der Tabakstrang wollte sich nicht regelmäßig verteilen lassen und riß in der Mitte durch. Katia kam ihr zu Hilfe, so gut sie konnte. Stumm deutete sie auf die Gläser. Eneli stürzte die scharfe Flüssigkeit herunter, zündete sich die Zigarette an und nahm einen tiefen Zug:

»Dieses Land bringt seine besten Leute um. Man kann es nur verlassen, auf die eine oder andere Weise.«

Katia schwieg. Diesmal gab sie ihr innerlich recht. Sie hatte diesen Satz oft genug von ihr gehört. Eneli hatte die erstmögliche Gelegenheit ergriffen, um ihr kleines, hübsches Tallinn hinter sich zu lassen. Mit ihrem deutschen Ehemann hatte sie die Entscheidung zementiert.

»Wie ist es passiert?« fragte Katia schließlich.

»Was kann man schon wissen. Es war vorgestern, er ... war in das Dorf gefahren, aus dem seine Frau kommt, seine Schwiegermutter lebt da noch, sie ist fast neunzig, er wollte ihr das Heu einbringen. Sie war es auch, die ihn gefunden hat.«

»Weiß man, wieso er das ...?«

»Wieso entscheiden sich die meisten Leute dafür, am Leben zu bleiben? Aber, nein, man weiß nichts Genaues, und seine Frau Nadjeschda – aus ihr ist kein Wort herauszubekommen.«

»Er hat also keinen Abschiedsbrief hinterlassen?«

»Soweit ich weiß, nicht. Aber er ist auch nicht der Typ, der Abschiedsbriefe schreibt. Auch nicht der Typ, der sich umbringt, übrigens«, fügte Eneli tonlos hinzu. Sie nahm die Kognakflasche, schenkte sich ein zweites Glas ein und trank es. Dann zog sie das golddurchwirkte Baumwolltuch, das sie um den Hals gewickelt hatte, hoch über Nase und Augen und griff sich mit der Linken so fest in die kurzgeschnittenen grauen Haare, als wollte sie sie ausreißen.

Katia hatte der eine Schluck ausgereicht, um die diversen Kultgegenstände in Enelis Büro zum Tanzen zu bringen: In der Glasvitrine winkte ein samisches Männchen in Pelzjacke, und eine Bärenkralle streckte sich nach ihr aus. Auch die Kollektion blauer Glasflaschen auf dem Bord über ihr schien sich nicht an die übliche Ordnung halten zu wollen, sie drohte zu kippen und auf sie herabzustürzen. Sie versuchte, ihren Blick auf ein Ziel zu richten: die beruhigende

Banalität der »Fetten Henne« mit ihren fleischig-runden Blättern auf der Fensterbank.

Eneli saß regungslos und von aller Welt zurückgezogen in ihrem Sessel.

Katia schlich sich auf Zehenspitzen aus dem Zimmer.

4.

Die Fakten, die an dieser Stelle beschrieben werden sollen, sind kaum bekannt. Niemand ist interessiert daran, die Selbstmordstatistik in der Republik Udmurtien öffentlich zu machen, aber Tatsache ist: Die Suizidrate in Udmurtien ist die höchste Rußlands. Siebenundsiebzig von hunderttausend Menschen bringen sich um, das sind zweimal mehr als im übrigen Rußland.« Katia blätterte in dem Buch, das eigentlich gar kein Buch war, sondern eine Sammlung schlechtkopierter Manuskripte, die die universitätseigene Buchbinderei mit einem festen Einband versehen hatte. Eneli hatte sie aus Ischewsk mitgebracht, die Materialien stammten vom »2. wissenschaftlichen Kongreß Kultur- und ethnische Probleme der psychischen Gesundheit finno-ugrischer Völker«. Die Zahlen waren für Katia nichts Neues, sie waren ihr ebenso geläufig wie die Diskussion über die Hintergründe.

Die Erklärungsversuche reichten vom Hinweis auf die schwierigen Lebensumstände im postsowjetischen Udmurtien, unter besonderer Berücksichtigung der Alkoholunverträglichkeit bei sogenannten »kleinen Völkern«, über die jahrhundertelange Unterdrückung der Udmurten durch die russische Herrschaft bis hin zu Magnetfeldern, die in dieser Weltgegend ihre verderbliche Wirkung taten und bei den Menschen autoaggressives Verhalten förderten. Die originellste Theorie stützte sich auf die angeblich viel zu schmalen Hüften der udmurtischen Frauen. Letzteres führe dazu, daß jeder Udmurte sein Leben mit einem schweren Geburtstrauma beginnt, so wurde behauptet. Um das zu widerlegen, unternahm der Volkskundler Jewgenij Bulatow umfangreiche Ausgrabungen. Der kleine Zeitungsausschnitt fiel aus der Mappe und flatterte auf den Boden:

»Die einzigartige Grabstätte einer jungen Frau (etwa 12 Jahre alt) im Hochzeitskleid wurde 70 km östlich von der Stadt Glasow von udmurtischen Archäologen gefunden. Die Grabstätte stammt

aus dem 10. Jahrhundert unserer Zeitrechnung. Professor Jewgenij Bulatow teilte mit, es handele sich um eines der wenigen Gräber, das nicht von Grabräubern ausgeraubt wurde. Etwa fünfzig guterhaltene Kunstwerke wurden in dem Grab gefunden: unter anderem die Bronze-, Silber- und Goldgürtel mit Abbildungen von Tieren, Silber- und Glasschmuck, verschiedene mythologische Figuren, unter anderem die berühmte Schundy Mumy, die Mutter der Sonne, verschiedene Schmuckstücke, darunter große Silberohrringe, zahlreiche Ketten und etwa zwanzig Fingerringe.«

Katia grinste, denn bei den Ausgrabungen von Bulatow wußten alle Eingeweihten ganz genau, wofür sich dieser Patriot und Wissenschaftler in Wahrheit interessierte.

Die Vermessung von dreihundertneunundzwanzig weiblichen Hüften aus der Bronze- und Eisenzeit hatte zu dem Ergebnis geführt, daß die Anatomie der udmurtischen Frau sich völlig im Normbereich bewegt. Katia hatte sich vorgestellt, wie der solide grauhaarige Bulatow ein Schullineal aus der Tasche zog und damit ans Werk ging. Aber jetzt nicht, jetzt war ihr die Albernheit vergangen. Immerhin ging es um drei Selbstmorde. Drei Menschen hatten sterben wollen, mitten in der Leichtigkeit des Sommers. Was war das für ein seltsames Land, in das sie fahren sollte! Sie wußte, daß es da eine Bereitschaft gab, den Selbstmord als das normale Ende eines Lebens zu akzeptieren. Es war ein Stück Alltag, nichts Unaussprechliches, Tabubeladenes wie in ihrer eigenen Kultur. Es gab sogar feste Regeln, wie man vorzugehen hatte für den Fall, daß man seinem Leben ein Ende zu setzen wünschte. *Oschiskon*, der Tod mit der Schlinge, das ist ein altes udmurtisches Wort. Selbst für die Bergung des Leichnams gab es Regeln. In einem alten Buch hatte sie eine Abbildung von diesem Ritual gesehen, etwas daran hatte sie an die Kreuzabnahme vom Grünewald-Altar erinnert. Sie erinnerte sich, mit welcher Lust sie eine Notiz auf den Rand ihrer Tageszeitung gekritzelt hatte. Das war Pfeffer, mit dem sie gern ihre Manuskripte würzte. Aber da, da war der Aufsatz von Sokolov, den sie gesucht hatte: »Udmurtian Folk Belief Today«. Bevor sie anfangen konnte, zu lesen, klingelte das Telefon.

Eneli bat sie noch einmal zu sich in ihr Büro. Ihre Fassung war wiederhergestellt, und die Augenbrauen waren es auch.

Der Briefumschlag, den sie Katia in die Hand drückte, war offen. »Für Nadjeschda. Du mußt zu ihr gehen. Hier ist Geld für die Beerdigung. Sie soll sich nicht dafür ruinieren.«

Katia versprach es.

5.

Katia parkte ihren MG und klappte das Verdeck zu. Mit Bedauern schaltete sie das Radio aus, in dem sich gerade Maria Callas als Violetta vom Leben und ihrem geliebten Alfredo verabschiedete.

An der Straße längs der Alster standen dunkelblaue Mercedesse und schwarze BMWs mit dem winzig kleinen aufgeklebten Wimpel neben dem hinteren Nummernschild, der für Eingeweihte die Zugehörigkeit zu dem exklusiven Segelclub erkennen ließ, in dem sie verabredet war. Später, vielleicht, würde Luc noch bei ihr vorbeischauen – falls er es schaffte, für seine Frau eine Ausrede zu erfinden.

Der Club war hanseatisch-gediegen eingerichtet. An den Wänden hingen alte Fotos von Segelabenteuern auf allen sieben Meeren, eine Schiffsglocke aus Messing und ähnliche Accessoires maritimer Lebensart. In einer Glasvitrine waren, sorgfältig beschriftet, die Pokale ausgestellt, die der Club in den letzten Jahrzehnten errungen hatte. Der mahagonifarbene Holzfußboden korrespondierte geschmackvoll mit den steifgestärkten hellblauen Leinendecken auf den Tischen. Aber der Ausblick auf die Alster mitsamt Schwänen, Booten und Alsterdampfern hatte was, das mußte selbst Katia zugeben. An einem milden Juniabend wie diesem waren die Glastüren weit aufgeschoben, so daß man auch im Innern das Gefühl hatte, im Freien zu sitzen, das Plätschern des Wassers hörte, das gegen den Bootssteg schwappte, und das Klirren des Windes in den Takelagen.

Kaum hatte Katia das Clubrestaurant betreten, da fiel ihr wieder ein, warum sie diesen Ort eigentlich nicht mochte, er roch zu sehr nach der beschnittenen, wohldosierten Form von Abenteuer, die mit der Solidität hanseatischer Kaufleute, Anwälte und Chefärzte gerade noch zu vereinbaren war. Die Gespräche drehten sich üblicherweise um Schiffstypen, Regatten und den Kampf mit den Elementen, und als das Optimum irdischer Schönheit wurden die eleganten Formen einer V-Jolle gepriesen. Es war eine männliche Welt, in der Kameradschaft und Teamgeist hochgehalten wurden.

Frauen an Bord bringen Unglück, sagt alter Seefahrerglaube. Hier wurde er noch gepflegt.

In dieser Welt gab es natürlich trotzdem Frauen, aber sie waren nur geduldet. Und dann waren es bestimmte Frauen, solche, von denen es hieß, sie seien zum Pferdestehlen. Äußerlich zeichneten sie sich durch straff zurückgekämmte Haare, Polohemden mit hochgestelltem Kragen und sportliches Schuhwerk aus. Auf diese Weise schafften es selbst die hübschesten Frauen, sich zu neutralisieren, fand Katia. »Hamburger Eis-Enten« nannte sie sie heimlich. Wie sie von ihnen genannt wurde, wußte sie nicht, aber sie spürte die unzufriedenen Blicke der Frauen und die neugierigen der Männer und genoß es. Das cremefarbene Chiffonkleid im Stil der zwanziger Jahre, das sie trug, war ein Erbstück ihrer reiselustigen Urgroßmutter. »Mein Transatlantikkleid« hatte die Urgroßmutter es genannt. Sie hatte es getragen, als sie sich auf einer Schiffsreise nach New York mit Hapag-Lloyd in den Tenor der »Comedian Harmonists« verliebt hatte, man munkelte, daß das dritte ihrer sieben Kinder aus dieser Verbindung stammte. Katia bestand auf der Ähnlichkeit zu der Urgroßmutter, die sie als uralte, aber sehr agile Dame in Erinnerung hatte.

Ihr Bruder Carl-Philipp – da saß er schon am Tisch hinter einem brennenden Windlicht und studierte die Speisekarte – hatte die gleichen roten Haare, die gleichen grünbraunen Augen, die gleiche Windhundnase. Trotzdem paßte er hier hinein und sie nicht – warum nur? Vielleicht, weil er Roastbeef mochte, Roastbeef mit Bratkartoffeln und Remoulade, das würde er sicherlich bestellen, dazu ein Pils. Vielleicht lag es auch an der domestizierenden Kleidung, die er sich als hamburgischer Notar schuldig war. Den Blazer hatte er ausgezogen, die Ärmel des blau-weiß gestreiften Hemdes aufgekrempelt, die Krawatte gelockert, so wie es hier üblich war. Jetzt stand er auf und umarmte die kleine Schwester herzlich wie immer. Er rückte ihr den Stuhl zurecht und schob die Speisekarte herüber.

»Ich nehme die Meerbarbe. Wollen wir eine Flasche Pouilly fumé trinken?«

Carl-Philipp war der jüngste ihrer drei Brüder und nur zwei Jahre älter als sie. Als Kinder hatten sie eng zusammengehangen, jetzt sahen sie sich viel zu selten, obwohl sie am gleichen Ort wohnten. Katia akzeptierte, daß ihre Familie ein zertrümmertes Ganzes war, eine Sammlung von Bruchstücken. Jeder für sich gewiß ein kostbares Juwel mit seiner eigenen Fassung, aber alle zusammenfügen ließen sie sich eben nicht. Obwohl sie es immer wieder versuchten.

Katia bemerkte dankbar, daß er seine Frau zu Hause gelassen hatte.

»Sie muß auf die Kinder aufpassen«, erklärte Carl-Philipp entschuldigend, obwohl sie wußte, daß ihre Schwägerin Wibke mit Hilfe einer Babysitterin durchaus abkömmlich gewesen wäre. Und ihm war klar, daß sie es wußte. Zwischen den beiden Frauen herrschte ein höfliches Nicht-Verhältnis.

Carl-Philipp hatte das leicht Unsolide der Frauen aus seiner Familie gründlich satt gehabt. Er hatte sich das Gegenprogramm verordnet in Form der urpatenten Wibke aus alter Hamburger Kaufmannsfamilie. Manchmal hatte Katia aber den Eindruck, daß sie ihm mit ihrer nüchternen Fürsorglichkeit auf die Nerven ging, jedes Wochenende zog es ihn mit seinem Flying Dutchman hinaus, irgendeine Regatta fand sich immer, die gesegelt werden mußte. Im Augenblick mußte er allerdings seinen Radius einschränken, weil ihr zweites juristisches Staatsexamen bevorstand und sie darauf bestand, daß er sich am Wochenende um die drei Kinder kümmerte. Carl-Philipp seufzte und faltete seine Serviette zu einem Segelboot.

»Wohin fährst du eigentlich morgen?« Aus seiner Stimme klang der pure Neid.

»Ins Land der Selbstmörder«, antwortete Katia verheißungsvoll und ließ ein paar Krümel aus dem Salzstreuer über das Serviettenboot schneien.

»Finnland? Grönland?«

»Nein, Udmurtien.«

»Klingt wie eins der Länder aus Tante Kallweits selbsterfundenen Gutenachtgeschichten. Rumpelstan und Klingelonien, weißt du noch? In Rumpelstan war sehr viel Schnee, und die Rumpelstaner lebten in riesigen Schlössern aus Eis. Sie hatten so lange Ohrläppchen, daß sie sie im Winter hochbinden mußten, damit sie nicht auf dem Schnee festfroren. Es war ein sehr unglückliches Volk. Sie warteten immerzu auf den Frühling. Aber er kam nicht.«

»Ach ja?« murmelte Katia, »weiß ich gar nicht mehr.« Anders als Carl-Philipp erinnerte sie sich nicht besonders gern an ihre Kinderzeit, schon gar nicht an die Abende mit »Tante Kallweit«, wie die aus Schlesien stammende Haushälterin genannt wurde. Sie hatte sich immer nach ihrer Mutter gesehnt, die elegant gekleidet und wunderbar duftend für eine ihrer zahllosen Einladungen das Haus verließ.

Sie schwieg einen Augenblick. Dann griff sie zu einem Zahnstocher und zeichnete etwas auf die steifgestärkte Tischdecke. Waren das die Schneeberge von Rumpelstan?

Als sie ihren Bruder einen Augenblick später ansah, war der verlorene Ausdruck aus ihrem Gesicht wieder verschwunden.

»Die Kalaschnikow hab ich mir aber nicht ausgedacht. Schade eigentlich ... Sie kommt aus Udmurtien, der größte sowjetische Exportartikel. Dieser alte General – den Erfinder meine ich –, wußtest du eigentlich, daß er noch lebt? Udmurtien ist die Waffenschmiede Rußlands seit Katharina der Großen. Auch Atomraketen wurden da gebaut. Die SS-20 kommt daher. ›Elfmal Hiroshima im Sprengkopf‹ – weißt du noch, damals in Bonn?«

Jetzt war es Carl-Philipp, der nicht an die Vergangenheit erinnert werden wollte.

»Besuchen Sie Europa, solange es Europa noch gibt«, legte Katia nach.

»Ich dachte, du hättest aufgehört, dich für naive Protestaktionen zu interessieren.« Er nickte dem Kellner zu, der mit unbeteiligter Miene das Etikett einer Weinflasche präsentierte.

«Stimmt. Ich interessiere mich nur noch für das Wahre und das Schöne. Nicht mehr für das Gute«, lächelte Katia.

»Und was suchst du im Land der SS-20 und der Selbstmörder?«

»Da ist ein Kongreß der Finno-Ugrischen Gesellschaft.«

»Zum Thema Selbstmord?«

»Nein. Aber auch darüber werden wir reden, bestimmt mehr, als mir lieb ist. Es ist gerade zu mehreren Fällen gekommen. Erst vorgestern hat einer der Professoren der dortigen Universität sich aufgehängt, ein Freund von Eneli Wendemaa-Doerner – du erinnerst dich?«

»Ja, natürlich«, bestätigte ihr Bruder schnell.

»Und dann lese ich heute morgen im Internet von einem udmurtischen Duma-Abgeordneten. Auch Selbstmord, der dritte in einer Woche.«

Carl-Philipp schüttelte den Kopf. »Schrecklich.«

»Ja. Nein, ich weiß nicht. Es gehört gewissermaßen zur Kultur der Udmurten.«

Der Fisch, serviert mit Reis und Ratatouille, war frisch, ein bißchen zu fade vielleicht. Katia winkte dem Kellner und ließ sich die Pfeffermühle bringen. Draußen schwamm ein Schwanenpaar vorbei.

Zwischen zwei Bissen sprach Katia von der »Autoagression eines urfriedlichen Volkes« und vom »Selbsthaß der notorisch Unterlegenen«. Sie referierte aus ihrer vormittäglichen Lektüre und geriet dabei immer mehr in Begeisterung für ihren Gegenstand. So unangenehm das Thema an und für sich war – aus kulturhistorischer Warte fand sie es hochinteressant.

»Stell dir vor, unter Udmurten war es die schlimmste Form der Rache, sich am Tor des Feindes aufzuhängen.« Sie zog ihr Notizbuch aus der Tasche und begann zu blättern. Irgendwo hatte sie die Formulierung notiert.

»Da ist es: Wenn jemand sich möglichst grausam an seinem Feinde rächen will, dann hängt er sich in dessen Hofe auf oder schneidet sich den Leib auf. Das heißt nach Bechterew ›jemandem das dürre Elend bringen‹.« Mit Schwung klappte sie das Heft wieder zu. »Bechterew, der russische Arzt, weißt du, nach dem diese Krankheit benannt ist, bei der der Rücken sich immer mehr verkrümmt.«

Carl-Philipp konnte ihren Enthusiasmus nicht ganz teilen.

»War er denn Udmurte, dieser – wie sagtest du, hieß er?«

Katia stutzte. »Sokolov? Nein. Wieso? Nein, er war Russe, soweit ich weiß.«

Überrascht, daß sie auf diesen naheliegenden Gedanken nicht selber gekommen war, sah sie ihren Bruder an. Irgendwas, das spürte sie ganz genau, war faul an dieser Sache.

6.

Vor der Hitze des brütenden Moskauer Sommers hatten die Klimaanlagen kapituliert. Die Schlange vor der Paßkontrolle bewegte sich nur schleppend voran. Mit versteinerter Miene blätterte der Beamte hinter der Glasscheibe in den Ausweispapieren der Reisenden, hob den Blick, senkte ihn und hob ihn wieder.

»Wenn Sie mich noch lange warten lassen, werden Sie keine Ähnlichkeiten mehr mit dem Foto entdecken. Wollen Sie das?« fragte Katia auf russisch. Der Mann tat so, als hätte er nichts gehört. Sie kannte das schon. Das war Moskau. An dieser Stelle alles wie gehabt.

Olga trug goldene Stilettos. Keine andere Frau, die Katia kannte, konnte sich auf so abenteuerlich hohen Absätzen so schnell bewegen wie sie. Die Freundinnen umarmten sich.

»Ich werde wahnsinnig. Diese Eleganz!« Katia, verschwitzt wie sie war, warf einen neidischen Blick auf das perfekte Bild, das Olga bot: beigefarben das Kleid im Audrey-Hepburn-Look, dunkle Sonnenbrille in den kurzen blonden Haaren.

»Und braun bist du!«

Olga grinste spitzbübisch.

»Ich empfehle dir zwei Wochenenden Unkrautjäten auf der Datscha meiner Eltern. Tonnenweise Erdbeeren ernten. Das gibt einen hinreißenden Teint, besser als die Kanaren.«

Sie gingen zum Auto. Den dunkelblauen BMW Baujahr 1987 hatte Olga vor zwei Jahren in Deutschland gekauft, garagengepflegt und wenig gefahren. Die beigen Ledersitze und das Holzlenkrad hatten es ihr angetan. »Mach dir keine Sorgen, ja? Die Bremsen sind gerade neu eingestellt worden«, sagte Olga verheißungsvoll. Sie wußte, daß Katia sich über ihren Fahrstil zu amüsieren pflegte. Überhaupt wußten sie viel voneinander: zum Beispiel, daß sie auf eine unerklärliche Art und Weise verwandt waren. »Nicht ich und nicht du und nicht sie / dasselbe wie ich und doch nicht dasselbe / Wir waren so ähnlich irgendwie / daß unsere Züge sich vermischt haben ...«

Fünfspurig war die Autobahn, die vom Flughafen Scheremetjewo in die Stadt führte, und manche abenteuerlustigen Leute hatten das Bedürfnis, zwischen allen Spuren hin und her zu jagen. Das war natürlich verboten, genauso verboten wie die eingebaute Radarwarnung, die Olga rechtzeitig erkennen ließ, daß Straßenmiliz in der Nähe war. So etwas hatten jetzt alle. Auch das war Moskau, aber das neue.

»Und Ikea ist auch schon da!« stöhnte Katia. Der Anblick des riesigen blau-gelben Gebäudes rechts von der Autobahn mißfiel ihr. Vor zwei Jahren, bei ihrem letzten Besuch, hatte es noch nicht da gestanden. Ihr fehlte das alte, das sowjetische Moskau, das mit jedem neuen Zeichen der Globalisierung ein Stückchen mehr verlorenging. Die Buntheit des intellektuellen Lebens hinter der monochromen Grauheit der Oberfläche ihrer Moskau-Semester. Olga nickte.

»Und sieh mal die eiserne Knäuele da.«

Die Installation aus Metallteilen in direkter Nachbarschaft von Ikea fiel niemandem auf, der nicht besonders darauf hingewiesen wurde. Nicht sehr viele Leute wußten noch, wofür sie stand. Hier nämlich wurde der Marsch der Deutschen auf Moskau gestoppt.

»Das ist die Stelle, wo mein heldenhafter Großvater im Jahre 1942 zu deinem sagte: bis hierher und nicht weiter.«

»Könnte es sein, daß du mich jedesmal daran erinnerst, wenn wir hier vorbeifahren?«

»Dann weißt du ja noch, wo die Stelle wirklich war.«

»Was? Wieso war?«

»Das Monument stand im Weg, als Ikea gebaut werden sollte. Da haben die Schweden sich überlegt, ob man es nicht verschieben könnte. Nur ein bißchen und gegen gutes Geld, versteht sich.«

»Ja, und?«

»Angeblich hat man es nicht erlaubt. Aber wer weiß das schon so genau!«

Dergleichen Geschichten pflegte Olga gern und mit Liebe zum Detail zu erzählen. Sie liefen immer auf eines hinaus: Allgegenwart des Geldes und des Machtmißbrauchs. Hier traf sich das Interesse der ehemaligen »Moscow News«-Reporterin Olga mit den Erfahrungen, die sie als Privatdetektivin in einem der ersten Moskauer Frauenbüros gesammelt hatte. Es waren allerdings nur wenige Monate gewesen, dann war ihr klargeworden, daß es ein verdammt riskanter Job war – es sei denn, man beschränkte sich darauf, im Auftrag eifersüchtiger Ehegatten irgendwelchen Seitensprüngen hinterherzuschnüffeln. Das hinwiederum stand quer zu ihrer Vorstellung von persönlicher Freiheit. Folglich hatte sie sofort zugegriffen, als man ihr anbot, als Wellness-Redakteurin für das westliche Modemagazin »Scala« zu arbeiten.

Katias Herz schlug höher, als sie nach einer halbstündigen Fahrt über die Leningradskoje Chaussee die Moskauer Innenstadt erreichten. Die Nachmittagssonne ließ die frischvergoldeten Zwiebeltürme der orthodoxen Kirchen aufleuchten.

Sie erkannte die soliden gelben Häuser aus der Stalinzeit wieder, die den Leningradskij Prospekt säumten, die U-Bahn-Stationen Wodnyi Stadion, Sokol und Aeroport. Am Aerovoksal wendete sie den Wagen und parkte im Hof eines großen grauen Hauses.

Olga begleitete Katia nach oben und schloß die Tür auf.

»Babuschka erwartet dich«, sagte sie, »ich muß kurz noch mal in die Redaktion. Übrigens, dieser Wjatkin – ich hab etwas über ihn herausgefunden. Ich erzähle es dir später.«

Katia betrat die vertraute Wohnung allein.

7.

Von dem alten Glanz der Ehrenwohnung war nicht mehr viel übrig. Schon im Flur herrschte ein ziemliches Drunter und Drüber von Schuhen, Taschen, Zeitungsstapeln und Pappkartons, die offenbar jemand hier abgestellt hatte in dem halbherzigen Versuch, Ordnung zu schaffen. Der Parkettfußboden war stumpf, an manchen Stellen abgesplittert, darüber huschten Wollmäuse. Bei jedem Luftzug kamen sie in Bewegung, danach nisteten sie sich wieder friedlich in den Ecken ein.

Zu Zeiten des Generals wäre das undenkbar gewesen. Aber wer sollte sich um die Wohnung kümmern? Babuschka Vera in ihrem Alter vielleicht? Oder Olga? Ihr fehlten Zeit und Lust zu diesem Haushaltskram. Die Kämpfe mit ihrem pubertierenden Sohn Ignat kosteten sie genug Energie.

Platz genug gab es allerdings, seitdem Olgas Eltern, bedient von den neuen Zeiten, Moskau den Rücken gekehrt hatten. Jetzt wohnten sie in der Datscha und beschäftigten sich mit Gemüseanbau. Fünf Zimmer für drei Leute! Platz genug für Vera Ignatjewnas Kakteensammlung, die schon den Zweiten Weltkrieg überlebt hatte. Platz genug auch für viele Bücher – die Gesamtausgaben von Tolstoj, Dostojewskij, Tschechow, Turgenjew und anderen Klassikern der russischen Literatur waren in einem alten eichenen Bücherschrank untergebracht. In den weniger repräsentativen Regalen türmte sich alles, was nach 1920 erschienen war, bis zur Stuckleiste unter den hohen Decken hinauf. Wie kam man zu einer solchen Wohnung am Leningradskij Prospekt mitten in der Stadt?

Olgas Großvater war General Michail Kowaltschuk, ein berühmter Flieger, der siebenundachtzig deutsche Flugzeuge abgeschossen hatte. Solche Flieger wurden *Stalinskij sokol* – Stalinfalken – genannt, so hatte Katia mehrfach zu hören bekommen.

Später unterrichtete er in der Schukowskij-Luftfahrtakademie, die ihren Sitz ganz in der Nähe in den hübschen roten Backsteingebäuden des berühmten Petrowskij-Palais aus dem 18. Jahrhundert hatte. Im Wohnzimmer über dem Sofa hing das große Ölporträt des Großvaters – er war in Militäruniform abgebildet, seine blauen Augen blitzten heldenhaft, die blonden Haare waren zu einer Tolle nach oben frisiert, der Pilotenhelm lag auf dem Schoß, und im Hintergrund leuchtete befriedet der helle russische Himmel.

Man könnte die Schulterstücke auswechseln und den Liebhabern entsprechender Militaria für viel Geld verhökern – jedesmal kam Katia der Gedanke. Sie war dazu erzogen worden, heroisierende Darstellungen dieser Art abscheulich zu finden oder zumindest lächerlich, aber eigentlich war er doch ganz hübsch? Ein bißchen zu gesund sah er vielleicht aus ... Mischenka – sie hatte ihn noch kennengelernt, ein paar Jahre vor seinem Tod, ein liebenswürdiger alter Herr, der seine Zurückhaltung ihr gegenüber bald ablegte und gern über die russisch-deutsche Seelenverwandtschaft sprach.

Katia allerdings hatte sich über sich selbst gewundert. Der jüngste Bruder ihrer Großmutter – Carl-Philipp hatte seinen Namen von ihm – war über Rußland abgeschossen worden, eine Familientragödie war das gewesen. Nun war das lange vor ihrer Zeit, und – na ja, Deutschland hatte diesen Krieg begonnen. Trotzdem hatte sie eine Weile gebraucht, um sich von der beunruhigenden Vorstellung freizumachen, daß möglicherweise genau dieser alte Herr ihren Großonkel ins Jenseits befördert hatte.

Ein Foto aus dem Jahre 1946 – 14. Parteikonferenz, an der hatte er teilgenommen – hing auch noch an seinem alten Platz über der Vitrine. Es war ein Gruppenbild, darauf trennten nur zwei Gesichter den jungen Oberst Kowaltschuk von Josef Stalin. Das war die Familienreliquie. Die Zeiten änderten sich, die Bilder ließ man hängen. Katia wußte, daß das auch in vielen anderen Moskauer Wohnungen nicht anders war. Außerdem redete heute kaum noch jemand über Stalin und seine Greueltaten.

Großmutter Vera liebte Besuch, mit ihren neunundachtzig Jahren hatte sie noch Teig für einen riesigen Kohlkuchen gemacht und stand nun vor dem Herd und briet Weißkohl in gewürfeltem Speck an. Ihr dünnes graues Haar war zu einem Knoten gebunden. Sie trug eine feine, gestreifte Seidenbluse aus den alten Vorräten, und der schwarze Knierock saß wie immer elegant auf ihrer schmalen Figur.

»Ach, Katia, du siehst selbst, alles ist jetzt anders als damals, als Mischenka noch lebte. Olga hat keine Zeit, die Wohnung in Ordnung zu bringen, das Kind schmeißt alles vor sich hin – sie hat es ihm beigebracht; sie – ach, Katia, warum muß ich so lange ohne Mischenka leben?«

Sie rührte den Weißkohl in der Pfanne. Katia erkannte den einladenden Duft russischer Küchen wieder. Eine Welle der Zuneigung für die kleine, zähe alte Dame schwappte über sie.

»Aber, Babuschka Vera, Sie haben doch Glück gehabt in Ihrem Leben, ganze sechsundsechzig Jahre haben Sie zusammen mit Ihrem Mann verbracht. So was gibt es ja gar nicht mehr. Es ist leicht, Affären zu haben und auseinanderzugehen, das ist so banal, daran ist überhaupt nichts Interessantes mehr. Aber Sie, Sie wissen, was Liebe ist. Und ich weiß es immer noch nicht, ich bin immer noch auf der Suche nach einem Mann, ohne den ich nicht leben will.«

Katia stutzte. Was hatte sie da gesagt?

»Kinder, heut abend, da such ich mir was aus!« hörte sie Marlene Dietrich in sich seufzen, *»einen Mann, einen richtigen Mann!«* Dieses Rußland stellte merkwürdige Dinge mit ihr an, immer wieder.

Babuschka Vera war interessiert. »Und in deinem Deutschland gibt es solche Männer etwa nicht?«

Sie mischte nun Weißkohl mit gekochten Eiern. »Probier mal! Schmeckt es?«

Katia nahm einen großen Eßlöffel voller Kohl, Zwiebeln und Eier. Es schmeckte köstlich. Die ganze Haute Cuisine konnte ihr gestohlen bleiben.

»Ach, ich weiß, Katia, detka! Auch unsere Olga findet nicht den richtigen Mann – es kommen verschiedene, sie kommen und gehen, und Ignat bleibt ohne Vater ... Ach, solche wie Mischenka gibt es heutzutage nicht mehr, das ist eine ausgestorbene Rasse.«

Sie rollte den Teig aus, breitete langsam und mit Sorgfalt den Weißkohl darüber, eine zweite Teigschicht sollte den Kuchen bedecken.

Katia wußte von Olga, daß auch Babuschka Vera zu ihrer Zeit unter Mischenka sehr wohl gelitten hatte. Wie es bei sowjetischen Militärs zur Stalin- und Chruschtschow-Zeit üblich war, hatte auch Mischenka Affären mit Schauspielerinnen des berühmten MCHAT, des Moskauer Akademietheaters, gehabt. Hatte sie das vergessen? Jedenfalls spielte es jetzt keine Rolle mehr.

Während der Kuchen im Ofen vor sich hin brutzelte und Babuschka sich in ihrem Zimmer ein Nickerchen gönnte, ging Katia duschen. Im Bad die Kollektion teurer Kosmetika von Shiseido, Dior, Biotherm ... Das waren die kleinen Gratifikationen, die Olgas neuer Job ihr einbrachte. Fremd wirkten sie in dieser Umgebung. Aber da hing auch noch, mit einem rosa Bändchen verziert, die alte Spitztüte aus Plastik für die ausgekämmten Haare, ein ganz anachronistisches Accessoire weiblicher Schönheitspflege. Ach, Babuschka!

Katia erinnerte sich, wie sie vor über zehn Jahren den Schatz ihrer Erfahrungen vor ihr ausgebreitet hatte:

»Wenn dein Mann betrunken nach Hause kommt«, hatte sie gesagt, »dann mach ihm keine Szene. Zieh ihm die Stiefel aus, hilf ihm aus dem Anzug, geleite ihn ins Bett. Am nächsten Tag tust du das, was ich immer mit Mischenka mache: Ich habe seine Kleider noch dreckiger gemacht, als sie schon waren, hab sie mit fettiger Suppe bespritzt, bin mit schmutzigen Schuhen darauf herumgesprungen. Und dann bin ich zu ihm gegangen, sanft wie ein Lämmchen, und hab ihm die Sachen gezeigt. Ach, Mischenka, mein Armer, wie hast du dich nur gestern vor aller Welt gezeigt! Wie leid tut mir das für dich! Aber warte nur, es wird alles wieder gut, ich werde alles wieder saubermachen ... Danach war mein Held ein paar Monate lang wie ausgewechselt.«

Sorgfältig rubbelte Katia ihren Körper trocken. Babuschkas Geschichten hatten sie amüsiert, damals, aber für sich selbst hätte sie solche Tricks nie in Betracht gezogen. Daran hatte sich auch nichts geändert im Prinzip. Sie wählte aus Olgas Sortiment eine Bodylotion mit »Seidenschimmer-Effekt«.

Dieser verflixte Schlager. »*Ein Mann, dem das Feuer aus den Augen sprüht!*«

Marlene saß ihr im Nacken. »*Kinder, die Jungs hängen mir schon zum Halse raus, einen Mann, einen richtigen Mann!«* jaulte Katia, während sie sich eincremte.

Der Kuchen, mit Butter bestrichen, stand rosa dampfend auf dem Tisch im Wohnzimmer, als Olga endlich erschien, wie üblich gehetzt und mit einer Entschuldigung auf den Lippen. »Ignat? Hat er sich heute schon gezeigt?« erkundigte sie sich.

Babuschka schüttelte den Kopf. Sie konnte sich nicht um alles kümmern.

Olga sprang auf, ging zur Tür ihres Sohnes und klopfte an. Ein verwuschelter Kopf erschien für einen Augenblick im Türrahmen und nickte grüßend in Katias Richtung. »Wie geht es Fabian?«

»Wem?« Katia sah den Jungen ratlos an, sie war sich nicht sicher, ob Lara Croft einen Bruder bekommen hatte, dessen Erschaffung ihr entgangen war.

»Ah, Fabian!« Jetzt erinnerte sie sich. Das war der Typ gewesen, den sie auf ihrer letzten Moskau-Reise dabeigehabt hatte. Philosophische Fakultät Freiburg. Hatte dauernd von Husserl geredet. Womit hatte er Ignat bloß so beeindruckt, daß er sich nach drei Jahren noch an ihn erinnerte? »Es geht ihm gut, glaube ich.«

»Schon in Ordnung. Kein Grund, nervös zu werden.« Ignat zog sich wieder in sein Zimmer zurück, nachdem seine Mutter ihm noch rasch einen Teller mit dampfendem Kohlkuchen zugeschoben hatte.

Olga war die Liste ihrer Bekannten durchgegangen. Darunter war jemand, der in einer PR-Agentur arbeitete, die Wjatkins Wahlkampagne vor zwei Jahren begleitet hatte. Er hatte versprochen, sie noch am gleichen Abend zurückzurufen, erwähnte sie beiläufig.

Das Thema Selbstmord beim Essen mit Babuschka Vera wurde sorgfältig vermieden.

Wahrscheinlich brauchte sie weniger Schonung, als die beiden Frauen dachten, denn unmittelbar nach dem letzten Bissen entschuldigte sich die Alte, um sich der 20. Folge ihrer Lieblingssendung im Fernsehen zu widmen: »Kriminelles St. Petersburg«. Bei den ersten Takten der Musik – geklaut, von James Bond, dachte Katia – traten die beiden Freundinnen auf den Balkon, um zu rauchen.

8.

Normalerweise rauchte Katia nicht. Jetzt ja, in Moskau war alles anders. Sie nahm einen tiefen Zug und blies den Rauch in den Abendhimmel.

»Weißt du noch, wie du mich damals gezwungen hast, Sascha anzurufen? Ich mußte ihm sagen, daß du eine ganze Packung Schlaftabletten genommen hattest. Jetzt liegt sie in meinem Zimmer und ich weiß nicht, was ich machen soll, mußte ich ihm sagen. Er kam mit dem Taxi, fast verrückt vor Entsetzen, und du lagst da in meinem schwarzen Negligé und hast die Arme nach ihm ausgestreckt ...«

»Jaja. Ich hab mir schon einiges einfallen lassen, damals ... Aber ich habe mein Talent an einen Unwürdigen verschwendet«, sagte Olga in pathetischem Ton und hob die Augen zum Himmel.

»Du wolltest ja nicht auf mich hören! Ich hätte es anders inszeniert, wie ein Bühnenbild in Weiß und Rot. Das hätte Eindruck gemacht!« lachte Katia und schnippte die Zigarettenasche über das Balkongitter.

Olga sah besorgt hinterher, ob sie nicht einen Passanten getroffen hatte.

»So was macht man hier nicht mehr«, sagte sie streng. »Wir sind jetzt Europa. Nimm Babuschkas Blumentopf.«

»O ja, ich verstehe«, heuchelte Katia. Dann kam sie zu ihrem Thema zurück: »Mit vierzehn habe ich einen Film gesehen, Fellini, glaube ich, er spielte im alten Rom. Ein vornehmes Paar soll in die Verbannung gehen, statt dessen schicken sie die Kinder fort, und dann schneiden sie sich die Pulsadern auf. Sie sitzen auf einer Bank aus weißem Marmor, und das Leben fließt langsam aus ihnen heraus. Mich hat das damals sehr beeindruckt, ästhetisch, meine ich. Es sah einfach gut aus. Manchmal habe ich mir vorgestellt, auch so zu sterben. Ich würde mich ganz weiß anziehen, um mich herum weiße Orchideen, und dann wollte ich zusehen, wie mein Blut ganz langsam alles rot färbt.«

Olga warf ihr einen irritierten Blick zu. »Bist du ganz sicher, daß mit dir alles in Ordnung war?«

»Absolut. Jeder Psychologe sagt dir, daß Kinder, deren Eltern auseinandergehen, sich selbst die Schuld geben. Wenn ich nicht mehr da bin, können sie wieder glücklich sein. So was Ähnliches muß ich wohl gedacht haben.«

»Ja, schon. Aber dieses merkwürdige Vergnügen an der Inszenierung ...«

»So ist das bei uns. Denk an Henriette Vogel und Heinrich von Kleist – erst haben sie in einem Ausflugslokal am Wannsee bei Tee und Wein Abschiedsbriefe geschrieben, dann haben sie sich auf einem Hügel nebenan erschossen. In der Abenddämmerung, das hat doch Stil, oder?«

»Was du immer redest ...« Zuweilen ärgerte sich Olga über das, was sie Katias »westliche Dekadenz« nannte.

Katia konnte sie beruhigen. »Ich glaube übrigens nicht, daß ich ernsthaft auf die Idee käme, mich umzubringen. Ich kann ja noch nicht mal Blut sehen. Aber du, hast du schon mal daran gedacht?«

Olga biß sich auf die Unterlippe. »Daran gedacht schon ... Einmal, als Ignat im Krankenhaus lag mit Blinddarmdurchbruch und niemand mir sagen konnte, ob er überleben würde, da ging mir durch den Kopf: Wenn er stirbt, will ich nicht weiterleben.«

»Hm. Es ist unendlich lange her, daß ich so etwas empfunden habe. Muß im Pleistozän gewesen sein.« Das Drehbuch der Freundschaft, die die beiden verband, sah vor, daß Katia sich in Gefühlsdingen souveräner, abgeklärter gab, als sie war, während Olga die Rolle des Gefühlsmenschen zukam. Solche sentimentalen Augenblicke wie vorhin in der Küche erlaubte Katia sich nur bei Babuschka Vera.

»Mein Wissen um die fatalen Bande der Liebe«, fuhr sie fort, »beziehe ich ausschließlich aus der Literatur, wie du weißt – Werther, Anna Karenina –, tutti quanti.«

»Das sind Bücher, die von Leuten geschrieben wurden, die über den Selbstmord nur nachgedacht haben, genau wie wir, aber getan haben sie es nicht«, wandte Olga ein. »Und dann gibt es welche, die es auch tun. Mit denen solltest du dich beschäftigen. Nehmen wir Marina Zwetajewa. Kurz vor dem Zweiten Weltkrieg kam sie aus dem Exil nach Moskau zurück. Im Westen hatte sie es nicht ausgehalten, da war sie arm und nur in der Emigrantenszene anerkannt. Und in Moskau war sie trotz ihres Talents auch niemand, denn der Kuchen war schon verteilt, als sie kam, alle Schriftsteller hatten damals Wohnungen und Datschas vom Staat bekommen, kriegten regelmäßig Staatsaufträge, Auszeichnungen und Prämien, und sie, diese großartige Dichterin, mußte nach ihrer Rückkehr betteln. Sie hatte es sehr schwer ... In den Augen der anderen, der ›Offiziellen‹, war sie unnütz, für nichts zu gebrauchen und deshalb auch ein Dorn im Auge der Gesellschaft! Dazu kamen noch ihre Kompromißlosigkeit und ihr schwieriger Charakter, Probleme mit dem heißgeliebten Sohn ... Sie sah wirklich keinen Ausweg.«

»Auswege gibt es immer«, behauptete Katia. »Aber unter Umständen vergißt man das. Du kennst die Geschichte von Walter Benjamin. Er hat sich auf der Flucht vor den Nazis in Südfrankreich umgebracht. Er hatte ein Visum für die USA, aber der Weg über die Pyrenäen war versperrt. Mal war die Grenze offen, dann war sie wieder zu. In Emigrantenkreisen hieß es: Jetzt ist sie endgültig zu. Da hat sich Benjamin umgebracht. Er wollte den Nazis nicht in die Hände fallen. Aber am nächsten Tag war die Grenze wieder auf!«

»So was nennt man Schicksal«, murmelte Olga. Dann sah sie Katia an, die mit dem Rücken zum Balkongitter gelehnt stand und auf den Spitzen ihrer Pumps nervös auf und nieder wippte. »Diese Sache mit Wjatkin und dem Professor scheint dich ziemlich zu beschäftigen.«

»Stimmt.« Katia seufzte. »Drei Tote auf einmal, alle aus Ischewsk, alle in einer Woche. Und was Sokolov angeht: Keiner scheint zu wissen, warum. Keine Liebesdramen, keine Schicksalsschläge, keine materiellen Nöte. Selbst die Erklärung mit der udmurtischen Suizidneigung zieht nicht – er war ja nicht mal Udmurte. Außerdem kannte ich ihn vom Telefon. Er war ein extrem charismatischer Typ, ich hätte ihn wirklich gern kennengelernt.«

Olga schwieg einen Augenblick. »Solche Leute sind sehr interessant für Sekten.«

»Was willst du damit sagen?«

»Seit ein paar Jahren haben die unterschiedlichsten Sekten Rußland als interessantes Terrain entdeckt. Darunter sind auch Endzeitsekten wie die Davidianer oder die Sonnentempler. Solche, die Massenselbstmorde inszenieren. Sie brauchen charismatische Figuren – Menschen, die mit vielen Leuten zu tun haben. Wie Politiker übrigens auch.«

Katia lachte. »Aber hör mir doch damit auf. Sokolov war ein hochintelligenter Mann.«

»Du irrst dich, wenn du glaubst, daß nur die Dummen anfällig sind für Sekten«, beharrte Olga. »Wirklich nicht. Neulich habe ich einen Roman gelesen, darin wird eine geheime Gesellschaft aus dem Rußland des beginnenden 19. Jahrhunderts beschrieben. So was gab es tatsächlich. So wie Clubs. Man trank dort einmal in der Woche Kaffee, und dann brachte sich um, wer an der Reihe war. Denjenigen, die plötzlich Angst bekamen und aussteigen wollten, wurde dann eventuell nachgeholfen. Ich habe gehört, daß es so etwas inzwischen wieder geben soll.«

Katia war aufmerksam geworden. »Eine Sekte, sagst du? Eine udmurtische Sekte? Irgendwo habe ich darüber mal etwas gelesen ... Hm, wer weiß.«

»Könnte das eine Spur sein?« Olga lächelte. »Aber laß uns reingehen, Schluß mit den Selbstmordgesprächen! Ich will feiern!«

9.

Der Tenor, der im Fußgängertunnel zur Metrostation Belorusskaja die berühmte Arie des Lenskij aus Tschajkowskijs »Jewgenij Onegin« sang, war ziemlich schlecht. Trotzdem stand Katia da wie angewurzelt, denn die Art und Weise, wie der Mann die höheren Töne herausstemmte wie ein Blasebalg, kam ihr irgendwie vertraut vor. Sein Gesicht war rot vor Anstrengung. Er war nicht mehr jung und trug eine schwarze Lederjacke. Hatte sie nicht den gleichen Mann erst gestern mit »Santa Lucia« vor dem Ohnsorg-Theater in den Großen Bleichen gehört? Das Hamburger Publikum bevorzugte das italienische Repertoire. War er es oder nicht? Katia war kurz davor, ihn anzusprechen, aber Olga zog sie weiter.

»Weißt du noch? So etwas gab es früher nicht.«

Was es auch nicht gab, waren die Bettler: Erwachsene und Kinder, Frauen mit Babys.

»Gib ihnen keinen Rubel, das ist eine Mafia«, sagte Olga kaltblütig. Alle Moskauer waren dieser Meinung, trotzdem mußte es wohl Leute geben, die etwas für sie übrig hatten.

Ebenso neu im Moskauer Metrobild waren die kleinen Buden, in denen Medikamente und Drogerieartikel verkauft wurden, an Imbißständen bissen hungrige Passanten in Hot dogs mit viel Senf.

»Ostoroschno, dweri sakrywajutsja ...« – »Vorsicht, die Türen schließen sich!« Sie stiegen ein und fuhren Richtung Zentrum. Die nächste Station war die Majakowskaja, traditioneller Treffpunkt für Verliebte.

»Übrigens, wie geht es Sergej?« fragte Katia. »Schreibt er immer noch Gedichte?«

»Er verdient ziemlich viel Geld«, grinste Olga. »Kann sein, daß wir ihn nachher im ›Discovery‹ treffen. Du wirst ihn kaum wiedererkennen. Dick und kahl ist er geworden. Jetzt sieht er ganz gut aus, ganz der neue Stil, nicht mehr so ätherisch wie früher. Er leitet jetzt den Maksimytsch-Club für Gentlemen.«

»Gentlemen, oh, là, là! Das ist aber ganz was Neues in Moskau.«

»Es gab sie schon immer! Weißt du, was ein russischer Gentleman ist? Einer, der seinen Hut abnimmt, bevor er der Frau eins in die Fresse gibt!«

»Du bist unmöglich, Olga! Unmöglich wie vor fünfzehn Jahren!«

Damals war Olga mädchenhaft dick, trug Levi's, die von einem verkannten und unglücklich verheirateten Maler in der Kolpatschnyj Pereulok produziert wurden, und dazu eine schwarze Kapuzenjacke, die sie für vierzig Rubel – ein ganzes Monatsstipendium – in der Toilette vor der Station Dserschinskaja, der heutigen Lubjanka, bei einer Spekulantka gekauft hatte. Sie rauchte die Papirosen Belomor, »wie das Volk und die Lagerinsassen« – das war in Mode unter Philologen und Journalistikstudenten der Moskauer Universität –, trank Minimum zwölf Tassen Kaffee pro Tag – tat also alles, wie ihre Eltern sagten, um ihre Gesundheit gezielt kaputtzumachen. Die ersten Moskauerfahrungen hatte Katia also mit diesem blassen und notorisch unzufriedenen Mädchen gemacht.

Blaß sah Olga jetzt nicht mehr aus, dafür sorgten die Werbegeschenke der Kosmetikhersteller. Jil Sander, Elizabeth Arden, Yves Saint Laurent ... Sie alle strebten danach, den russischen Markt zu erobern. Als »Scala«-Redakteurin gehörte sie zu den auserwählten Zehn, die zu den Produktpräsentationen eingeladen wurden. Man bot ihnen das verführerischste Ambiente, verwöhnte sie mit den erlesensten Speisen aus dem Herstellerland und entließ sie dann reich beschenkt.

Bei seiner solchen Gelegenheit hatte Olga das »Discovery« kennengelernt, das sie Katia vorführen wollte. Sie stiegen aus in der Novokusnetzkaja. Viele Leute waren an diesem heißen Sommerabend unterwegs, hauptsächlich junge, die rauchend und mit Bierdosen in der Hand auf dem Platz vor der U-Bahn herumstanden und lebhaft gestikulierten. Eine auffallend stille Menge, wunderte sich Katia. Im nächsten Augenblick begriff sie, daß es lauter Taubstumme waren, die sich mit den üblichen Gebärden verständigten, eine wunderbar dramatische Massenszene in einem Stummfilm hätte das sein können. »Für jede Interessengruppe gibt es in Moskau jetzt einen Treffpunkt«, erläuterte Olga, »Homosexuelle, Tolkienisten, Rapper, Kommunisten, Briefmarkensammler – sie wissen, wo sie ihresgleichen finden können.«

»Und im Discovery?«

»Da treffen sich die, die auf Abenteuer aus sind«, sagte Olga. »So wie wir.«

10.

Das Speiseangebot hätte sich auf der Lunchkarte jedes gehobenen westlichen Großstadtrestaurants finden können – Caesar's Salad, Avocado mit Crevetten und dergleichen –, aber es stand unter dem dschungelgrün gedruckten Motto: »Wir wollen Sie in die Welt der Abenteuer entführen.« Auch das Personal entsprach westlichem Standard und versah seinen Dienst mit dezenten Gebärden und routinierter Freundlichkeit.

Die ersten Moskauer Lokale dieser Art waren in der Gorbatschow-Zeit entstanden. Das Discovery gab es erst seit zwei Jahren, ein Treffpunkt für die entstehende Mittelschicht – Mitarbeiter von Banken, PR-Agenturen, großen westlichen Firmen kamen hierher, Leute also, die gut verdienten, aber nicht zu den wirklich Reichen gehörten.

»Drinnen oder draußen?« fragte Olga. Das erste, was Katia auffiel, war eine Serie von Schwarzweißfotos, die, mit Wäscheklammern befestigt, an einer Leine hingen. Sie blieb davor stehen und sah sie an.

Es waren Bilder mit maritimen Sujets. Auf den ersten Blick hatte sich Katia an die gerahmten Fotos in Carl-Philipps Hamburger Lieblings-Club erinnert gefühlt. Aber dort waren die Menschen Nebensache, es waren die Schiffe, die Bewunderung verdienten, und nicht deren wechselnde Herren, während es hier um anderes ging: Die Fotos zeigten Männer am Steuer von Segelyachten, sonnengebräunte Männer mit breiten Schultern und nervigen Unterarmen, Surfer auf großen, umschlagenden Wellen aus schäumender Gischt und fliegenden Wassertropfen. Bilder waren das, die von der Wildheit des Meeres und der Überlegenheit männlicher Kraft erzählten.

Sie waren viel mehr als Dekoration – ein Glaubensbekenntnis waren sie, und das erste Gebot hieß »Alles ist machbar, wenn du nur willst«. Im Bild der gezückten Harpune im letzten Moment vor dem Beutemachen sah Katia die Entschlossenheit der Russen, sich all das, was ihnen lange Zeit verschlossen war, vom Reisen in ferne Länder bis zu unbekannten kulinarischen Genüssen, in möglichst kurzer Zeit zu erobern. Sie beeilten sich, zu leben. Vielleicht, weil sie wußten, daß die Zeiten sich schnell ändern konnten, so wie es oft in der russischen Geschichte gewesen war.

Sie saßen im Kerzenschein draußen an einem weißgedeckten Tisch, aus dem Inneren des Restaurants drang gedämpfte Jazzmusik, nebenan saß ein gutgekleidetes Paar und unterhielt sich leise. Der junge Mann mit dem Namensschild »Igor« auf der Brust brachte ihnen zum zweiten Mal Chardonnay.

»Gefällt es dir?« fragte Olga erwartungsvoll.

»Ja. Ich fühle mich wie zu Hause«, sagte Katia doppeldeutig. »Rußland ist auf dem besten Weg, ein ganz normales Land zu werden. Schade eigentlich.«

Olga sah Katia nachsichtig an. »Soso. Die Melodie mal wieder. Weißt du eigentlich, daß du in dem Punkt mit Babuschka Vera einer Meinung bist? Sie weint auch der Stalinzeit hinterher. Eigentlich bist du doch noch ein bißchen jung für so verkalkte Ansichten.«

»Nein, du verstehst mich falsch. Es ist schon in Ordnung, daß jeder normale Mensch in Rußland jetzt Chardonnay trinken kann, aber ...«

»Danke, das ist sehr schön und menschlich gedacht. Nicht jeder kann es sich erlauben, so differenzierte Betrachtungen anzustellen. Du Arme, und jetzt mußt du dem Elend nach Ischewsk hinterherreisen«, spottete Olga.

Sie teilte den typischen Chauvinismus der Moskauer, demzufolge die Provinz kein Ort zum Leben war. Die russische Literatur unterstützte sie darin. »Nach Moskau« lechzten alle Charaktere von Gribojedow über Gogol bis Tschechow, und wenn nicht Moskau das Ziel der Wünsche war, dann wenigstens St. Petersburg. Auch die Sowjetzeit hatte nichts an dem Gefälle zwischen Stadt und Land geändert, aber jetzt lagen Welten zwischen Moskau und Nicht-Moskau.

Immerhin zeigte Olga guten Willen. »Was sind das denn für Leute, deine Udmurten?«

»Es sind richtige, echte Menschen«, verteidigte Katia ihr Fachgebiet. »Was du schon am Namen sehen kannst: Murt heißt Mensch.«

»Und Ud?«

»Das ist der Name des Stammes – Ud. Es gibt aber auch noch eine zweite Bedeutung: In manchen Dialekten nämlich heißt ›Ud‹ Tag oder Sonne. Die Udmurten gelten als das ›goldhaarigste Volk Rußlands‹.«

»Ach, freu dich bloß nicht zu früh. Wahrscheinlich leiden sie alle unter Depressionen und sind darüber kahlköpfig geworden. Golden sind bloß ihre Schneidezähne, du wirst schon sehen.«

»Ich bin Ethnologin, nicht Headhunterin für eine Modelagentur«, sagte Katia kühl. »Das einzige Exemplar, das ich bisher kenne, ist Professor Bulatow, der Leiter des Instituts. Ich bezweifele aber, daß der ein typischer Udmurte ist. Er ist ein Macher, ziemlich selbstbewußt. Das ist sonst nicht gerade die Spezialität der Udmurten. Er hat übrigens weder goldene Haare noch goldene Zähne.«

»Aber der sieht gut aus, findest du nicht?« Erfreut blickte Olga Richtung Ausgang. »Da kommt Gleb.«

Ein Mann mittleren Alters bahnte sich den Weg durch die Tische und begrüßte Olga mit einem Handkuß. Olga lächelte zu ihm herauf.

»Guten Abend«, sagte er in tadellosem Deutsch. Er reichte Katia die Hand. »Ist es erlaubt, mich zu Ihnen zu setzen?« Katia machte eine bejahende Handbewegung.

Nach all den bunten Vögeln, die sie an Olgas Seite gesehen hatte, war dieser Mann auffallend unauffällig. Er war mit zurückhaltender Eleganz gekleidet, makellos, selbst die Socken stimmten. Katia wußte, daß das bei russischen Männern noch seltener vorkam als bei deutschen. Fand Olga ihn wirklich hübsch? Die mausfarbenen Haare waren reichlich gelichtet, aber mit Sorgfalt geschnitten. Seine Gesichtszüge ließen sie an einen Fisch denken. Unter dem sommerlich dünnen Stoff des Sakkos zeichneten sich die Umrisse eines wohltrainierten Oberkörpers ab. Olga hatte ihr erzählt, daß er ein leidenschaftlicher Judoka war. An irgend jemand erinnerte er Katia, aber sie wußte nicht, an wen.

Olgas Freund ließ sich die Weinkarte bringen. »Was bevorzugen Sie?« fragte er in Katias Richtung. »Champagner vielleicht?«

Sie zögerte einen Augenblick. »*Sowjetskoje Schampanskoje* – sehr gern, aber Brut, wenn das möglich wäre.«

Er winkte dem Kellner und gab ihm eine knappe Anweisung. Der verschwand und erschien kurz darauf mit einem silbernen Tablett, drei Gläsern und einem Sektkühler. Gleb erhob lächelnd sein Glas, das von der Kühle der schäumenden Flüssigkeit beschlagen war. »*Sa sdorowje dam*!« Auf das Wohl der Damen! Katia nahm einen Schluck. Dann setzte sie das Glas ab und versuchte, mit Olga einen Blick zu wechseln. Aber Olgas Gesichtsausdruck ließ nichts Besonderes erkennen. Versuchten die beiden, sie aufs Glatteis zu führen? Das war nicht die labbrige Süße des Sowjetskoje Schampanskoje, sondern der feinherbe Geschmack der Veuve Clicquot.

Eins zu null, dachte Katia, aber sie ließ sich nichts anmerken.

Das Gespräch drehte sich zuerst um die russische Außenpolitik und ihre Akzeptanz im europäischen Ausland. Dann wandte man sich leichteren Themen zu.

Olga war bemüht, Gleb als angenehmen Gesellschafter und weltläufigen Kenner österreichischer und Schweizer Skiorte zu präsentieren. Besonders Davos habe es ihm angetan, sagte sie, er habe Thomas Manns »Zauberberg« gelesen und sei extra hingefahren, um zu sehen, was von der Herrlichkeit des »guten Russentischs« übriggeblieben war.

Katia fand es interessant, in welche Richtung sich der Männergeschmack ihrer Freundin entwickelt hatte. Früher hatte er für den KGB gearbeitet, hatte Olga erzählt, was genau, wußte sie nicht, und jetzt bekleidete er einen Posten im Innenministerium.

Später begleitete Gleb die beiden Frauen mit dem Taxi nach Hause. »Er würde nie Auto fahren, wenn er getrunken hat«, sagte Olga später, »damit hat er auch Babuschka Vera beeindruckt.«

11.

Katia war sicher, sie würde schlafen wie ein Stein.

Ihr Bett war im Wohnzimmer aufgeschlagen, mit einem behaglichen Seufzer streckte sie sich auf dem großen, alten Sofa aus und deckte sich mit dem dünnen Laken zu. Sie ließ die Bilder des Tages an sich vorüberziehen – ach, sie genoß es, wieder in Moskau zu sein. Das wildwuchernde Leben, die schrillen Gegensätze, der Stolz der Moskauer auf ihre Stadt, die schnellen Augen – ja, selbst der schlechte Geschmack der Neureichen, das alles wirkte auf sie wie eine Adrenalinspritze. Was für ein Kontrast zu dem fertig gebauten Hamburg!

Erst recht die russischen Frauen waren wunderbar, ihr Temperament, ihre Herzlichkeit, ihre Lust an großen Gefühlen und daran, sie effektvoll zu inszenieren. Und unglaublich vital waren sie, selbst Babuschka Vera mit ihren fast neunzig Jahren. Sie waren es gewöhnt, stark sein zu müssen. Kein Übermaß an psychologischer Reflexion hatte ihnen die Tatkraft geraubt.

Katia war gewohnt, rasch einzuschlafen. Manchmal kam der Schlaf schneller, als ihr lieb war, aber heute nicht. Etwas ließ sie nicht zur Ruhe kommen, war es der Kohl in ihrem Magen, war es die lose Sprungfeder, die die Fläche, auf der sie lag, an einer Stelle ein wenig absinken ließ – oder war es das Ticken der Standuhr? Sie hätte schwören können, daß es von Minute zu Minute lauter wurde. Außerdem war es in der Wohnung unerträglich schwül, und der Kohlgeruch hing noch immer in der Luft. Katia stellte sich vor, die ganze Hitze des Großstadttages habe sich in dieses Zimmer zurückgezogen. Sie stand auf, ging zum Fenster und öffnete die Flügel weit. Draußen rollte der Autoverkehr über die sechsspurige Straße. Sie lauschte auf die Schritte, die von unten widerhallten, einsame Schritte, zielstrebige Schritte, paarweise Schritte, die von Reden begleitet waren, stolpernde Schritte von Betrunkenen.

Jemand schrie nach Katia, aber sie wußte, daß sie nicht gemeint war.

Die Luft, die von draußen hereindrang, brachte keine Erfrischung, aber einen neuen Geruch mit sich. Es waren nicht nur die berüchtigten Moskauer Abgase, da war noch etwas, was Katia nicht genau identifizieren konnte. Es roch nach Brand, nach Herbst – nach altem Laub, das man im Garten verbrennt …

In den frühen Morgenstunden versank sie in einen unruhigen Schlaf.

Als sie aufwachte, konnte sie sich nur noch an Bruchstücke eines Traumes erinnern, sie kannte diesen Traum, aber es war lange her, daß er ihr begegnet war. Jemand verfolgte sie, sie lief in den Wald, rannte blindlings über Baumwurzeln und knackende Äste, stolperte und lief weiter. Wer hinter ihr her war, wußte sie nicht – einer oder mehrere? Waren es Männer oder Frauen, Knecht Ruprecht vielleicht, war es überhaupt etwas Menschliches? Ein Fuchs, ein Hund, ein Rudel knurrender Wölfe, die sich mit gefletschten Zähnen und fliegendem Speichel auf sie zu stürzen drohten? Sie wußte es nicht, die Verfolger hatten kein Gesicht, aber sie hatten eine Stimme: Gnädige Frau! So warten Sie doch, gnädige Frau – es war die Stimme von Sokolov!

Katia setzte sich auf. Verwirrt strich sie sich die Haare aus dem Gesicht. Sie hatte von Sokolov geträumt. Was sollte das bedeuten?

Jetzt wußte sie auch, was für ein Geruch in der Luft lag – die Torfanlagen rund um Moskau! Schon einmal hatte sie erlebt, wie sie wochenlang gebrannt hatten.

Katia stand auf und ging eine Kopfschmerztablette suchen.

12.

Korabljow war noch nicht da. Als PR-Berater mit Kunden aus Politik und Wirtschaft war er ein vielbeschäftigter Mann. Jung sei er, sehr jung, betonte Olga, und schon so erfolgreich. Im Augenblick war er noch angestellt, aber bald würde er seine eigene Agentur haben. Er hatte einen guten Draht nach Udmurtien. Vielleicht wußte er was über Wjatkin und was ihn dazu bewogen hatte, aus diesem Leben zu scheiden. Olga mit ihrem weitverzweigten Bekanntenkreis hatte Korabljow aus dem Hut gezaubert. Sie hatte ein ziemliches Geheimnis um die Umstände dieser Bekanntschaft gemacht. »Los, sag schon«, hatte Katia sie lachend gedrängt. Schließlich hatte Olga zugegeben, daß er ein früherer Schüler war. »Aber wehe, du sagst es jemand«, hatte sie Katia gedroht.

Es war Korabljows Vorschlag gewesen, sich im Petrowitsch zu treffen. Das Nostalgie-Café in der Mjasnizkaja gab es noch nicht lange, es war sehr up-to-date unter Leuten aus der PR- und Werbeszene, und auch Geschäftsleute führten ihren ausländischen Besuch gerne hierher.

»Up-to-date«, sagte Olga, sie benutzte diesen Anglizismus jetzt häufig, wie Katia auffiel. Wie lange würde es noch dauern, bis sie sich zum Lunch verabreden würde – noch sprach sie von »obed«.

An einem rohen Holztisch in der Nähe des Fensters, auf reichlich wackeligen Stühlen, nahmen sie Platz.

Museum oder Bühnenbild? Auf den ersten Blick wußte Katia es nicht zu entscheiden. Der bekannte Künstler Andrej Bilscho hatte das Petrowitsch im leichterkennbaren Ambiente der Sowjetzeit eingerichtet. Das Interieur bestand aus lauter veralteten Möbelstükken: Tischen aus dunklem Holz in verschiedenen Formen und Größen, einem Sammelsurium an Stühlen und allerlei Gebrauchsgegenständen. Leitern, Besen und Schaufeln standen herum wie zufällig, durchgerostete Teekannen und alte Herde, Kerosinlampen und schwarze, schwere Bügeleisen – die ganze Enzyklopädie des sowjetischen Alltagslebens wurde in diesen Räumen dargestellt. Es gab auch technische Geräte – ein Grammophon aus der Nachkriegszeit ... Die ersten Fernseher sowjetischer Bauart und ein Kühlschrank-Dinosaurier.

»Kennst du das da noch?« fragte Olga vergnügt und deutete auf ein klobiges Röhrenradio. »Das habe ich gestiftet. Jeder Gast darf dem Club sein Lieblings-Objekt aus der Kindheit schenken und es dann regelmäßig besuchen. Manchmal bin ich so gerührt, wenn ich das Radio sehe, daß ich mich betrinken muß!«

Die Speisekarte wurde in einer hellblauen Beamtenmappe mit Bändchen und Aktennummer gereicht. Kichernd studierten die beiden Frauen sie. Die Gerichte – meistens aus der traditionellen russischen Küche – waren mit Humor und großem Geschick benannt: Schwarzer Kaviar (serviert mit Blini) hieß »Wir sagen nein zum Rassismus«, während der rote Kaviar unter der Parole »Wir werden siegen« lief. Hinter dem »Moskauer Morgen« verbargen sich Bratkartoffeln mit Bulette, und mit »Kommunalwohnung Nr. 2« war ein Gemüseauflauf gemeint.

Olga wollte den »Kuß vom General Franco« – Meeresfrüchte mit Muscheln im Reisrand. »Ist das nicht eine gefährliche Kombination hier im Binnenland?« fragte Katia besorgt, die sich für einen grünen Salat mit Tomaten entschieden hatte, hier firmierend unter »Die Roten in Gefangenschaft der Grünen«. »Das ist ja gerade der Witz«, sagte Olga. »Was wäre das Leben ohne Risiko?«

Katia sah auf die Uhr und merkte, wie ihre Stimmung sich änderte. Um eins waren sie verabredet gewesen, vor zehn Minuten waren sie gekommen, jetzt war es halb zwei. Mit deutschen Vorstellungen von Pünktlichkeit konnte man sich in Moskau nur unglücklich machen, das wußte sie. Während sie es aber den russischen Frauen keineswegs übelnahm, wenn sie zu spät kamen, ja, es nicht einmal anders erwartete, reagierte sie Männern gegenüber weitaus ungnädiger. Russen oder nicht, sie war es nicht gewohnt, daß Männer sie warten ließen, Punktum.

Olga, die ihr die gereizte Stimmung anmerkte, machte sie auf ein Gruppenfoto aufmerksam, das neben ihrem Tisch an einer Säule hing. »Das Kollektiv der psychiatrischen Klinik Nr. 225 der Stadt Tambow beim Ausflug nach Leningrad. 6. Juli 1967«, las Katia und mußte wider Willen lachen.

Es war doch ein Bühnenbild, entschied sie, und die Art und Weise, wie die Dinge zusammengefügt waren, machte, daß man sich als Teil der Inszenierung empfand.

»Siehst du, du bist nicht allein mit deiner Sowjet-Nostalgie«, sagte Olga. »Hier sind eine Menge Leute, die sie mit dir teilen.«

»Hm. Und was suchen sie hier?«

»Tja, weißt du – ich glaube, es geht nicht um Politik. Man hat in den letzten fünfzehn Jahren so viel über Politik geredet und darüber, was alles schlecht war am Sowjetregime. Aber die Leute haben doch gelebt, und sie haben ihr Leben genossen. Soll man so tun, als ob es das nicht gab? Hier darf der kleine Petrowitsch weiterleben.«

»Petrowitsch?« wollte Katia wissen.

»Petrowitsch – der durchschnittliche Sowjetbürger aus damaligen Zeiten, er ist vielleicht vierzig Jahre alt, hat eine Frau und zwei Kinder, wohnt in einer Kommunalwohnung, teilt seine Küche und Toilette mit sieben anderen Nachbarn, ein ganz normaler, durchschnittlicher Mensch ... Einmal im Jahr fährt er vielleicht in Urlaub auf die Krim, er ißt normalerweise zum Frühstück Bratkartoffeln, und an den Feiertagen macht ihm seine Frau Salat mit Kartoffeln, Fleisch, Gurken, Äpfeln und Mayonnaise ... Übrigens«, fügte sie lächelnd hinzu, »sie hat gelernt, zu warten, die kleine Frau Petrowna.«

Gerade als Katia widersprechen wollte, kam der erwartete Daniil Korabljow hereingeflogen. Er hatte sich beeilt, das sah man, kleine Schweißperlen standen ihm auf der Nase. Als er Katia sah, wurde er rot, machte eine kleine Verbeugung und entschuldigte sich wortreich für die Verspätung. Er war noch nicht mal dreißig, ein schwarzhaariger, dynamischer Typ im dunklen Anzug und weißen Hemd, der Kragen war geöffnet, von der Krawatte sah ein Zipfel aus der linken Hosentasche heraus. Olga forderte ihn auf, ohne lange Umstände zum Thema zu kommen.

»Pack aus, Danik«, sagte sie ungeduldig und sah auf die Uhr.

»Um genau zu sein, ich habe diesen Wjatkin nur ein- oder zweimal gesehen, das war bei einer Wahlveranstaltung vor zwei Jahren. Er war der Kandidat der Jabloko, und die Agentur, bei der ich damals gearbeitet habe, hat die Partei des Präsidenten unterstützt.«

»Jabloko – ist das die Partei der Demokraten?« erkundigte sich Katia.

»Heutzutage sind wir doch alle Demokraten«, lächelte Korabljow.

»Jabloko ist die Partei von Jawlinskij, falls der Name Ihnen etwas sagt. Und sie hatten natürlich viel weniger Geld als wir«, fuhr er fort.

»Was haben Sie mit dem Geld gemacht?« fragte Katia.

»Wir haben den Kandidaten ein wenig meinungsbildend unterstützt.«

»Was heißt das?«

»In meiner Agentur geht das so: Wir kommen in eine kleine Stadt und suchen nach bestimmten Kriterien eine Zeitung heraus. Dann gehen wir in die Redaktion und schicken die Leute in die Ferien.«

»Und die räumen so einfach das Feld?«

»Das sind hart arbeitende Menschen. Die meisten finden, daß sie ein paar bezahlte Ferienwochen gut gebrauchen können.«

»Und dann?«

»Dann fängt unsere Arbeit an. Wir sind ein Team von sehr qualifizierten Leuten – Wirtschaftsexperten, Soziologen, Mediziner, Fachleute in Fragen der Nationalpolitik, Juristen, Kultur- und Religionswissenschaftler. Wir bearbeiten bestimmte Themenfelder und schreiben Artikel unter verschiedenen Namen – mal bin ich der Theaterkritiker Korabljow, mal der Kommentator für Landwirtschaftsthemen Korabljewskij, mal der Landesrabbiner Korabljewitsch oder der orthodoxe Priester Vater Daniil.«

»Und die Leser glauben das?« Katia war verblüfft, das Ganze kam ihr vor wie eine Provinzposse. Wie hieß noch das Stück von Gustav Freytag, das sie in der Schule gelesen hatte? »Die Journalisten«: »Kann ich schreiben rechts, kann ich schreiben links ...«

»Ach, wissen Sie, die Provinz hat ihre eigenen Gesetze. Die Leute sind anders als hier. Wenn man ihnen die Dinge schmackhaft macht, glauben sie alles. Und diejenigen, die nicht daran glauben, trauen sich nicht, es laut zu sagen. Udmurtien ist eine schwierige

Region. Die großen Fabriken wie Ischmasch – die Waffenfabrik, wissen Sie? – haben zu wenig Aufträge. Die Arbeitslosigkeit ist hoch, die Leute sind unzufrieden. Und auf dem Land ist das alte Kolchosensystem auch kaputtgegangen. Auch dort wird nicht mehr richtig gearbeitet.«

»Aber die Leute auf dem Land – sie lesen Ihre Zeitung sicher nicht.«

»Da haben wir andere Mittel. Wir bringen zum Beispiel einen Lastwagen voller Kohl in das Dorf. Die alten Frauen freuen sich. Für die Männer haben wir noch andere Sachen im Angebot, meistens Alkohol.«

Sollte sie jetzt schockiert sein? Katia war sich nicht sicher, ob das, was sie da eben gehört hatte, sich so grundsätzlich von der Praxis in vielen anderen Ländern der Welt unterschied. Olga sah jedenfalls nicht schockiert aus, im Gegenteil. Ihre Augen ruhten mit Wohlgefallen auf ihrem ehemaligen Zögling und der jugendlichen Unbefangenheit, mit der er diese häßlichen Dinge preisgab.

»Siehst du, das ist die neue Generation. Keine Komplexe, keine Ideale und immer gut angezogen.«

»Das Kompliment bekommen Sie zurück, Olga Innokentjewna, was für ein hübsches Kleid Sie da heute tragen! Und Ihr Parfüm, ist das nicht Dolce & Gabbana?«

Olga lachte sphinxhaft. »Okay, du hast gewonnen.«

Katia fand es an der Zeit, zu ihrem Thema zurückzukehren. »Und Wjatkin, was für ein Typ war er?«

»Er war Udmurte. Es gibt nicht viele Udmurten in der Politik. Die Republik heißt Udmurtien, aber es wohnen mehr Russen dort – etwa sechzig Prozent der Stadtbevölkerung. Auf dem Land sind aber mehr Udmurten. Und die Udmurten sind nicht politisch, sind nicht kämpferisch genug, sie lieben ihre Familien, lieben ihren Frieden ... Sie sind tüchtig, aber langsam in Denken, ruhig, oft wie gelähmt, sie sind schüchtern, und ich hatte das Gefühl, daß manche von denen ziemlich blöd sind – wie Dorftrottel ... Die Tataren, die da auch leben, die sind anders, wie Feuer – und Udmurten sind wie Wasser in einem ruhigen Ententeich ... Also, diese Typen wie Wjatkin sind eine Ausnahme. Er war nicht so leicht zu knacken. Der wollte mit dem Kopf durch die Wand, absolut kompromißlos. Dabei wußte er eine Menge, gerade in Wirtschaftsfragen. Warum er sich umgebracht haben könnte? Ich habe keine Ahnung.«

»Wirkte er irgendwie – religiös?«

»Das würde mich wundern. Unser Kandidat hat jede Gelegenheit genutzt, um sich mit der Kerze in der Kathedrale zu zeigen – aber Wjatkin? Er kommt eher aus der materialistischen Ecke, alte Ischmasch-Dynastie. Da hat er mal als Dreher angefangen, wußten Sie das? Na ja, wer weiß, wer weiß. ›Schweige, verbirg dich und halte / Deine Gefühle und Träume geheim ...‹«, zitierte er mit breitem Lächeln Fjodor Tjutschew.

Die Jahre an der Moskauer Universität waren für ihn also doch nicht umsonst gewesen, dachte Katia und winkte nach der Rechnung.

»Es gibt nichts, was es im heutigen Rußland nicht gibt«, fügte er hinzu, »amerikanische Evangelisten, Buddhisten, Adventisten, Wiedertäufer, die Moon-Sekte, weiße Bruderschaft macht Hungerstreik im Gefängnis, Corpus Christi ...« – und endete mit der Frage: »Fahren Sie morgen nach Ischewsk?«

Katia nickte

»Wenn ich noch etwas erfahre, rufe ich Olga Innokentjewna heute nachmittag an.«

Der Service paßt nicht zum Interieur, dachte Katia erfreut, nachdem sie die Rechnung prompt erhalten hatte. »Petrowitsch liebt euch!« stand unter der erstaunlich hohen Summe. Das Essen hier hätte der kleine Petrowitsch sich nicht erlauben können.

»Falls du wissen willst, warum ich keine Lust hätte, als politische Journalistin zu arbeiten ... Hier hast du die Antwort«, sagte Olga, als sie die Tür des Lokals hinter sich geschlossen hatten. Sie gingen langsam die Mjasnitskaja entlang. »Ob das Geld von Gruner & Jahr sauberer ist, was denkst du?« fragte Olga.

Katia wußte keine Antwort.

13.

Was die Anzahl der Bahnhöfe angeht, hatte Moskau Paris weit übertroffen. Nicht weniger als neun gab es, und wie die meisten Moskauer pflegte Olga sie alle sorgfältig zu meiden. Oberflächlich betrachtet, weil da viel geklaut wurde. Aber die Wahrheit lag tiefer.

Die Bahnhöfe verkörperten das schlechte Gewissen der Hauptstadt. Gern erhoben die Moskauer sich selbst und ihre Stadt zum Maß aller Dinge, präsentierten stolz das in den letzten Jahren Erreichte und wollten nicht sehen, was anderswo im argen lag. »Moskau glaubt nicht an die Tränen«, hieß ein bekanntes Sprichwort. Auf den Bahnhöfen wurden sie geweint. Alles, was man gern versteckt hätte, gab es da – Straßenkinder, Prostituierte, Bettler, die auf dem Boden schliefen. Die Menschen waren anders angezogen als die Moskauer, und auch ihre Gesichter sahen anders aus. Sie zeigten einen Ausdruck von Kummer, Hunger und Hoffnungslosigkeit, der sonst in der Stadt nicht so leicht anzutreffen war.

Abgesehen davon hatte jeder der neun Bahnhöfe seine eigene Geschichte, sein Publikum und seine Atmosphäre. Nicht alle waren gleichermaßen verhaßt.

Eine Weile schon kurvte Olga um das Areal herum, auf dem die drei benachbarten Bahnhöfe Jaroslawskij, Kasanskij und Leningradskij standen. Auf der Rangliste der drei rangierte Kasanskij ganz unten. Leningradskij, der älteste der Moskauer Bahnhöfe, hatte zumindest etwas Poetisches, schon als Schauplatz von Tolstojs »Anna Karenina« hatte er eine Rolle gespielt. Jaroslawskij ging auch noch, von da aus konnte man nach Walentinowka reisen, wo Olgas Eltern auf der Datscha lebten. Vierzig Minuten dauerte die Fahrt.

Aber Kasanskij, das war wirklich das Letzte. Katia kannte Olgas

Phobie. Daß sie trotzdem darauf bestanden hatte, sie hinzubringen, wußte sie zu würdigen und ertrug ihre schlechte Laune mit Gleichmut.

Um 18 Uhr sollte der Zug fahren. Jetzt war es Viertel vor, und sie hatten noch immer keinen Parkplatz. Mit quietschenden Reifen wandte Olga den BMW nach rechts und stellte ihn quer auf die Taxispur.

Ein unfreundliches »*Ty tschto oborsjela*?« – Bist du noch ganz dicht? – versuchten die beiden Frauen zu überhören. Mit vereinten Kräften zogen sie Katias große Reisetasche aus dem Auto. Als Olga sich dem älteren Mann, der mit heruntergekurbelten Scheiben in seinem Taxi auf Kundschaft wartete, mit einem entschuldigenden Lächeln zuwandte, änderte sich seine Stimmung sofort. »Na ja – mit BMW ist das schon erlaubt«, brummte er gutmütig. »Ist was nicht in Ordnung mit dem Wagen, kann ich helfen?« Olga schüttelte den Kopf und zeigte auf ihre Uhr.

Dann warfen sie sich in die Menge, die den Bahnhof umschwirrte wie ein Bienenhaus.

In diesem energiegeladenen Menschenschwarm spielte sich das Leben in all seinen Facetten ab, Willkomm und Abschied, Küsse zu beiden Gelegenheiten. Zwei betrunkene Männer zankten sich am Kiosk, der eine kippte dem anderen den Inhalt seines Pappbechers ins Gesicht, der andere nahm ihn am Schlafittchen, ein paar feixende Passanten feuerten sie an.

Das war nicht mehr Moskau, das war der Osten. In diese Richtung fuhren die Züge vom Kasanskij-Bahnhof aus.

Gerade in dem Augenblick, als sie sich an einer sechsköpfigen Baschkirenfamilie vorbei durch die gesprungene Glastür in das Bahnhofsgebäude schoben, klingelte Olgas Handy. Sie mußte erst in ihrer Tasche kramen, bis sie es fand.

»Ja?« blaffte sie böse. »Ach, Daniil. – Wie bitte? – Ich höre gerade nichts!« und drückte das Gerät noch fester ans Ohr. Daniil am anderen Ende der Leitung war offenbar in ein wirkungsvolles Forte übergegangen. Katia bekam mit, wie Olgas Gesichtsausdruck von angespannter Gereiztheit in Verwunderung überging.

»Alles in Ordnung?« fragte sie, als Olga das Gespräch wortlos beendet hatte.

»Ich weiß nicht. Nein. Es war komisch. Er hat gesagt, du sollst aufpassen. Mehr habe ich nicht verstanden.«

Katia war ärgerlich. »Ich soll aufpassen? Was soll das? Sag deinem Daniil, er soll sich nicht so anstellen. Ich werde schon keinem weitersagen, was er uns erzählt hat.«

Olga schwieg.

Ein paar Augenblicke später hatten sie den Bahnsteig erreicht. Der Zug war grün, und er hieß »Italmas«.

»Nach irgendeinem gelben Blümchen«, wußte Olga.

Für einen langen Abschied blieb keine Zeit. »Du mußt mir etwas versprechen«, rief Olga durch ihre zu einem Trichter geformten Hände, als Katia schon am Abteilfenster stand.

»Du mußt mich jeden Tag anrufen und mich über den Stand deiner ethnologischen Forschungen auf dem laufenden halten. Du weißt, ich interessiere mich brennend dafür.«

Katia nickte, sie hatte verstanden. Dann warf sie ihr eine Kußhand zu.

14.

Die udmurtische Hauptstadt Ischewsk liegt 1325 Kilometer östlich von Moskau, kurz vor dem Ural. Katia hatte zwanzig Stunden Fahrt vor sich. Sie liebte die russischen Züge und den schlafbringenden Rhythmus der ratternden Räder, die Schaffnerinnen, die es fertigkriegen, in jeder Hand fünf Teegläser mit kochendheißem Inhalt zu balancieren, dazu noch kleine Zukkerpäckchen, und die Leichtigkeit, mit der man normalerweise schon beim ersten Glas Tee ins Gespräch kam.

So war es jetzt nicht. Über die Hitze in dem Abteil hätte man reden können. Aber jeder war mit sich selbst beschäftigt.

Der untersetzte Mann mit den fünf karierten Reisetaschen aus Plastik, solchen, wie es sie jetzt auf der ganzen Welt gibt – wie hatten sie überhaupt hereingepaßt? –, stand im Gang und telefonierte in geschäftlichem Ton. Er sprach laut, manchmal schnappte Katia etwas auf, es ging um irgendwelche Farben, »weiß, schwarz, rosa«, hörte sie und »rot – leider diesmal nichts dabei«.

Eine Frau mit blondgefärbten kurzen Haaren saß mit übereinandergeschlagenen Beinen in Shorts und T-Shirt da, ihre städtische Kleidung hatte sie sorgfältig auf einen Bügel gehängt. Sie hatte auffallend lange, goldgelb lackierte Fingernägel und blätterte in einem Werbeprospekt für Friseurbedarfsartikel. Ein Stapel Kreuzworträtselhefte lag neben ihr. Sie hatte noch viel vor.

Der zweite Mann schließlich war schon in die freiwillige Verbannung des oberen Betts gegangen. Da saß er mit hochgezogenen Knien und machte sich Notizen in ein Ringbuch. Er schien ziemlich groß zu sein. Vermutlich war seine Lage da oben nicht sehr bequem. Eine Aktenmappe aus schwarzem Leder hatte er hinter das Kopfkissen geklemmt. Katia fiel seine verschlossene Miene auf. Ab und zu sah er in ihre Richtung, aber es waren kühle, mißtrauische Blicke.

Auch sie paßte auf ihre Sachen auf, besonders auf die Kamera, die sie in der Gepäcktruhe unter dem Sitz verstaut hatte. Die Schweigsamkeit der anderen war ihr ganz recht.

Katia fühlte sich nicht so gelöst wie sonst auf Zugreisen. Vor Olga hatte sie es nicht zugeben wollen, aber Daniils sonderbarer Anruf hatte ihr angst gemacht. Wovor hatte er sie bloß warnen wollen? Und Olga, sonst die Sorglosigkeit in Person, sie hatte so – mütterlich reagiert.

Sie stützte sich mit dem Ellenbogen auf das Klapptischchen vor dem Fenster und sah hinaus. Die Moskauer Peripherie wollte kein Ende nehmen – Fußballplätze, Fabrikanlagen, Schrottplätze unter dem abendlich verwaschenen Blau des weiten Himmels, an dem nicht eine Wolke zu sehen war. Keine Aussicht auf ein reinigendes Gewitter.

Katia liebte die Hitze nicht, was das anging, war sie in Hamburg richtig. Sie stand auf und streckte den Kopf aus dem Fenster. Der Fahrtwind riß an ihren Haaren und brachte sie zum Flattern.

Jemand winkte ihr zu, als sie an einem Neubaugebiet vorbeifuhren. Die wenigen Bäume, die man angepflanzt hatte, standen dünn und stakelig in der kahlen Landschaft herum. Katia wunderte sich über die seltsam unzeitgemäß wirkende Architektur der Ein- und Mehrfamilienhäuser aus rotem Klinker, die mit Türmchen und Erkern und sonstigen Details aus einer vergangenen Epoche ausgestattet waren. Solide wirkten sie, aber die Proportionen stimmten nicht, und die Grundstücke, auf denen die Häuser standen, waren viel zu klein.

Katia setzte sich wieder. Sie zog ein Stück Gurke aus ihrer Tasche, die Babuschka Vera ihr reichlich mit Proviant vollgepackt hatte, und begann, daran herumzuknabbern. Dann sah sie erneut aus dem Fenster. Früher hatte sie die halbverfallenen Bauernhäuser mit den geschnitzten Fensterrahmen aus grau gewordenem Holz romantisch gefunden und war damit bei Russen auf Widerspruch gestoßen.

»Stellen Sie sich bloß die Enge da drinnen vor, die Unordnung, den Mangel an Komfort!« hatte man ihr empört vorgehalten, seitdem behielt sie solche Beobachtungen lieber für sich. Aber die Gärten drum herum mit blühendem Phlox, Rittersporn und Margeriten waren schön, Katia glaubte, ihren Duft im Vorüberwehen riechen zu können. Oder war es der Geruch der gutgeplätteten Leinenlaken – was für ein Luxus auf dem Weg nach Udmurtien ...

Es war noch hell, als Katia wieder aufwachte. Der Zug war mit knirschenden Bremsen in den Bahnhof eingefahren. »Wekowka«, rief eine näselnde weibliche Lautsprecherstimme. Den Halt in Kasan, der Hauptstadt des alten tatarischen Königreichs, hatte sie also verschlafen. Schade eigentlich. Die alljährliche Kunde von den Cholerafällen, die hier aufzutreten pflegten, hätte sie vom Aussteigen bestimmt nicht abgehalten. Katia wandte den Kopf zum Fenster, als sie hinter ihrem Rücken ein rhythmisches Klingen und Klirren hörte. Verwirrt richtete sie sich auf. Wenn ihre Sinne sie nicht trogen, dann war es ein Zug kristallener Lüster, der auf dem Bahnsteig vorüberschaukelte.

Das mußte sie sich näher ansehen! Katia nahm ihre Kamera aus der Truhe und stieg aus. Es war üblich, daß Sachen auf den Bahnsteigen verkauft wurden. Wenn der Zug hielt, standen die Frauen mit ihren Körben schon da und boten Piroggen, Obst oder kleine Päckchen aus Zeitungspapier mit heißen Kartoffeln, Dill und Zwiebeln an. Aber das hier war etwas anderes: Eine gläserne Pracht, fast wie aus den Werkstätten von Murano, wurde zum Verkauf herumgetragen. Lampen und Leuchter, riesige Vasen, Schüsseln in allen Größen, Pferde und tanzende Bären aus Glas – Erzeugnisse der ortsansässigen Glasfabrik, die schon lange keinen Lohn mehr zahlt, erfuhr Katia von Umstehenden. Ein bombastisch kitschiger Kronleuchter hatte es ihr angetan, den ein alter Mann ihr lockend entgegenhielt, aber was sollte sie auf der Reise mit einem solchen Monstrum anfangen? Sie lehnte mit Bedauern ab, konnte aber nicht widerstehen, das surreale Bild mit der Kamera einzufangen.

Der Mann mit den Plastiktaschen aus ihrem Abteil stand immer noch im Gang. Er telefonierte jetzt nicht mehr und maß sie mit abwägenden Blicken. Um sie vorbeigehen zu lassen, drehte er sich mit dem Bauch zum Fenster hin und präsentierte ihr seinen verschwitzten, massigen Rücken.

»*Dewuschka!* Mädchen!« rief er ihr hinterher.

Katia wandte sich um.

»75 D?«

Sie mußte einen Augenblick überlegen. Dann verstand sie, was er gemeint hatte. Was für eine Frechheit!

»Falsch«, schnaubte sie. »75 I, wie: Idiot!«

»Schon gut«, sagte der Mann begütigend, »ich hab es nicht böse gemeint. Ich gucke nur als Profi.«

»Was?!«

»Es ist mein Beruf. Gestatten: Waldemar Sbarskij, Handlungsreisender für Badeanzüge und Damenunterwäsche.«

Katia hob die Augenbrauen, nickte verstehend und verschwand mit gequältem Lächeln im Abteil.

Sie hob das Bett, das gleichzeitig der Deckel zur Gepäcktruhe war, um die Kamera zurückzulegen. Ihr Blick fiel auf die Tasche. Etwas war nicht in Ordnung – der Zipfel ihres grünen T-Shirts, eingeklemmt in den Reißverschluß –, das war vorher nicht gewesen. Katia erschrak. Mit fliegenden Händen öffnete sie die Tasche und vergewisserte sich hastig, ob die wichtigen Dinge da waren, ihr Vortrag, ihre Unterlagen, Adreßbuch, Sportschuhe – auf den ersten Blick konnte sie nicht feststellen, daß etwas weggekommen war. Doch nach der ersten Erleichterung wurde sie wieder unruhig. Sie durchmaß das Abteil mit den Augen, außer ihr war nur die blondgefärbte Frau da. Sie lag ausgestreckt auf dem unteren Sitz und schlief mit leicht geöffnetem Mund.

Der dünne Mann mit der ledernen Aktenmappe kehrte zurück. Er zog seine Schuhe aus, schob sie ordentlich nebeneinander unter die Liege der schlafenden Frau und verzog sich wieder nach oben.

Also, er war nicht dagewesen. Katia stand auf und wandte sich an den Handlungsreisenden im Gang. Der, mit der Bierflasche in der Hand, stand immer noch am geöffneten Fenster.

»Haben Sie gesehen, ob jemand in unserem Abteil gewesen ist?« fragte sie zögernd. »Jemand, der da nichts zu suchen hat, meine ich.«

»Warum fragen Sie? Ist etwas gestohlen worden?« Er geriet in Panik und stürzte ins Abteil. Nachdem er sich vergewissert hatte, daß seine fünf Taschen allem Anschein nach unversehrt an ihrem Platz standen, kehrte er zurück zu seinem Bier und seinem Fenster. »Alles in Ordnung.« Katia seufzte und kehrte zurück an ihren Platz. Sie setzte sich und nahm ein Buch zur Hand.

»Ist etwas passiert?« kam eine ruhige Stimme von oben. Sie zögerte einen Augenblick mit der Antwort. War etwas passiert oder nicht? Vielleicht hatte sie doch selber ... »Es empfiehlt sich, auf Reisen das Gepäck immer bei sich zu tragen«, meldete sich die Stimmer erneut, »besonders, wenn man geschäftlich in einem fremden Land unterwegs ist.« Der Mann sprach Russisch, aber Katia meinte, einen leichten amerikanischen Akzent herauszuhören.

»Woher wissen Sie, daß ich geschäftlich unterwegs bin?«

»In diese Himmelsrichtung fährt niemand zu seinem Vergnügen.«

Katia starrte ihn an. »Sind Sie auch Ausländer?« In der hereinbrechenden Dunkelheit sah das schmale Gesicht des Mannes blaß und unbeweglich aus. Tiefe Furchen verliefen zwischen Nase und Mund. Ein Paar wacher Augen war aufmerksam auf sie gerichtet.

»Wie kommen Sie darauf?«

Seine Frage war rhetorisch. Das Gespräch war beendet. Er knipste das Licht an und wandte sich wieder seinen Papieren zu.

Das Licht störte sie. Katia verbrachte eine zweite unruhige Nacht.

15.

Sie hatte etwas übrig für Friedhöfe, normalerweise versetzten sie sie in eine angenehm melancholische Stimmung, aber dieser hier nicht. Die Mittagssonne schien auf ein weiträumiges, kahles Gräberfeld, das durchzogen war von schnurgeraden Asphaltwegen und umgeben von einem hohen, schwarzen Metallzaun. Es erinnerte Katia an eine Hochsicherheitsanlage. Da war kein Trost, keine Beschönigung, der Tod war der Tod war der Tod.

Professor Bulatow hatte sie direkt vom Bahnhof aus zum Juschnoje-Friedhof gebracht. Sie hatte sich ausdrücklich gewünscht, an Sokolovs Beerdigung teilnehmen zu dürfen.

Katia wußte, daß Begräbnisse und das ganze Drumherum in Rußland Sache der Angehörigen waren. In diesem Fall hatte das Institut diese Aufgabe übernommen, um die Witwe, die unter Schock stand, zu entlasten. Bulatow als Institutsvorstand mußte den Zeremonienmeister geben. In seinem dunklen Anzug schwitzend, rannte er durch die Gräberreihen. »Ich gehe voraus«, warf er ihr über die Schulter zu, »aber lassen Sie sich ruhig noch eine Viertelstunde Zeit.« Er wies ihr die Richtung: »Sektor C, Reihe 17, Platz 53.«

Der Friedhof war neu, erst ein paar Jahre alt. Schatten gab es kaum. Nur auf einzelnen Gräbern wuchsen Birken- und Vogelbeerbäumchen hinter blau und weiß gestrichenen Metallzäunen. Viele Grabstätten waren mit Plastiksträußen geschmückt, wenig überzeugende Imitate in grellen Farben. Auch die Kränze, die auf den frischen Gräbern lagen, waren künstlich und die bunten Bänder daran schon jetzt verblaßt und schmutzig. Wer solche Blumen bringt, wird nicht wiederkommen ... Nein, sie wußte, daß das nicht stimmte. Auch auf diesem Friedhof mußte es eine kleine alte Frau geben, die sich mit einer schweren Gießkanne abmühte, zweimal die Woche.

Ganz sicher sogar – jetzt sah sie, daß hinter einem Grabstein Besen, Eimer und Schaufel versteckt waren. Sie blieb stehen und sah sich das Foto des Verblichenen an, hohe Stirn, kluge Augen, 1917–1998. Arzt war er gewesen, ein Äskulapstab schmückte den Stein.

Das sah nach einem ausgefüllten Leben aus.

Und wer würde *ihr* Grab besuchen? Und an wessen Seite würde man *sie* beerdigen? Katia sortierte in Gedanken ihre diversen Lebensabschnittspartner. Also doch in die Familiengruft wie Großtante Dorothea, die auch keinen abgekriegt hatte. Katia schniefte. Sie beschloß, dem aufkommenden Selbstmitleid jetzt keine Chance zu geben. Es gab doch einen Grund, warum sie hier war.

»Weiß man inzwischen, warum Sokolov sich umgebracht hat?« hatte sie Bulatow auf der Fahrt hierher gefragt. Der Friedhof lag in den Außenbezirken von Ischewsk, sie hatten durch die ganze Stadt gemußt. Es gab auf jeden Fall mehr Schlaglöcher als in Moskau. Sie saßen hinten in dem kleinen Moskwitsch, jemand vom Institut fuhr sie. Bulatows massiger Körper nahm viel Platz ein.

»Wenn Sie meinen, ob man einen Abschiedsbrief oder dergleichen gefunden hat – nein. Nein, wir wissen überhaupt nichts. Wir stehen hier alle ziemlich unter Schock, wissen Sie. Das ganze Institut – alle sind wie gelähmt. Es gab auch sehr viel zu tun in den letzten Tagen – wir waren mitten in den Kongreßvorbereitungen, und jetzt mußte auch noch das Begräbnis organisiert werden.« Bulatow zog ein Taschentuch aus der Hosentasche und wischte sich die Stirn ab. Seinen Worten zum Trotz wirkte er recht animiert, ein Homo faber in seinem Element.

Sie beeilte sich, ihm ihr Mitgefühl zu zeigen.

Bestürzung habe die Nachricht auch in Hamburg an ihrem Institut ausgelöst und besonders bei Eneli. »Und dann lese ich die Meldung im Internet, daß auch Wjatkin und ein dritter – es ist einfach unfaßbar, so eine Serie von Selbstmorden ...«

Bulatow unterbrach sie. »Ach, wissen Sie, daß solche Fälle gehäuft auftreten, ist leider für uns traurige Realität. Ich habe darüber sehr viel geschrieben. Ich nehme an, daß Sie meine Arbeiten dazu kennen. Fahren Sie mal aufs Land, da finden Sie jeden Tag so einen Fall, fast immer sind es Männer, oft Minderjährige ...«

Er holte tief Atem. »... aber das interessiert niemanden in Rußland. Für Suizidforschung wird wenig Geld ausgegeben, von Antisuizidprogrammen ganz zu schweigen. Da müssen erst bekannte Persönlichkeiten sterben, daß man anfängt, davon Notiz zu nehmen. Wenn ich zynisch wäre …« Das Auto hielt vor dem Friedhofseingang. Bulatow verstummte.

»Wissen Sie, wer der dritte war?«

»Auch einer aus Ischewsk, sein Name ist Ogryskow, Viktor Ogryskow. Hat irgendwas Geschäftliches auf die Beine gestellt. Tüchtiger Mann, habe ich gehört.«

Katia hatte nicht weiter gefragt.

Zwischen den Gräbern wuchsen Pusteblumen. Sie pflückte eine. Wenn man es schaffte, all diese weißen Fallschirmchen mit einem einzigen Atemstoß in alle Winde zu zerstreuen, dann durfte man sich etwas wünschen … Sie schaffte es nicht. »Ogryskow« – Katia nahm ihr Notizbuch aus der Tasche und schrieb den Namen auf.

16.

Als Katia zu der Begräbnisstelle kam, waren die Feierlichkeiten schon im Gange. Bulatow war mit seiner Rede an der Reihe.

»Er war dreißig Jahre alt, als er aus Leningrad zu uns an den Rand des Urals kam. Was war unsere Stadt damals für ihn – einen hervorragenden jungen Forscher mit vielversprechender akademischer Karriere?«

Er lächelte.

»Eine Terra incognita, ein Platz für Bären und Wölfe, wenn Sie verstehen, was ich meine.«

Daraus schloß Katia, daß sie nicht allzu spät gekommen war, als Institutsleiter war er der erste auf der Rednerliste. Sie mußte sich sehr konzentrieren, um über die vielen Köpfe vor ihr hinweg zu verstehen, was er sagte.

Bulatows weitschweifige Würdigung von Sokolovs Werdegang geriet zu einem unverhohlenen Lob für das Institut und dessen wissenschaftliche Leistungen. Das Wort Selbstmord fiel kein einziges Mal, statt dessen sprach er von dem »plötzlichen unerwarteten Tod«, der für »uns alle« ein Schlag sei.

Genau das verblasene Gerede, das man auch in Deutschland für solche Fälle parat hatte, dachte Katia angewidert. Eine PR-Rede war das gewesen, ohne jede echte Trauer. So redete niemand, der einen Freund verloren hatte. Katia hatte zu viel Zeit an der Uni zugebracht, um noch Illusionen über das menschliche Klima auf dem akademischen Olymp zu haben. Sie wußte, daß es auch dort Intrigen und sorgfältig gepflegte Feindschaften gab wie zwischen griechischen Göttern. In diesem Fall allerdings war sie enttäuscht. Sie empfand ein unklares Bedauern für Sokolov, daß auch sein Leben von solchen Dingen nicht frei gewesen war.

Was mochten die anderen darüber denken? Sie ließ ihren Blick über die Menschenmenge schweifen. Viele junge Gesichter waren darunter. Neben dem offenen Grab stand eine zierliche, schwarzgekleidete Frau. Schwer zu schätzen, wie alt sie war. Um das Haar hatte sie einen schwarzen Schleier gelegt, offenbar die Witwe. Trotz der Hitze schien sie zu frieren. Ihr Körper war ganz in sich zusammengezogen, der Blick war zu Boden gerichtet. Sie wurde gestützt von einem Mann mit dem Aussehen einer Dohle.

Und dann entdeckte Katia ein Gesicht, das sie nicht zum ersten Mal sah. Es war der dünne Mann aus dem Zug, jetzt hatte er seine Aktentasche nicht dabei. Auch er sah zu ihr herüber. Was machte der hier?

Jetzt trat Bulatow mit vor dem Bauch übereinandergelegten Händen zu der Witwe und wechselte ein paar Worte mit dem Mann neben ihr. Dann wandte er sich wieder der Menge zu und stellte ihn als nächsten Redner vor – ein Freund des Verstorbenen aus St. Petersburg.

Gotschew, ein bulgarischer Name, überlegte Katia.

Er hatte eine schöne Stimme, und seine Sprechweise erinnerte sie an die Art von Intellektualität, wie sie sie in ihren eigenen Moskauer Jahren gelegentlich angetroffen hatte. Sie hörte fasziniert zu.

Während er sprach – nicht laut, aber sehr akzentuiert –, war sein Blick nach innen gerichtet.

»Unsere Generation, geboren in einer Zeit, als die Krematorien von Auschwitz mit Hochdruck arbeiteten und als Stalin im Zenit seiner göttergleichen, absoluten Macht stand – diese Generation kam auf die Welt, um das wiederauferstehen zu lassen, was in diesen Krematorien und in den anonymen Massengräbern von Stalins Gulag ein für allemal hatte vernichtet werden sollen ... Wir haben mit unserer Arbeit begonnen in einem wüsten, schrecklich zerstörten Land, und mehr intuitiv als bewußt haben wir auf die Wiederherstellung einer kulturellen Identität hingearbeitet ... Sokolov war einer von uns, sage ich mit Stolz.«

Er verwies auf die besondere Qualität von Sokolovs Texten, Texten, die nichts anderes seien als »Prosagedichte«, inspiriert von der Liebe zu seinem Gegenstand, der udmurtischen Kultur und Naturreligion, ihrer Spiritualität, von der er mit Wärme und Empathie gesprochen habe.

»Jemand, der ein Gedicht schreibt, tut dies vor allem, weil das Schreiben von Gedichten den Geist, das Denken und das Erfassen des Universums auf außerordentliche Weise beschleunigt. Wer diese Beschleunigung einmal am eigenen Leib erlebt hat, ist nicht länger in der Lage, auf die Hoffnung auf Wiederholung dieses Erlebnisses zu verzichten: Er wird abhängig von diesem Schaffensprozeß, so wie andere abhängig werden von Drogen und Alkohol. Wer in dieser Weise abhängig wird von der Sprache, ist das, was man einen Dichter zu nennen pflegt.«

Katia fragte sich, worauf er hinauswollte. Wollte er andeuten, daß Sokolovs selbstgewähltes Ende mit einer Schaffenskrise zusammenhing?

Aber er verfolgte diesen Gedanken nicht weiter. Statt dessen ging es um die Schicksale der russischen Intelligenz, deren Vertreter oft auf gewaltsame Weise aus dem Leben gingen, viele wurden in den Kellern der Lubjanka umgebracht, andere starben im Lager, und manche nahmen sich das Leben. In diese Reihe stellte er Sokolov.

Aber was hatte er gemeint, als er von Sokolovs »vorbehaltloser Hingabe an seinen Forschungsgegenstand« gesprochen hatte?

Sie entschloß sich, mit Gotschew zu sprechen.

Es folgten verschiedene andere Reden, lauter hilflose Versuche, dem unfaßbaren Tod eines Mannes, der bis vor ein paar Tagen noch äußerst lebendig gewesen war, irgendeine Deutung abzuringen. Dann war eine Frau an der Reihe. Sie sprach leise und war noch schwerer zu verstehen als ihre Vorgänger. Katia versuchte, sich auf die Zehenspitzen zu stellen.

Die Rednerin, ein rotblondes Mädchen mit Pferdeschwanz, kämpfte mit ihren Emotionen. Jetzt wurde sie lauter.

»Uns alle hat er teilhaben lassen an seiner Stärke, er wußte Rat in jeder Situation. Er ist keinem Konflikt aus dem Weg gegangen.«

Irrte sich Katia, oder sah das Mädchen jetzt in Bulatows Richtung?

»Und er hat uns das Kämpfen beigebracht«, hörte sie sie weiter sagen.

»Wer ist das Mädchen?« fragte Katia leise ihre Nachbarin. Sie erntete einen mißtrauischen Blick, bekam dann aber doch eine schnell geflüsterte Antwort. »Jelena Sujewa, sie ist Studentenvertreterin. Die Tochter von ...« Das letzte Wort konnte sie nicht verstehen.

Die Rede nahm eine andere Wendung.

»Aber jetzt müssen wir uns konfrontieren mit der anderen Seite seines Charakters, über die wir nichts wußten. Es gab viele Widersprüche. Wir müssen versuchen, seinen letzten Schritt zu verstehen. Ich möchte mit einem udmurtischen Gedicht schließen.« Mit zittrigen Händen zog sie einen Zettel aus der Tasche.

»Olo, soku mone
Jaratosy, zaljalozy, wallosy,
Ku schaiwyle keljalosy?«

Das Mädchen sprach jetzt laut genug, allerdings reichte Katias Udmurtisch nicht aus, um alles zu verstehen. Dafür genoß sie den Klang – die Stimme hörte sich jetzt ganz anders an, hoch und klar und schwingend. Sie verstand, daß die Stimme in dieser Sprache zu Hause war.

Jetzt ließ das Mädchen die russische Übersetzung folgen.

»Warum muß ich erst sterben / Damit andere beginnen, mich zu verstehen / Zu lieben und zu trösten?«

Im ersten Moment war Katia enttäuscht. In der Übersetzung kam ihr das Gedicht banal vor, wie die Logik eines trotzigen Kindes, aber dann fiel ihr auf – es war doch nicht bloß naiv, im Gegenteil.

Sie ließ sich die Worte noch einmal durch den Kopf gehen. Eine ausweglose Situation wurde da beschrieben, tragisch im klassischen Sinn des Wortes. Ein erzwungener Selbstmord – aber von wem ging er aus, dieser Zwang?

Sie blickte auf und sah, daß der Mann aus dem Zug verschwunden war.

17.

In der Kantine des Instituts für udmurtische Sprache und Literatur war das Buffet aufgebaut, auf den Tischen standen große Schüsseln mit gekochten Kartoffeln, frische Salate, verschiedene Kuchen und einige Flaschen Wodka. Der Wodka war warm, stellte Katia fest, als sie eine der Flaschen in die Hand nahm, um das Etikett zu betrachten. Ein weißhaariger Mann in ordengeschmückter Uniform mit entschlossenem Gesichtsausdruck war darauf zu sehen. Das also war Udmurtiens berühmter alter Mann, ein Mythos schon zu Lebzeiten, der General Michail Timofejewitsch Kalaschnikow. Mit dieser Begegnung hatte sie nicht gerechnet. Sehr angenehm, sagte sie in Gedanken und legte grüßend die Hand an den Kopf. Vielleicht sollte sie ihrem Bruder eine Flasche mitbringen.

Ein anderes Gesicht hatte sie von der Wand aus angesehen, gleich beim Hineingehen in den Raum hatte sie die Anziehungskraft des Bildes gespürt, und sie hatte ihr nachgegeben, hatte minutenlang davorgestanden. Es war ein schwarzgerahmtes Foto des Verstorbenen im Posterformat. Es zeigte Professor Sokolov am Rednerpult, fröhlich, siegesgewiß und mit einem entwaffnenden Lächeln, als habe er ein Plädoyer für irgend etwas gehalten und erwarte nun nichts als Zustimmung. Der Stimme nach hatte sie ihn sich anders vorgestellt, älter, gesetzter, weniger angreifbar – oder war es ein altes Foto?

Sie sah seine offenen Handflächen, es war eine Geste wie aus der »Psychologie der Körpersprache«, sie besagte: Ich habe nichts zu verbergen.

Katia nahm den Dialog auf.

»Vielleicht gab es nichts zu verbergen, als man Sie damals fotografierte. Aber welches Geheimnis haben Sie mit ins Grab genommen, Herr Sokolov?«

Das Bild gab keine Antwort.

»Das hier müssen Sie probieren«, sagte Katias Nachbarin zur Linken höflich und reichte ihr eine große Platte. Die Speise darauf enthielt Reis und Rosinen, soweit sie auf den ersten Blick erkennen konnte.

»Es heißt Kutja, wird eigentlich nur zum Leichenschmaus gegessen.«

»Ist es eine udmurtische Spezialität?« fragte Katia.

»Ich glaube nicht – udmurtisch, orthodox, vielleicht auch jüdisch.« Sie zuckte mit den Achseln.

Dann wandte sie sich wieder ihrem Gesprächspartner zu. Katia saß an einer der beiden langen Tafeln zwischen lauter Unbekannten. Sie probierte. Der Reis schmeckte süß, nach Rosinen, Honig und irgendwelchen Gewürzen.

Jemand war aufgestanden und hielt eine Rede – diesmal auf udmurtisch. Katia verstand kaum etwas, aber die Aufforderung zum Trinken – »Schschabasch!« – kannte sie. Sie schüttelte sich, als sie das Glas mit dem lauwarmen Wodka heruntergekippt hatte. Sonst gab es nur süße Limonade und Bier, ebenfalls ungekühlt. Sie spürte, wie ihr der Alkohol sofort zu Kopf stieg.

Ein zweites Glas lehnte sie ab. Hatte nicht jemand gesagt, sie sollte auf sich aufpassen? Olga – Sie mußte mit Olga telefonieren, jetzt sofort.

Auf den Steinstufen im Treppenhaus saß es sich angenehm kühl. Sie hatte Glück und bekam sofort das Freizeichen. Aber es dauerte, bis Olga dranging.

Die Stimme am anderen Ende der Leitung klang, als hätte man sie vom Himmel heruntergeholt. Katia stammelte eine Entschuldigung.

»Nein, macht nichts. Ich meine, ich war nur gerade …«

»Du hast selber gesagt, ich soll dich jeden Tag anrufen.«

»Schon gut. Ich bin froh, daß du dran bist. Ist alles in Ordnung?«

»Ja, sicher. Hast du von Daniil gehört?«

»Ich hab es ein paarmal versucht, aber erfolglos. Sobald ich ihn erreiche, rufe ich dich an. Was tust du gerade?«

»Heute nachmittag war Sokolovs Beerdigung. Jetzt sind wir am Fellversaufen.« Katia übersetzte den derben rheinischen Ausdruck wörtlich ins Russische.

Olga seufzte. »Sagt man das so bei euch in Deutschland? Wie ungehobelt ihr manchmal seid. Entschuldige Liebes, aber Gleb – ich muß wieder zu ihm. Poka-ciao.«

Unzufrieden warf Katia den Kopf in den Nacken und starrte gegen die schmutzig-weiße hohe Decke. Dann schüttelte sie ihr Haar mit einem Ruck nach vorn, legte den Kopf auf die Knie und breitete die roten Lockensträhnen um sich herum wie einen Mantel.

Als sie hinter sich rasche Schritte hallen hörte, sprang sie auf wie ertappt. Es war der St. Petersburger Freund. Vielleicht wollte er den Nachtzug erreichen?

Eilig sprach sie ihn an.

»Was meinten Sie, als Sie von Sokolovs Affinität gegenüber der udmurtischen Spiritualität sprachen?«

Der Mann blieb stehen und wandte sich ihr zu. Das erste Mal, daß sie heute jemand ansah wie eine Frau. Sein lächelnder Blick blieb an ihren Haaren hängen. Dann sah er ihr ins Gesicht.

»Ach, wissen Sie – als Wissenschaftler sind wir doch alle auf der Suche nach irgend etwas. Wie früher die Helden nach dem Heiligen Gral oder dem Goldenen Vlies suchten, forschen wir nach etwas, was wir zum Beispiel ›Wahrheit‹ nennen.«

Katia war sich nicht ganz sicher, ob sie es wunderbar tief oder schlicht banal finden sollte, was er sagte. Es war, als gingen ihr hier in diesem Land ihre gewohnten klaren Maßstäbe verloren. Anziehend fand sie auf jeden Fall die Augen in diesem zerfurchten Gesicht. Schwarzgrau wie die ganze Erscheinung, die sie an eine Dohle hatte denken lassen, aber mit dem beunruhigenden Glanz von Tollkirschen. Er redete weiter.

»Man muß ziemlich mutig sein, um der Wahrheit immer näher zu rücken. Um weiterzugehen. Mein Freund Sokolov war einer, der immer weiterging ... Er liebte die udmurtische Mythologie und wußte alles über das udmurtische Pantheon. Er betrachtete das nicht etwa als abgeschlossenes Kapitel der Religionsgeschichte – nein, er war überzeugt, daß es das alles immer noch gibt, wenn man daran glaubt. Daher rührt seine Vorliebe für heilige Plätze – Wiesen, Wälder, Lichtungen, daher sein Kontakt zu Heilerinnen und Schamanen ... Einmal erzählte er mir von seinen Erlebnissen auf einer heiligen udmurtischen Wiese. Er war da eingeschlafen, wie im

Mythos … Und als er erwachte, stand ein Bär vor ihm. Es blieb ihm nichts übrig, als sich vor dem Bären tot zu stellen …«

Ein Bär! Katia hatte eigentlich keinen Zweifel mehr daran, daß er ihr einen solchen Bären aufbinden wollte, aber sie mußte wissen, worauf er hinauswollte.

»Aber was wollen Sie damit sagen? Es war doch reiner Zufall?«

Er sah ganz ernst aus.

»Das war kein Zufall, das war ein Zeichen, daß er aufhören soll! Es gibt Dinge, die man nicht berühren darf, und wenn man sie berührt, muß man mit Konsequenzen rechnen.«

»Haben Sie ihm das gesagt?«

»Ja, aber er sagte mir, er ist nun an so einem Punkt angelangt, wo er nicht aufhören darf … Er wußte, mit welcher Kraft er es zu tun hatte … Aber er war, wie gesagt, sehr mutig! Einfach furchtlos …«

»Also, es war kein Selbstmord?«

»Ich denke, er wurde zu dem Selbstmord gezwungen.«

»Und wer hat ihn gezwungen?«

»Vermutlich war es …« Er unterbrach sich. »Du solltest nicht soviel fragen.«

Er fuhr ihr rasch und hart mit dem Daumen über die Lippen, als wollte er sie mit dieser besitzergreifenden Geste versiegeln. Bevor sie reagieren konnte, nickte er ihr zu und lief die Treppen hinunter.

Katia blieb mit einem Schwindel im Kopf zurück. »Geht es Ihnen nicht gut? Hier, trinken Sie!« Jemand reichte ihr ein Glas Wodka und brachte sie zu ihrem Platz zurück.

Katia stützte den Kopf in die Hände und betrachtete ihre Umgebung. Alle rauchten. Was redeten sie, diese Leute – sie mußte sich konzentrieren …

»Er kam nach zwei Jahren Militärdienst nach Hause. Natürlich ist das Leben sehr schwer. Sein Vater trank, die Mutter mußte Tag und Nacht arbeiten, der Junge wußte nicht wohin. Er konnte das alles nicht aushalten und brachte sich um – ohne Abschiedsbrief, einfach so.«

Selbstmord, dachte Katia, einfach so. Sie wandte sich wieder dem Porträt Sokolovs zu.

»Haben Sie ihn nicht gekannt?«

Katia drehte sich schwerfällig um. Es war das Mädchen mit dem Pferdeschwanz.

»Nein. Aber ich hätte ihn sehr gern kennengelernt, ehrlich. Jelena, stimmt's?«

»Woher wissen Sie meinen Namen?«

»Ich habe mich erkundigt. Ihre Rede hat mir gefallen ... Sie haben Gefühl gezeigt ... Nein, ich meine: Sie waren sehr persönlich ...« Katia hatte den Verdacht, daß sie dabei war, sich zu verheddern. Vielleicht hatte dieses Mädchen – vielleicht hatte sich Sokolov in irgendeine unselige Affäre verstrickt, aus der er dann nicht mehr herauskam. Vielleicht hatten diese Leute hier nicht die rechte Art und Weise, mit solchen Dingen umzugehen ...

»Wir alle waren ein bißchen in Sokolov verliebt, wenn Sie das meinen«, sagte das Mädchen ruhig.

Katia fühlte sich beschämt. »Entschuldigen Sie, ich ... ich bin etwas müde ... diese ganze Veranstaltung hier ... es ist alles etwas viel für mich ...«

Sie hörte das Blut in ihren Ohren rauschen.

Das letzte, was sie hörte, war eine ärgerliche Männerstimme.

»He, Bulatow, bring besser deinen Gast nach Hause ... Ich wußte gar nicht, daß deutsche Frauen soviel trinken.«

18.

»Morgens ist man weiser als abends.« Das war das erste, was Katia nach dem Aufwachen in den Sinn kam, ein russisches Sprichwort. Wo war sie? Vorsichtig öffnete sie die Augen und war von der Helligkeit geblendet, die durch weißliche Gardinen schien. Die Kopfschmerzen wurden nicht besser davon. Bei einem zweiten Versuch nahm sie wahr, daß sie sich in einem Bücherkabinett befand. Ihr Blick fiel auf die dicken Bände der »Bolschaja Sowjetskaja Enziklopädija« – goldgeprägte Schrift auf schwarzem Grund –, es mußte die Gesamtausgabe sein, so viele Bände waren es. Ein schwerer alter Schreibtisch aus dunkelbraunem Holz war vollgepackt mit Büchern, außerdem mit Stapeln von Papieren und Zetteln. An der Wand hing die udmurtische Fahne, handgewebt offenbar, in den Farben Schwarz-Weiß-Rot. Natürlich, sie war in Bulatows Wohnung. Er selbst und noch ein anderer Mann hatten sie hierhergebracht, gestern abend. Sie hatten sie stützen müssen. Katia zog sich vor Scham die Decke über den Kopf. Sie trug immer noch ihr pfefferminzgrünes Leinenkleid, das sie schon im Zug angehabt hatte – sie hatte es noch nicht mal geschafft, sich auszuziehen, nur die Schuhe lagen unordentlich verstreut vor der Liege.

Ihr Denkvermögen war eindeutig reduziert, aber immerhin war sie sich darüber im klaren, daß man den Zustand, in dem sie sich gerade befand, einen Kater nannte. Welche Teufel hatten sie bloß geritten, daß sie das lauwarme Zeug in sich hineingeschüttet hatte? Und was hatte sie überhaupt auf dieser seltsamen Veranstaltung zu suchen gehabt, wo man irgendwann ebenso selbstverständlich über Selbstmorde redete wie anderswo über Kochrezepte oder berufliche Karrieren? Sie versuchte sich in Erinnerung zu rufen, was sie mitbekommen hatte: Mutter und Vater trinken beide, das Mädchen heiratet einen anderen, und er bringt sich um, hinterläßt einen

Brief: »Ich selbst bin an allem schuld!« Der Hauptgrund sei die Hoffnungslosigkeit, hatte jemand eingeworfen: »In einem solchen Leben, was wir hier führen, gibt es keinen Sinn! Wir leben nicht, wir überleben nur! Immer kein Geld, immer Angst haben, daß es bis Ende des Monats nicht reicht! Ist das der Sinn des Lebens? Wofür leben wir? Und unsere Kinder werden genauso hoffnungslos und miserabel leben! Vielleicht hätte ich mich auch umgebracht, wenn nicht die Kinder ...«

Jemand anderes hatte sich angeschlossen: »Ich glaube, es ist gut, wenn Jugendliche aus Udmurtien weggehen. Meine Tochter studiert in Moskau, und ich bete dafür, daß sie auch nach der Uni dort bleibt.«

So hatten sie geredet und Wodka getrunken, und sie hatte zugehört und ebenfalls Wodka getrunken. Und sie hatte mit Entsetzen gespürt, wie die Lethargie und Hoffnungslosigkeit auch von ihr Besitz ergriff, wie sie, die normalerweise voller Leben war, sich fühlte, als habe man sie zur Ader gelassen. Wehrlos hatte sie sich gefühlt, infiziert von einem Bazillus, dem auch Wjatkin und Sokolov zum Opfer gefallen waren.

Auch Gotschew hatte es eilig gehabt, von hier wegzukommen – schade eigentlich. Katias Lebensgeister erwachten bei dem Gedanken an das entgangene erotische Abenteuer.

Aber was hatte er ihr zu Sokolov gesagt? Ihr fiel seine Theorie wieder ein. »Es gibt Dinge, die man nicht berühren darf ...« Das klang nach »Donald Duck und der Fluch des Pharao« – Geschichten, die mit dem leicht abrufbaren Schauer vor dem Numinosen spielten. Nein, das konnte er nicht ernst gemeint haben.

Es gab auf der Welt genügend reale Dinge, die einen das Gruseln lehren konnten, ihre Phantasie brauchte solche Geschichten nicht, um auf Touren zu kommen. Katia sprang aus dem Bett und ging zum Fenster.

Auf der Fensterbank stand, eingebettet zwischen einer gigantischen »Fetten Henne«, deren fleischige Blätter mit einer feinen Staubschicht bedeckt waren, und einem martialischen »Christusdorn«, eine kleine geflochtene Strohpuppe mit weitem Rock und wie im Tanz ausgestreckten Armen. Sie trug eine Art Hirtenhut, was ihr das Aussehen einer Vogelscheuche verlieh, ihre gesichtslose

Vorderseite war dem Fenster zugewandt. Die Wohnung, in der Katia sich befand, lag ziemlich hoch, vielleicht im achten Stock, sie sah auf einen großen Platz, in dessen Mitte eine große, gelbe Kirche im klassizistischen Stil mit einer vergoldeten Kuppel und einem hohen Glockenturm stand – das mußte die Alexandr-Newskij-Kathedrale sein. Sie war frisch renoviert und das einzige alte Bauwerk, so weit sie sehen konnte.

Schluß mit dem Detektivspielen. Sie beschloß, sich der nächsten Aufgabe zu stellen, die das Leben für sie bereithielt. Sie mußte die Scharte von gestern abend wieder auswetzen. Andernfalls würde man sie auf dem bevorstehenden Kongreß nicht ernst nehmen. Sie setzte ihr liebenswürdigstes Lächeln auf und öffnete die Tür.

19.

Im Wohnzimmer traf sie Natalia Iljinitschna, die in Turnhose und weitem T-Shirt mit gerötetem Gesicht ihre Turnübungen ausführte. Die Beine ragten als zwei kräftige Säulen in die Luft, als sie Katia wahrnahm, ließ sie sie mit einem erschrockenen Platschen zu Boden fallen. »Das war die kleine Birke«, sagte sie atemlos, »hundertzwanzig Sekunden habe ich heute geschafft.« Sie hievte sich mit der ganzen Fülle ihres Körpers aufrecht und streckte Katia die Hand hin. Dann wies sie ihrem Gast den Weg in die Küche und band sich ein kleines geblümtes Schürzchen um die breiten Hüften.

Es gibt kaum ein befriedigenderes Verhältnis als das zwischen einer leidenschaftlichen Köchin und ihren dankbaren Essern. Bulatows Ehefrau Natalia Iljinitschna nutzte jede Gelegenheit, zu kochen, sie kochte für Bulatow, sie kochte für ihre Enkelkinder, und jetzt kochte sie für ihren Gast. Katia ihrerseits schwärmte für russische Marmeladen. Sie saß in der Küche auf der bemalten Eckbank und probierte löffelweise eine Sorte nach der anderen, nachdem sie sich mit Natalias selbstgemachtem Kräutertee von den Nachwirkungen des gestrigen Abends kuriert hatte.

»Jetzt noch einen kleinen Wodka zum Abgewöhnen?« fragte Natalia mit vielsagender Miene. Katia überhörte das und beeilte sich mit der Gegenfrage: »Sind Sie das?« Sie zeigte auf ein verblaßtes Plakat, das eine rotwangige Schönheit in udmurtischer Tracht zeigte, die in einem Kornfeld saß und ihr Kind stillte. Natalia errötete geschmeichelt und strich sich die Haare aus dem Gesicht. »Ein Fotograf hat es gemacht, vor über dreißig Jahren, für einen Bildband ›Unser Udmurtien‹. Ich war eine Vorzeige-Udmurtin damals, man hat mich sogar in den Kreml eingeladen, zu den ›Tagen der udmurtischen Kultur‹. Chruschtschow hat mich in die Wange gekniffen …«

Katia genoß die hohe mädchenhafte Stimme, die wie ein Bach dahinplätscherte und so gar nicht zu der großen, fülligen Frau zu passen schien, die sie war. Natalia war Lehrerin, sie unterrichtete seit dreißig Jahren an der Grundschule. Vielleicht hatte sie sich dem Klang der Schülerstimmen angepaßt?

Katia war schon beinahe satt, als die Oladji dampfend auf den Tisch kamen, dicke, runde, knusprig gebratene Puffer, die mit saurer Sahne gegessen wurden. Nach dem ersten war sie bereit, Bulatow wieder in einem freundlicheren Licht zu betrachten, und nach dem fünften erschien ihr Ischewsk als einer der liebenswürdigsten Orte der Welt.

Natalia ermutigte sie. »Essen Sie! Bei Nadjeschda Dmitrijewna werden Sie nichts bekommen, das sage ich Ihnen!«

20.

Diese eingetrocknete rötlichbraune Lache auf dem rissigen Betonfußboden – war das etwa Blut? Katia stand im Eingang des Mietshauses Dserschinskaja-Straße Nr. 14 a. Sie kniff die Augen zu einem Schlitz zusammen und sah sich um. Gleichfarbige Spritzer klebten an der schmutziggrauen Wand. Auch hatte jemand mit diesem Rot einen langhalsigen Vogel auf das Fenster zum Hof geschmiert und dabei offensichtlich einen Finger als Pinsel benutzt. War das wirklich Blut? Sie konnte es nicht erkennen. Die schweren Eingangstüren aus Metall hatten den hellen Sommertag ausgesperrt. Das elektrische Licht funktionierte nicht – vielleicht hatte jemand die Glühbirnen herausgeschraubt und für seine persönlichen Zwecke benutzt. An der Wand gegenüber waren die Briefkästen reihenweise aufgebrochen. Da hatte einer ganze Arbeit geleistet, dachte Katia. War sie überhaupt richtig hier? Konnte es sein, daß ein Wissenschaftler vom Range Sokolovs in einem solchen Haus gelebt hatte? Katia trat ans Fenster und zog ihr Notizbuch aus der Tasche, um die Adresse zu überprüfen. Sie stimmte. Jetzt mußte sie die Wohnung Nr. 48 finden.

Vermutlich im siebten oder achten Stock. Nach einem Blick auf den Aufzug entschied sie sich dafür, die Treppe zu nehmen.

Das Haus atmete im ruhigen Rhythmus eines Freitagvormittags. Eine Kinderstimme war zu hören, die verzweifelt »Okoi«, Bonbons, einforderte. Das Wasser in den Leitungen gurgelte. Jemand schlug einen Nagel in die Wand. Katias hallende Schritte auf den Betonstufen durchbrachen den Rhythmus auf – wie ihr selbst schien – unangemessen dynamische Weise. Im vierten Stock begegnete ihr eine schwarz-weiß getigerte Katze, die sie um ihren lautlosen Gang beneidete.

»Guten Tag, meine Liebe«, sagte Katia höflich, »können Sie mir vielleicht sagen, wo Professor Sokolov gewohnt hat?«

Aber die Katze würdigte die Fremde keines Blickes und verschwand mit leisem Miauen zwischen den eisernen Gitterstäben, die pro Stockwerk jeweils vier Wohnungen vor unerwünschten Besuchern schützten. Welche Nummern die Wohnungen hatten, stand nirgendwo angeschrieben, auch Namensschilder gab es nicht.

Katia seufzte. Dieser Besuch war ihr lästig. Was hatte sie mit der trauernden Witwe eines Mannes zu tun, den sie beinahe kennengelernt hätte – aber eben auch nur beinahe? Sie sah an sich herunter. War sie überhaupt richtig angezogen in ihrer rostrot und schwarz gestreiften weiten Hose mit dem knappen Top? Am liebsten würde sie sich jetzt auf dem Absatz umdrehen und etwas anderes tun, die Stadt ansehen, in der Sonne sitzen, ihren Vortrag noch mal durchgehen – aber sie hatte es Eneli versprochen.

Wenn sie richtig gezählt hatte, war sie jetzt im siebten Stock angekommen. Sie betätigte alle vier Klingeln neben der linken Gittertür gleichzeitig. Es klang wie ein Konzert für vier Bohrmaschinen. Niemand öffnete.

An der anderen Tür funktionierten die Klingeln nicht. Warum hatte sie sich den Weg nur nicht beschreiben lassen? Das Telefongespräch mit Nadjeschda Dmitrijewna war kurz und sachlich verlaufen, es hatte gerade so lange gedauert wie unbedingt nötig. Gerade als Katia merkte, daß sie ungeduldig wurde, hörte sie ihren Namen in fragendem Ton durch das Treppenhaus hallen. Die Stimme kam von oben, sie war tief und rauh wie das strapazierte Organ einer starken Raucherin.

Erst auf den zweiten Blick erkannte Katia die Frau wieder, die sie auf dem Friedhof als zierlich und allenfalls mittelgroß wahrgenommen hatte. Jetzt, wie sie da stand, oben auf dem Treppenabsatz, kam sie ihr wesentlich größer vor. Sie war wieder in Schwarz gekleidet, aber sie war der Typ, den sich Katia ohnehin in keiner anderen Farbe vorstellen konnte. Es paßte zu ihrem klar konturierten Gesicht und ihrer Hautfarbe. Ihr langes, schwarzes Haar war zu einem straffen Knoten zusammengebunden. Sie ließ ihren Gast eintreten.

Das erste, was Katia ins Auge fiel, waren schwarze Stoffbahnen, die die Wand von oben bis unten bedeckten. An einigen Stellen sah man die Spiegelfläche dahinter durchschimmern. Nadjeschda wies mit der brennenden Zigarette darauf. »Ich müßte das jetzt eigentlich abnehmen«, sagte sie seufzend, »aber ich bringe es noch nicht fertig.«

Katia folgte ihr in die spartanisch eingerichtete, enge Küche. Sie zog den Brief aus ihrer Tasche und übergab ihn. Nadjeschda legte ihn beiseite und bot Katia einen Platz auf einem der weißgestrichenen Hocker an, die um den Küchentisch standen.

»Ich mache Kaffee«, erklärte sie. »Möchten Sie auch einen?«

Ohne die Antwort abzuwarten, nahm sie ein kleines Gefäß aus gehämmertem Kupfer mit einem langen Holzstiel aus dem Schrank und setzte es aufs Feuer. Ihre Zigarette legte sie im Ausguß ab, mit der anderen Hand – ihre Hände waren schön – öffnete sie eine Dose mit Kaffeepulver. Wie viele Löffel es waren, die sie in das Gefäß hineingab, zählte Katia nicht, aber es waren viele. Der Kaffee wurde mit Salz und Zucker vermischt, aber wo blieb das Wasser? Rauchwölkchen stiegen auf, und ein scharfer Brandgeruch breitete sich aus.

»Keine Sorge, es muß so sein«, sagte Nadjeschda beruhigend. »So bereitet man den Kaffee in St. Petersburg zu. Es ist eine heilige Handlung. Sokolov mochte ihn so am liebsten. Er hat es mir beigebracht.«

Sie zog das Gefäß vom Feuer und goß einen Schuß kochendes Wasser darüber.

»Haben Sie auch in St. Petersburg studiert?« fragte Katia.

»Nein. Ich war an der Ballettschule in Perm. In St. Petersburg habe ich dann am Marijinskij-Theater angefangen. Wissen Sie, was Moloko – Milch – bedeutet?« Sie rührte die brodelnde Mischung um und ließ sie noch einmal aufkochen.

»Es gibt einen Begriff bei uns: in Milch tanzen, das heißt, man tritt nur in Massenszenen auf. Aber für mich war das ein Riesensprung – aus einem udmurtischen Dorf ins Marijinskij-Theater. Da habe ich dann Sokolov kennengelernt. Ich bin ihm aufgefallen, weil ich die einzige war, die niemals lächelte. Er erzählte mir Witze, und ich verstand nichts. Ich war wirklich die Unschuld vom Lande.«

Aber jetzt huschte ein Anflug von Lächeln über ihr trauriges Gesicht. Katia sah, daß sie unter der dicken Puderschicht viele Falten um Augen und Mund hatte. Die Lider über den mit Kajalstift schwarzumrandeten Augen waren geschwollen. Aber ihr Körper wirkte trainiert und jung geblieben, und ebenso, wie sie jetzt aufgerichtet am Herd stand, mußte sie auch an der Stange gewirkt haben, elegant und diszipliniert.

»Damals trank ich nur Tee und rauchte nicht. Als er mir zum ersten Mal so einen Kaffee machte, fragte ich mich, wie Menschen freiwillig so etwas trinken können.« Sie füllte den Kaffeesatz mit kochendem Wasser aus dem Kessel auf, stellte das Gefäß wieder auf das Feuer. Die schaumige Flüssigkeit stieg durch den langen Hals des Gefäßes nach oben. Sie stellte das Gefäß ab, wartete einen Augenblick und wiederholte den Vorgang. Ihre Gesten waren sicher und flüssig.

»Wollten Sie nicht in St. Petersburg bleiben?« fragte Katia, als sie merkte, daß die Pause zu lang wurde.

»*Wir* wollten. Sokolov war mit seiner Dissertation fertig, ich hatte meine erste große Rolle bekommen – in ›Giselle‹. Aber dann wurde ich krank, sehr krank. Das war das Ende von allem ... Von den Träumen, von der Karriere, von der Hoffnung, einmal Kinder zu bekommen ...«

Sie verstummte und verteilte zuerst den Schaum in zwei kleine Tassen, dann gab sie die Flüssigkeit dazu.

»Sokolov ließ mich nicht alleine. Er hat mir selbst vorgeschlagen, nach Ischewsk zurückzugehen. Wir dachten zuerst an ein, zwei Jahre, daraus wurden fünfundzwanzig, unterbrochen von den Auslandssemestern in den neunziger Jahren. Aus ihm wurde ein berühmter Professor und aus mir eine Tanzlehrerin. Aber ich bin froh, daß ich meinen Beruf habe.«

Sie stellte die Tassen auf den kleinen weißen Plastiktisch, setzte sich und machte eine einladende Handbewegung.

Katia führte die kleine Tasse an den Mund und kostete den tiefdunklen Kaffee. Er war bitterer, intensiver noch als der Espresso, den sie in Deutschland zu trinken gewohnt war. Höllisch gut. Zusammen mit der Süße des Zuckers war es ein Geschmack, der sie an schwarze Schokolade erinnerte. Der letzte Schluck, den sie nahm, war etwas zu groß, so daß ihr der krümelige Kaffeesatz im Mund blieb.

»Entschuldigung, darf ich ...«, murmelte sie und stand auf.

Nadjeschda wies ihr den Weg. »Durch den Korridor links, die zweite Tür. Bitte stören Sie sich nicht an den vielen Kisten. Wir wollten gerade umziehen.«

Umziehen? Konnte es sein, daß jemand, der im Begriff war, sich umzubringen, noch Umzugspläne schmiedete? Katia balancierte über die gepackten Kartons, die im Weg standen.

Auf dem Rückweg sah sie, daß die gegenüberliegende Wand mit Fotos vollgehängt war – Nadjeschda Dmitrijewna in Ballettszenen, der junge Sokolov mit seinen Kameraden, auf einem erkannte sie Gotschew in übermütiger Pose. Vor einem Foto blieb sie stehen, es zeigte eine Gruppe von Männern bei der Heuernte. Sie hatten entblößte Oberkörper und schwangen die Sensen. Einer von ihnen war Sokolov, der sich mit seinem langen Bart, dem mageren Körper und einem an allen vier Enden geknoteten Taschentuch auf dem Kopf deutlich von den anderen abhob.

Nadjeschda trat dazu. »Er mochte körperliche Arbeit, manchmal jedenfalls. Wir haben ihn heimlich Graf Tolstoj genannt. Aber im Gegensatz zu Tolstoj hat er seine Nächsten nicht gequält. Es war wunderbar, mit ihm zu leben, er hat mir das Leben leichtgemacht mit seiner Phantasie und seiner positiven Kraft. Er ist ein Magier, ein ...« Sie unterbrach sich und sah Katia irritiert an, als sei sie aus einem schönen Traum erwacht. »Warum erzähle ich Ihnen das alles? Sie haben ihn nicht einmal gekannt. Außerdem habe ich jetzt gleich Proben ...«

»Richtig, ich habe ihn nicht gekannt«, sagte Katia schnell, »und ich bedaure sehr, daß ich nicht mehr die Gelegenheit hatte, ihn kennenzulernen. Aber eine Frage habe ich noch.«

Sie nahm ihren ganzen Mut zusammen. »Warum hat er sich umgebracht?«

Katia sah in ein verschlossenes Gesicht. Mist! Sie begriff, daß sie zu weit gegangen war.

»Wir sind das Land der Selbstmörder, wußten Sie das nicht?« hörte sie die andere mit kühler Stimme sagen.

»Aber er war kein Udmurte«, wandte Katia hastig ein.

»Sie kennen doch das Gesetz von der grünen Tomate? Eines Tages wird auch sie rot, wenn man sie lange genug zu den roten sperrt.«

»Aber Wjatkin – der lebte doch in Moskau?« Es war wie ein schnelles Pingpong nach dem ruhigen Erzählfluß der letzten halben Stunde. Eigentlich wußte sie, daß sie nicht mehr gewinnen konnte.

»Na und?«

»Die beiden kannten sich doch. Sie haben gemeinsam gearbeitet. Kann es sein, daß es eine Verbindung gibt zwischen den beiden tragischen Fällen?«

Nadjeschda sah müde und abgespannt aus wie am Anfang. »Sie sind doch zum Kongreß gekommen. Suchen Sie Ihre Verbindung dort. Fragen Sie Bulatow. Der ist ein Spezialist für tragische Fälle. Mir reicht dieser eine.«

Jetzt war der Ball endgültig im Aus gelandet.

Der Höflichkeitsbesuch war zu Ende. Katia begriff, daß es Zeit war, sich zu verabschieden.

21.

Das Haus Dserschinskaja-Straße Nr. 14 a spuckte eine verwirrte Katia aus. Blinzelnd sah sie in die Sonne. Die Hitze und die Helligkeit waren ihr auf dem Hinweg noch lästig gewesen. Jetzt taten sie ihr gut. Sie warf einen Blick zurück auf den schäbigen Plattenbau. Über der Eingangstür stand das Baujahr, 1988. Die anderen Häuser in diesem Teil von Ischewsk sahen nicht besser aus.

In den Grünanlagen zwischen den Wohnblöcken saßen alte Frauen auf Bänken aus Beton. Während sie miteinander schwatzten, waren ihre Hände mit Filet-Stickerei beschäftigt, schnell und wie automatisch bewegten sie den dünnen weißen Faden mit der gebogenen Nadel. Nur ab und zu fiel ein kontrollierender Blick von oben darauf. Katia bewunderte ihre Geschicklichkeit. Der Satz von Karl Jaspers über die »Gleichzeitigkeit des Ungleichzeitigen« kam ihr in den Sinn. Diese Frauen hatten mit Sicherheit ihr Leben lang für das Sowjetreich geschuftet, vielleicht in der Rüstungsindustrie, waren mit moderner Technologie vertraut und lebten in einer Betonwüste. Und jetzt, wo sie durften, wie sie wollten, taten sie das, was schon ihre Urgroßmütter gemacht hatten. Sie fertigten Satzdeckchen, Gardinen und Mützen für ihre Enkelkinder und besprachen die immer gleichen Themen.

Katia ging auf dem Trampelpfad weiter, bis sie eine breite, schnurgerade Straße erreichte. Hier war sie aus dem Bus gestiegen. Taxis gab es nicht, hatte ihr Bulatows Ehefrau erklärt, jedenfalls keine offiziellen, und das gleiche zu tun, was die Einheimischen machten, ein Privatauto anhalten nämlich und über den Fahrpreis verhandeln, war riskant, wenn man sich nicht auskannte.

Sie beschloß, den Rückweg zu Fuß zu machen, auch wenn sie keinen Stadtplan hatte. Katia fragte sich, ob es überhaupt einen gab. Ihr Orientierungssinn war ausgezeichnet, die vielen Reisen hatten ihr optisches Gedächtnis trainiert und sie gelehrt, den Weg mit Brotkrümeln zu markieren wie Hänsel und Gretel im Märchen, bloß in Gedanken und damit garantiert taubensicher. Sie ging die breite Straße nach rechts.

Sich in zwischenmenschlichen Situationen zurechtzufinden, war ungleich schwerer. Da fehlte ihr der innere Kompaß. Der Besuch bei Nadjeschda eben – sie fragte sich, was sie falsch gemacht hatte. Am Anfang war noch alles gutgegangen, Nadjeschda hatte getan, was Trauernde immer tun, wenn man ihnen die Gelegenheit dazu gibt, sie hatte über den Verstorbenen geredet. Aber dann war irgend etwas passiert, was sie verletzt hatte. Katia sortierte das Erlebte in Gedanken. Ganz klar, die Atmosphäre hatte sich verändert, nachdem sie das Wort »Selbstmord« ausgesprochen hatte. Sie ärgerte sich, daß sie überhaupt nachgebohrt hatte, schließlich war doch ihr Vorsatz gewesen, das Thema ruhen zu lassen. Trotzdem war Nadjeschdas Reaktion ihr unbegreiflich. Eine Kultur, die den Freitod als legitimes Mittel ansah, das eigene Leben zu beenden, mußte doch auch Worte dafür haben, oder etwa nicht?

Katia kam an einem Markt vorbei, ein paar Buden auf einem kleinen staubigen Platz neben der Straße. Vom Duft frischer Erdbeeren angelockt, ging sie durch die Reihen. Auch Aprikosen gab es und Kirschen, aber Melonen noch nicht, dafür war es noch zu früh. Die dunkelhaarige Frau, die Honiggläser pyramidenförmig vor sich aufgebaut hatte – war sie Udmurtin, Tatarin oder Baschkirin? Breites Gesicht, hohe Wangenknochen, schwer zu sagen. Katia wußte, daß es in dem kleinen Udmurtien keineswegs nur Udmurten gab, sondern eine Vielfalt an Völkern, darunter sogar einen kleinen Anteil Deutschstämmiger. In der Stadt mischten sie sich, aber auf dem Land nicht, in den Dörfern blieb man meistens unter sich. Die Frau hatte ein sanftes Gesicht, also war sie wohl Udmurtin, entschied Katia und beschloß, ein Glas Honig zu kaufen. »*Dsetschbur*«, grüßte sie auf udmurtisch. Viel mehr konnte sie nicht. Der Rest war Zeichensprache. »*Dsetschlu*«, bekam sie zum Abschied zurück. Katia verstaute das Honigglas in ihrem Rucksack.

Vor dem Kwas-Tank hatte sich eine kleine Schlange gebildet. Sie konnte nicht widerstehen und stellte sich hinten an. Manche Leute hatten von zu Hause große Kannen mitgebracht, für die, die das nicht hatten, gab es Plastikbecher. Ein halber Liter war das Mindestmaß. Die Musik, die aus einem Kassettenrecorder quäkte, kam ihr eigentümlich bekannt und ziemlich deplaziert vor – es wurde Englisch gesungen. Ja, richtig, das war Eminem, der seine Botschaften noch bis in diese Ecke der Welt trug.

Der Mann vor ihr roch nach Schweiß und Zigaretten. Katia war froh, seinen Rücken vor sich zu haben und nicht seinen Atem im Nacken haben zu müssen. Trotzdem fühlte sie sich geborgen in der Schlange. Es gab ein einigendes Grundbedürfnis, über das man sich nicht verständigen mußte: Sie alle hatten Durst wie sie. Aber darüber hinaus – lauter Mißverständnisse, dachte Katia niedergeschlagen.

Ihre Lebensgeister erwachten, als sie endlich den Becher mit dem schäumenden hellgelben Brotgetränk in der Hand hielt. Sie trank gierig. Es schmeckte säuerlich und wirkte sofort erfrischend.

Es war eine ärmliche Hauptstadt, durch die Katia spazierte. Die kommunistische Architektur-Internationale hatte der Stadt ihren Stempel aufgedrückt. Vor zwanzig, dreißig Jahren mußte sie einmal sehr modern gewesen sein. Bis auf vereinzelte Gebäude hatte man alles Alte rückstandslos eliminiert und durch Plattenbauten ersetzt. Selbst im strahlenden Sonnenschein waren die Fassaden trist und farblos, und statt der angestrebten visionären Perspektive vermittelten die breiten Straßen lediglich den Eindruck, daß es ständig zog.

Alles sah schäbig und heruntergekommen aus – trotz des vielen Geldes, das mit der Waffenproduktion hier gemacht wurde. Die frischrenovierte Kathedrale mit ihrem vielen Gold wirkte wie ein Fremdkörper – und wie ein überdeutliches Signal.

Im Gegensatz zu Moskau, wo Altes und Neues, Schäbiges und Schönes, Bescheidenes und Protziges eine höchst vitale Koexistenz führten, war hier nichts Reizvolles. Doch, die Lage am See. Er hatte ungefähr die Größe der Alster, schätzte Katia. Beim Anblick des Wassers, das in der Sonne glitzerte, bekam sie Lust auf ein Bad. Vielleicht würden ihr Slip und ihr BH aus bestickter hellgrauer Seide als Bikini durchgehen. Ein Schild führte zu einem Strandbad mitten in der Stadt. Entschlossen schlug sie den Weg zum Ufer ein. Je näher sie ihrem Ziel kam, desto lauter wurden die Geräusche der

Badenden – die Rufe der Kinder und die platschenden Geräusche, wenn sie vom Steg aus ins Wasser sprangen. Desto dichter allerdings wurde auch die Spur von Abfall, die das Ufer säumte. Bonbonpapiere, weggeworfene Flaschen, Knochen und andere Speisereste, Exkremente undefinierbarer Herkunft, eine Monatsbinde – Katia schüttelte sich, und die Cholerafälle von Kasan fielen ihr wieder ein. Ein Blick auf das Wasser machte ihr endgültig klar, daß es weiser wäre, auf das Bad zu verzichten. Die Oberfläche war von einem schmierigen Film überzogen, und darunter leuchteten giftgrüne Algen.

Keiner schien den Kindern das Baden zu verbieten.

22.

Aus dem letzten Vortrag vor der Mittagspause war sie etwas früher verschwunden, um einen Augenblick der Sammlung zu finden. Katia saß in der Kantine und kaute Kohlsalat und Buchweizen: Der Kohl war hart wie ein Besen, und genauso fühlte er sich auf der Zunge an, die Buchweizengrütze, die sie normalerweise gerne in Rußland aß, war trocken und schien nicht mal von gestern, sondern von vorgestern zu sein. Wäre sie nicht so blendender Laune gewesen, sie hätte das Zeug für ungenießbar erklärt. So nahm sie es mit milder Ironie. Vor ihr stand ein Glas mit hellgelber Flüssigkeit – Tee wurde es von den Einheimischen genannt, aber eigentlich war es lauwarmes Zuckerwasser. Sie hatte zugesehen, wie die dicke Kantinenwirtin mit brummigem Gesicht zwei Eßlöffel Zucker in ein Glas geschaufelt hatte, ohne zu fragen. Dann hatte sie etwas aus einer großen Aluminiumkanne darübergekippt. Katia hatte sich mit strahlendem Lächeln bedankt.

Ja, das Morgenprogramm des zweiten Kongreßtags war rundum erfreulich verlaufen. Auch schon der erste Tag. Ihr Vortrag hatte großen Beifall gefunden, vor allem bei den Wissenschaftlerinnen. Im wesentlichen waren es Dinge, die sie schon im »Journal de la Société Finno-Ougrienne« veröffentlicht hatte, es ging um Hexen – »Varianten und Motiv-Transformation in finnischen und estnischen Märchen«. Von einer ungarischen Kollegin hatte sie wertvolle Hinweise auf ähnliche Entwicklungen bei den Uiguren bekommen. Katia hatte gemerkt, wie sie sich entspannt hatte. In der akademischen Welt jenseits von Kohlsalat und Buchweizen fühlte sie sich zu Hause. Auch wenn sie es eigentlich besser wußte: Heute kam es ihr vor, als gäbe es keine Kommunikationsprobleme in der weltumspannenden Sprache des Wissenschaftsesperantos. Als habe es die babylonische Sprachverwirrung niemals gegeben …

Die Betrachtung und Klassifizierung sonst sehr beunruhigender

Phänomene von der wissenschaftlichen Warte aus bot ihrem leicht reizbaren Geist eine ebenso willkommene Abkühlung wie die kalte Dusche, die sie am Morgen genossen hatte, in diesem Fall allerdings eher unfreiwillig. Während der Sommermonate wurde das heiße Wasser in Ischewsk abgestellt, wie Natalia Iljinitschna ihr seufzend erklärt hatte.

Welche Chancen hat ein kleines Volk wie das udmurtische, in der globalisierten Welt die eigene Kultur zu erhalten? Die Frage bewegte Katia, während sie kaute. Das Referat über »Ethnofuturismus und Postmoderne« hatte sie nachdenklich gestimmt. Ein Finne – Markku Haukka, wenn sie sich richtig erinnerte – hatte darüber gesprochen, auf englisch. Er hatte sich auf Kari Sallamaa berufen, den Erfinder des Begriffs. »Die Idee des Ethnofuturismus ist es, zwei verschiedene Seiten von Kultur zu kombinieren«, hatte er mit einer Leidenschaft verkündet, die für einen Finnen ungewöhnlich war. »Die eine Seite ist die alte, geschichtete, unabhängige Tradition, und auf der anderen Seite entwickeln sich Züge einer neuen, modernen Weltkultur.« Und er hatte gefolgert, daß die Vitalität von Kultur in der Spannung zwischen diesen beiden Polen liegt.

So weit, so gut, aber was war überhaupt noch zu finden von den alten Traditionen? Was hatten die Russen – zuerst die Zaren, dann die Sowjetregierung – mit ihrer Kolonialisierungspolitik übriggelassen von der udmurtischen Kultur? Ihr Eindruck von Ischewsk stimmte Katia nicht gerade optimistisch. Das bißchen Folklore ...

Katia wußte, wie vieles unter der Doktrin des Internationalismus kaputtgegangen war. Sie erinnerte sich an die Begegnung mit einer deutschen Journalistin und exzellenten Rußlandkennerin, die sich nicht vorstellen konnte, daß Udmurtien für Ethnologen überhaupt noch interessant sein könnte: »Was wollen Sie in Udmurtien? Das ist doch völlig russifiziert.«

Sehr lebendig allerdings – Katia ließ die Gabel sinken und sah aus dem Fenster – war die Suizidtradition, in der Realität und, wie sie jetzt erfahren hatte, auch als Thema in der Literatur. In dem Referat über udmurtische Gegenwartsliteratur hatte sie von Nikolaj Samsonows Kurzgeschichte »Schicksal« gehört, darin wird die Geschichte eines Mannes erzählt, der in den dreißiger Jahren als Informant für den sowjetischen Geheimdienst gearbeitet hat, als

Achtzigjähriger will er sich das Leben nehmen, aber ständig geht es schief: Der Tod will ihn nicht haben. Sieh an, er hat so viel zu tun im Land der Selbstmörder, daß er wählerisch geworden ist, dachte Katia. Diese Vorstellung erheiterte sie so sehr, daß sie grinsen mußte.

Im gleichen Augenblick setzte sich jemand mit einem leisen »Darf ich?« zu ihr. Sie nickte flüchtig und warf einen Blick auf ihr Gegenüber. Das war der Mann, der am Tag zuvor den Vortrag über udmurtische Architektur gehalten hatte – der einzige, den sie streckenweise buchstäblich nicht verstanden hatte. Er hatte sehr leise und monoton gesprochen – schade, denn das Thema hatte sie interessiert, besonders über udmurtische Kultbauten hätte sie gern mehr erfahren.

Auch auf seinem Tablett stand ein Teller mit Buchweizengrütze, mit einer Beigabe von Fleisch und Sauce allerdings, dazu zwei Gläser mit schmutzigbrauner Flüssigkeit, auf der ein dünner Fettfilm schwamm. Sie hob die Augenbrauen. Er würde doch wohl nicht auf die Idee kommen, sie dazu einzuladen.

»Kaffee?« fragte Katia und deutete auf die Gläser

»Aha.« Der Mann nickte und lächelte verlegen, als sei er persönlich für das kulinarische Niveau der Kantine verantwortlich. Er machte allerdings keine Anstalten, ihr eines der beiden Gläser anzubieten.

Dann begann er zu essen und sah dabei konzentriert und schweigend auf seinen Teller.

Eigentlich hatte sie sich allein in guter Gesellschaft befunden, aber da der Typ nun einmal dasaß, wollte sie nicht schweigen wie ein Stockfisch.

»Sehr interessant, Ihr Vortrag«, eröffnete sie das Gespräch und sah ihn an.

Er war groß, größer als sie, und auffallend breit, was durch das großkarierte Hemd, das er trug, noch unterstrichen wurde. Sein blondes Haar war irgendwie schrecklich altmodisch geschnitten. Außer Ulrich Tukur kannte Katia niemanden, der noch mit so einer Frisur herumlief.

Auch seine Hände waren groß, vielleicht konnte man sie sogar grob nennen, aber die Art, wie er mit der Rechten die Gabel hielt, ließ vermuten, daß sie sehr geschickt waren, wenn sie statt der Gabel Pinsel oder Stift hielten.

»Hm!« sagte er, ohne aufzublicken, und aß weiter. So ein Stoffel.

»Besonders, was Sie da von der Sommerküche, der Kuala, erzählt haben ...«

»Aha.« Er nickte, aß weiter.

»Sie haben da ein Kohlblatt am Ohr«, bemerkte Katia höflich.

Er griff sich an die erwähnte Stelle, aber da war nichts. Er wurde rot und warf ihr einen irritierten Blick zu. Immerhin hatte sie jetzt seine Aufmerksamkeit. Sie bemerkte eine senkrechte Falte oberhalb der Nasenwurzel.

»Nicht böse sein«, bat sie. »Übrigens: Ich heiße Katia.«

»Aha. Donaj Ramazanow«, stellte er sich vor. »Wissen Sie, ich bin an der Grenze zu Tatarstan aufgewachsen, ich spreche sehr gut Udmurtisch und Tatarisch, aber mein Russisch ist sehr primitiv, ich kann mich schlecht ausdrücken.«

»Ich verstehe«, sagte sie, »von den finno-ugrischen Sprachen kann ich leider nur Finnisch und Ungarisch, aus dem Udmurtischen kenne ich nur ein paar Ausdrücke. Aber wir müssen nicht sprechen. Wissen Sie, ich habe eine Idee. Sie sind doch Architekt ...«

»Nein, Bildhauer«, unterbrach er sie.

»Ach so. Aber zeichnen können Sie doch? Würden Sie mir in mein Notizbuch etwas zeichnen?«

Katia fischte das schön gebundene Buch – sie hatte es in Barcelona gekauft – aus ihrer Tasche und reichte es ihm.

»Was soll ich zeichnen?« Er nahm das Büchlein in die Hände und prüfte den Stift. Ihr Stift – natürlich Gastello – machte Eindruck auf ihn, einige Male drehte und wendete er ihn hin und her.

»Wie ein udmurtischer Hof aussieht! Ich habe Ihren Vortrag leider nicht ganz verstanden. Auch mein Russisch ist nicht so gut«, log sie konziliant. Die offensichtliche Schüchternheit ihres Gegenübers rührte sie.

Er begann zu skizzieren, und bald sah Katia in ihrem Notizbuch alle Elemente des Hofs mitsamt Wohnhaus, Stallungen, Badestube, dem breiten, mit Schnitzereien verzierten Eingangstor sowie einem hohen Bretterzaun zur Straßenseite hin.

Seine Erklärungen dazu waren sparsam.

»Das ist die Kuala, das Herzstück des Hofes«, sagte er und deutete mit dem Stift auf eine ziemlich hohe, aus Holzbalken gebaute Hütte mit einem Bretterdach, in das er seltsamerweise Löcher gezeichnet hatte.

»Die Kochhütte, ja?« fragte Katia, die zumindest Teile des Vortrags verstanden hatte.

»Aha! Die Feuerstelle befindet sich hier. Auf der bloßen Erde.« Er tippte auf die Stelle mitten im Raum.

»Die Kuala ist aber nicht nur zum Kochen da – richtig?«

»Stimmt«, sagte der Bildhauer. »Sie ist das Familienheiligtum.«

Katia gefiel der Gedanke, daß die Küche ein Ort der Anbetung sein sollte. Erst als sie nachfragte, erklärte er, daß es traditionell noch eine *gurt kuala* für das ganze Dorf gebe, die nur für gottesdienstliche Zwecke da war. Und auch dieses gemeinschaftliche Ritual habe mit Essen zu tun.

Es stimmte, er drückte sich wirklich unbeholfen aus. Aber Katia begriff, daß die Worte nur Begleitmusik waren, etwas, das nicht zum Kern seines Wesens gehörte. Seine Augen und Hände aber, die waren eine Einheit, die konnten die Begeisterung transportieren, die er für seine Kultur empfand.

»Es ist sehr schön!« sagte sie. Sie meinte die Art und Weise, mit der er das Dorf auf dem Papier zum Leben erweckt hatte. Doch er hatte es anders verstanden.

»Es ist wirklich sehr schön dort. Ich zeige es Ihnen, wenn Sie wollen. Morgen fahre ich aufs Land. Kommen Sie mit. Es ist keine weite Fahrt, wissen Sie. Sie brauchen keine Angst vor mir haben.« Sein Gesicht war ernst.

Trotz seiner stockenden Art, zu reden, schien er ein Mann der schnellen Entschlüsse zu sein. Das gefiel ihr. Für gewöhnlich konnte sie sich auf ihre Intuition verlassen. Manchmal verließ sie sie – aber dieser Mann wirkte nicht wie jemand, vor dem man sich in acht nehmen muß. Außerdem: Worauf wartete sie? Auf Reisen muß man schnell entscheiden. Man hat weniger Zeit, die Folgen zu bedenken, man geht schneller Risiken ein.

Manchmal fragte sie sich, was es war, das sie auf Reisen suchte. Wo doch fast jeder Winkel der Erde schon angeschaut, ausgemessen und erforscht war. Nein, es waren nicht nur die neuen Eindrükke, um die es ihr ging, etwas Äußeres also, sondern vor allem um das Experiment, das man mit sich selber macht. Einmal hatte sie gelesen, wie die Wiener Reiseschriftstellerin Ida Pfeiffer sich bei Sturm auf hoher See an Deck festbinden ließ, um dabei angesichts der »Allmacht Gottes« ein Gefühl »stiller Freude« zu empfinden ...

Katia ergriff die Gelegenheit beim Schopf. Tatsächlich hatte sie selbst schon überlegt, wie sich eine Fahrt aufs Land organisieren ließe.

»Warum nicht!« sagte sie.

»Haben Sie noch ein paar Tage Zeit, oder müssen Sie bald zurückfliegen?«

»Ich habe ein Visum für zwei Wochen. Wie weit ist es, und wie lange wollen Sie bleiben?«

»Es sind hundertzwanzig Kilometer bis zu meinem Heimatdorf. Ich werde etwa drei Tage dort sein. Heuernte, wissen Sie. Ich muß meiner Mutter helfen.«

»Wie fahren wir?«

»Mit dem Bus, morgens um acht. Wo wohnen Sie?«

»Bei Bulatow.«

»Aha ... Also, bis morgen um sieben. Ich hole Sie ab.«

Er warf ihr ein verlegenes Lächeln zu, das in eigenartigem Kontrast zu seiner Zielstrebigkeit stand.

Katia lächelte zurück.

»Wie heißt das Dorf?« rief sie ihm hinterher.

»Scharjat-Badja.«

Scharjat-Badja? Irgendwie kam ihr der Name bekannt vor. Obwohl die Ortsnamen alle irgendwie ähnlich klangen. Sie hatte gehört, daß die udmurtischen Dörfer früher nach »glücklichen Weibern« benannt wurden: Staraja-Monja, Warklet-Bodja, Artyn-Syrja. Wenn man das Prinzip auf Deutschland übertragen würde – Katia stellte sich vor, wie die Landkarte übersät wäre mit Namen wie »Edle Ulrike«, »Schöne Helene« oder »Weise Wiebke«.

Also, Scharjat-Badja.

23.

Und, sehen Sie, daß Wissenschaft nicht im luftleeren Raum angesiedelt ist, sondern ganz praktische Auswirkungen auf unser Leben haben kann, das haben Sie an der erfolgreichen Kampagne sehen können, die unser Institut für die Etablierung des Udmurtischen als zweite Amtssprache geführt hat«, endete Bulatow.

Typisch, dachte Katia. An allen Universitäten der Welt wurde es so gemacht: Die einen machten die Arbeit, und die anderen hefteten sich die Erfolge an die Brust. Nach allem, was sie wußte, war es Sokolov gewesen, der gekämpft hatte.

Die Moderatorin lächelte charmant und bedankte sich bei Bulatow und seinem ausländischen Gast für ihre Auskünfte über den Kongreß, der heute zu Ende gegangen war.

Für ein kleines Land wie Udmurtien war ein solches international besetztes Symposion eine große Angelegenheit, und auch wenn es ein geisteswissenschaftliches Thema war, unbedingt einen Bericht für das Fernsehen wert. Man hatte das Gespräch im Studio für die Frühstückssendung am nächsten Vormittag, »Guten Morgen, Udmurtien«, aufgezeichnet. Das Interview sollte geschnitten, gekürzt – und dann als Live-Sendung verkauft werden.

Die Scheinwerfer wurden ausgeschaltet. »Sie waren sehr gut mit Ihrer Bemerkung über die weibliche Konnotation des Wortes ›Ofen‹ im Udmurtischen«, sagte Bulatow anerkennend und machte ein spitzbübisches Gesicht. »Sie finden das in vielen Liedern, vor allem Hochzeitsliedern. Ach, wenn ich jung wäre und gut bei Stimme, ich würde Ihnen gern ein paar Strophen vorsingen.« Er zeigte ein breites Lächeln, das seine Goldzähne blinken ließ. Katia murmelte irgend etwas Ausweichendes.

Die kleine, quirlige Moderatorin wechselte ein paar Worte mit einem dunkelhaarigen Mann, der hinter der Kamera hervorkam.

»Oleg Mitjajew, unser Kameramann«, stellte sie ihn vor. Dann zog sie Bulatow zur Seite und verwickelte ihn in ein Gespräch.

»Vielen Dank für das angenehme Bild, das Sie meiner Kamera geboten haben«, wandte der Kameramann sich an Katia. »Man sieht sofort, daß Sie Ausländerin sind – so entspannt, wie Sie dasitzen.«

Katia sah ihn überrascht an. So sicher, wie sie auf ihn gewirkt hatte, hatte sie sich weiß Gott nicht gefühlt.

»Nein, wirklich«, bekräftigte er. »Sie wissen gar nicht, welche Probleme ich manchmal habe, um die Leute auf dem blauen Sofa nicht komplett blöd aussehen zu lassen. Manche trampeln mit den Füßen, andere lassen ihre Fingerknöchel knacken, wieder andere verkriechen sich so in sich, daß der Hals ganz verschwunden ist, oder ziehen ihre Schultern bis zu den Ohren hoch.« Während er die verschiedenen Körperhaltungen beschrieb, verwandelte er sich in eine zappelige Comicfigur. »Bei Ihnen war alles toll – Füße parallel, Hände still, und wenn Sie geredet haben, waren Ihre Gesten angemessen.«

Er wirkte ernsthaft überzeugt. »Und außerdem sprechen Sie wirklich ausgezeichnet Russisch. Wo haben Sie das gelernt?«

Katia erzählte von ihren Moskauer Studienjahren.

»Ah ja?« Er war überrascht. Wie sich herausstellte, hatte Oleg zur gleichen Zeit dort studiert, in der Filmhochschule. Sie hatten sogar ein paar gemeinsame Bekannte. Bestimmt langweilte er sich hier, dachte Katia. »Arbeiten Sie nur hier im Studio?« erkundigte sie sich.

Der Kameramann bemühte sich, zu lachen. »Nein, um Himmels willen. Das ist das tägliche Schwarzbrot. Aber es gibt auch sehr spannende Aufgaben. Mit zwei, drei Leuten hier kann man wirklich schöne Sachen machen. Wenn Sie möchten, kann ich Ihnen ein paar Filme zeigen. Wie lange sind Sie noch hier?«

»Morgen fahre ich. Ich meine, nicht nach Deutschland. Ich fahre aufs Land, nach Scharjat-Badja.«

»Scharjat-Badja, ein interessanter Ort, ja ...« Er räusperte sich.

»Da war ich vor zwei Jahren bei Dreharbeiten, zusammen mit Sokolov. Sokolov – wissen Sie«, er sah mit einem Seitenblick auf Bulatow, »er ist der führende Udmurtologe – und eine beeindruckende Persönlichkeit, das heißt, er war es«, fügte er hinzu, »leider ist er gestorben vor kurzer Zeit. Hat sich umgebracht.«

»Ich weiß«, sagte Katia kurz.

»Kannten Sie ihn?«

»Nicht persönlich. Ich kenne nur seine Arbeiten.«

»Wissen Sie, er war ein sehr hartnäckiger Mensch, ein besessener Wissenschaftler. Vor zwei Jahren haben wir einen Film über die religiösen Gebräuche der Udmurten gemacht, eben in diesem Dorf. Seine Schwiegermutter lebt dort. Er wußte über jede Kleinigkeit Bescheid, besser als jeder Udmurte. Wir hatten eine Reihe von Interviews gemacht, hatten im Dorf gedreht, und er wollte unbedingt Bilder von der Kuala. Wir alle haben versucht, ihn davon abzubringen, auch seine Schwiegermutter. Es bringt Unglück, wissen Sie. Aber er bestand darauf. Er war der Meinung, es sei sein persönliches Risiko.«

Der Kameramann unterbrach sich.

»Bitte reden Sie weiter«, ermunterte ihn Katia. Sie bemühte sich, ruhig zu bleiben. Endlich, dachte sie. Endlich würde sie einen Zipfel der Wahrheit zu fassen bekommen.

Der Kameramann fuhr fort.

»Wir gingen in die Kuala drehen, da kam uns ein Mädchen weinend entgegen. Ich fragte, was los sei, und sie sagte: Mein Bruder, mein siebzehnjähriger Bruder, hat sich erhängt. Wir haben wieder gesagt, laß uns das abbrechen. Aber Sokolov bestand auf seinem Plan. Als wir dann abends nach den Dreharbeiten ins Dorf zurückgingen, lief uns ein Junge über den Weg. Was ist los, frage ich ihn. Er sagt: Mein Onkel ist gestorben. Wir bekamen es mit der Angst zu tun, und Sokolovs Schwiegermutter geriet regelrecht in Panik.«

»Ist das Zufall?« fragte Katia. Aber sie glaubte selbst nicht daran.

»Nein«, antwortete er. »Nein, ich denke, es ist kein Zufall. Dort gibt es eine bestimmte Aura. Und wir gehen einfach da rein mit unseren Kameras, mit unserer Technik, und wahrscheinlich zerstören wir etwas.«

»Aber warum schlägt das auf die Menschen zurück, die da leben? Sie können doch nichts dafür.«

»Vielleicht nicht nur auf sie. Sokolov hat sich dort aufgehängt, in diesem Dorf, wußten Sie das? Manchmal habe ich Angst«, fügte er leise hinzu.

24.

Stell dir vor, Natalia, die junge Frau ist mutig geworden und will uns verlassen. Aufs Land will sie fahren, gleich morgen schon. Aber nicht mit uns, sondern in Begleitung eines stadtbekannten Serdzejeda.« Eines Herzensfressers. Er zwinkerte Katia zu.

Die amüsierte sich mäßig. Auch Bulatow hatte sie auf eine Landpartie in seine Datscha eingeladen, bei der Gelegenheit wollte er ihr Wotkinsk, den Geburtsort Tschajkowskijs, zeigen. Sie hatte höflich abgelehnt. Den ganzen Rückweg über hatte er versucht, sie von ihrem Vorhaben abzubringen, hatte sich aufgeführt wie ein besorgter Vater und eifersüchtiger Ehemann in einem. Sie kannte die Fürsorglichkeit russischer Männer und fand sie je nach Anlaß und Person erfreulich oder albern.

»Red keinen Blödsinn, Bulatow, ausgerechnet Ramazanow – der ist doch nicht wie du. Wie viele Frauenhüften hast du ausgemessen, hm?« kam Natalia ihr schalkhaft zu Hilfe. Sie stemmte die Arme in die Taille und warf den Kopf zurück.

»Leider waren sie nicht mehr ganz frisch ...« Bulatow war bester Laune. Das Symposion war zu Ende, und zu Hause war der Tisch reichlich gedeckt. Eingelegte Pilze, Salzgurken, gefüllte Eier, Sardinen in Öl. Alles diente dazu, eine Grundlage für den Alkohol herzustellen.

Die Flasche, die er aus dem Kühlschrank holte, trug kein Etikett. »Kleine Vorbereitung für Ihren Ausflug, meine liebe Katia«, sagte er geheimnisvoll und deutete auf die Flasche, »das ist nämlich Kumyschka, selbst gebrannt, versteht sich. Eine unserer kulturellen Errungenschaften.«

Er goß die Gläser reichlich voll.

Natalia stellte den Topf mit den dampfenden Pelmeni auf den Tisch.

»Und eine weitere Errungenschaft sind die Pelmeni – wußten Sie, daß ›Pel‹ das udmurtische Wort für ›Ohr‹ ist?« Bulatow war voll in seinem Element. Jetzt erhob er sich mit dem Glas in der Hand.

Katia betrachtete betrübt die duftenden Teigtaschen auf ihrem Teller. Sie sahen tatsächlich aus wie Ohren. Ihr knurrte der Magen. Manchmal fand sie es enervierend, daß Russen (oder Udmurten, in diesem Fall machte sie keinen Unterschied) bei jeder Gelegenheit ihre Trinksprüche vom Stapel ließen.

»Ja, Katia, der Kongreß ist zu Ende, und es wurden viele Worte gemacht. Aber eigentlich, wissen Sie, sind wir Udmurten kein sprechendes Volk – nein, wir sind ein singendes Volk!«

Er begann mit seinem kehligen Baß eine lustig klingende Melodie, in die seine Frau mit glockenheller Stimme einfiel.

Nach kurzer Zeit unterbrach sich Bulatow.

»Wir haben ein Sprichwort: Ein Udmurte wird mit einem Lied geboren, mit einem Lied stirbt er. Und in diesem Trinkspruch geht es darum: Wir trinken, wir leben, wir lieben, und das Leben wird so bitter wie Zwiebeln und so süß wie Himbeeren.«

Der Kumyschka schmeckte nach Äpfeln und hochprozentigem Alkohol. Katia nippte vorsichtig. Dieses Mal wollte sie sich nicht wieder unter den Tisch trinken lassen. Schon die ganze Zeit hatte sie Bulatow etwas fragen wollen.

»Haben Sie den Film aus Scharjat-Badja gesehen?«

Fast hätte Bulatow sich verschluckt. Offensichtlich fühlte er sich in seiner behaglichen Laune gestört. »Was meinen Sie?«

Katia berichtete von dem Gespräch mit dem Kameramann, von Sokolovs Tabuverletzung ... Ob ein Zusammenhang zwischen den Dreharbeiten und den Selbstmorden wirklich denkbar wäre?

Bulatow fuhr auf. »Sind Sie auch schon infiziert? So ein Quatsch. Und in Kirchen und Moscheen soll man auch nicht drehen dürfen?«

»Sie haben einen wunden Punkt getroffen ...«, sagte Natalia entschuldigend zu Katia.

»Die Leute haben genügend andere Gründe, sich umzubringen«, fuhr Bulatow fort. Sein Gesicht war rot angelaufen. »Ich habe Unmengen von statistischem Material ausgewertet, an die fünftausend Fälle, und immer waren da soziale oder zwischenmenschliche Probleme im Spiel. Wir leben in einer Zeit des Umbruchs, immer noch, das ganze Land wird durchgeschüttelt.«

Katia bestand auf ihrem Thema. »Wie lautet denn Ihre Erklärung für die Selbstmorde in Scharjat-Badja?«

»Zufall, reiner Zufall«, brummte Bulatow. »Jetzt sagen Sie nur noch, daß wir Christenkindern das Blut aussaugen.« Seine Frau legte ihm begütigend den Arm auf die Schulter.

»Nein, Natalia. Sie muß doch wissen, was hier los war. Diese blödsinnige Geheimnistuerei führt zu nichts Gutem. Jahrhundertelang haben die Russen versucht, uns zu christianisieren. Sie nannten uns ›Heiden‹, sie zerstörten die Kualas und die Heiligen Haine. Die Missionare haben es auch mit friedlichen Mitteln versucht, o ja. Wer sich taufen ließ und bereit war, bei der Missonierung mitzuwirken, dem wurden gewisse Privilegien zugesichert, Steuerbefreiungen und dergleichen. Sogar eine Behörde wurde eingerichtet, im Jahr 1740, in Kasan – allein zu dem Zweck, Informationen über neugetaufte Udmurten zu sammeln. Aber wenn dann immer noch viele von uns störrisch genug waren, auf unserer eigenen Religion zu bestehen, dann mußten andere Mittel her. Man hat Prozesse geführt. Man hat uns beschuldigt, daß wir bei unseren Ritualen Menschen opfern. Gerade mal hundert Jahre ist das her. Man hat uns ins Gefängnis gesteckt und in die Verbannung geschickt. Nein, wir müssen aufhören, so zu tun, als ob in unseren Kualas gefährliche Dinge passieren!« Bulatow holte tief Luft.

»Aber Sokolov ... Glauben Sie nicht, daß Sokolov das etwas anders sah? War er nicht fasziniert von der udmurtischen Religion? Hatte er möglicherweise Schuldgefühle, weil er unbedingt die Dreharbeiten zu Ende bringen wollte? Hat er sich deswegen umgebracht?« wagte Katia zu fragen.

»Laßt mich doch alle mit diesem vermaledeiten Sokolov zufrieden!« brüllte Bulatow. »Er ist tot, er soll endlich aufhören, mir das Leben schwerzumachen.« Er atmete einige Male tief durch. »Außerdem war er Russe. Es gibt Dinge, die er nicht wissen konnte«, fügte er hinzu. Dann lud er sich den Teller mit Pelmeni voll und begann, sie schnell und gierig in sich hineinzustopfen.

Der Abend war verpatzt. Bulatow und seine Frau sahen fern, und Katia packte.

Nur das Allernötigste tat sie in ihren grünen Lederrucksack: Wäsche für drei Tage, ihr schwarzes Seidennachthemd, ohne das sie niemals verreiste, die alte blaue Taschenlampe, die Carl-Philipp ihr einmal geschenkt hatte, das Notizbuch – ihre große Tasche wollte sie in Ischewsk lassen ... Was war nur los mit Bulatow? Schwer kalkulierbar, die Reaktionen dieses Mannes. War es Überlastung, die hinter dieser unerwarteten Explosion stand? Ach, Olga – du mit deinem kühlen Kopf müßtest jetzt hier sein!

Katia griff nach ihrem Handy und wählte die Nummer ihrer Freundin. Statt Olgas Stimme meldete sich die Mailbox. »Warum bist du nicht da, du dumme Kuh!« fauchte Katia. »Melde: Ich hab neue Verdächtige, neue Spuren und ...«, an dieser Stelle senkte sie ihre Stimme, »... zwei blöde Männer, die sich um mich reißen. Mit dem einen fahre ich morgen aufs Land. Ende.«

Also doch alleine weiterdenken. Soviel war sonnenklar: Zwischen Bulatow und Sokolov hatte es nicht zum besten gestanden. Der Institutsdirektor hatte sein Paradepferd nicht leiden können. Katia fragte sich, was es war, womit Sokolov seinem Chef das Leben schwergemacht hatte. Ohne Sokolov auch nur gekannt zu haben, ergriff sie in diesem Konflikt instinktiv seine Partei.

Ein leises Klopfen an der Tür riß sie aus ihren Gedanken. Es war Natalia, die auf Zehenspitzen geschlichen kam.

»Nehmen Sie es ihm nicht übel, Katia«, flüsterte sie und legte ihr die Hand auf die Schulter. »Dieser Kongreß, davor die Beerdigung – es war zuviel für seine Nerven. Und dann sein Bluthochdruck – er ist einfach leicht reizbar. Ein paar Tage auf dem Land werden ihm guttun.«

Katia nickte beschwichtigend. »Ist schon in Ordnung. Auch ich habe mal wieder meine Zunge nicht hüten können. Es tut mir leid.«

Natalia überreichte ihr ein braunes Ledermäppchen. »Falls Sie vor uns zurück sind – hier ist der Schlüssel. Und vergessen Sie nicht: Zuerst muß man unten dreimal nach rechts drehen, dann oben einmal. Ach ja – und bedienen Sie sich aus dem Kühlschrank, fühlen Sie sich wie zu Hause.«

Katia packte noch einen Gedichtband von John Donne und eine Rolle zartrosafarbenes Toilettenpapier der Marke »Soft And Easy« obenauf. Dann legte sie sich schlafen.

25.

Der Bildhauer an ihrer Seite schlief. Seit zwei Stunden fuhr der Bus Richtung Süden. Das moderne Ischewsk hatten sie schnell hinter sich gelassen, es war nicht wie in mitteleuropäischen Großstädten, die sich nach außen hin verjüngen. In der udmurtischen Hauptstadt war es umgekehrt: Das Zentrum war industriell geprägt, und am Stadtrand hatte man das Alte stehengelassen: kleine, grau gewordene Holzhäuser, teilweise nur noch Ruinen. Es war offensichtlich, daß hier eine andere, eine archaische Welt begann.

Im Bus saßen hellhäutige Menschen, rotblonde Udmurten und schwarzhaarige Tataren mit breiten, dunklen Gesichtern. Die älteren unter ihnen zeigten goldene Schneidezähne, wenn sie lachten. Sie rochen nach Schweiß, viel Arbeit und billigen Zigaretten.

Die Gegend, durch die sie fuhren, war unspektakulär – eine altmodische, landwirtschaftlich genutzte Landschaft, sonnenbeschienen und leicht gewellt. Kaum vorstellbar, daß hinter diesen sanften Hügeln wilde Heiden wohnen sollten. Das Gelb der Rapsfelder war schon verblaßt, und die Sonnenblumen waren vom Zustand ihrer Entfaltung noch weit entfernt. Immerhin zeigten die weiten Kornflächen bunte Tupfer, und am Himmel schwebte sehr malerisch ein Raubvogel. Ortschaften sah man nur aus der Ferne. Der Bus hielt an Straßenkreuzungen und ließ die Leute mit ihren vollgestopften Taschen aussteigen. Sie teilten sich die Last und gingen über den Feldweg davon.

Katia sah schon eine ganze Weile aus dem Fenster. Solange sie durch die Stadt fuhren, hatten sie und der Bildhauer sich noch unterhalten. Sie hatten sich darauf geeinigt, daß das Du für ihre jetzige Situation passender wäre als das Sie auf dem Kongreß. Es war ein etwas mühsames Gespräch gewesen, das schnell ins Stocken geraten war und schließlich ganz verstummte. Hatte sie ihn eingeschüchtert? Vielleicht hatte Katia mit ihrer Aufmachung ein bißchen übertrieben.

Sie hatte sich auf diese Fahrt gefreut, die Begegnung mit einer neuen Landschaft, einer neuen Kultur versetzte sie in fieberhafte Erregung. Jedesmal empfand sie diesen Reiz aufs neue, es war wie eine Hochzeit, und der festlichen Stimmung, in die sie das Reisen versetzte, wünschte sie durch ihr Äußeres Ausdruck zu geben. Sie verstand die Leute nicht, die auf Reisen nur das Praktische in den Vordergrund stellten und in Touristenuniform auftraten, mit Socken und Turnschuhen an den Füßen und schweren Rucksäcken, die den Körper in einen Lastesel verwandelten.

Heute trug sie ein khakifarbenes Leinenkostüm mit einem eng anliegenden Oberteil, langen Rock und einem breiten Ledergürtel um die Taille – »praktisch, elegant und unauffällig«, hatte die Verkäuferin bei Jil Sander behauptet. Was ihr Reisekostüm anbetraf, hatte sich Katia an der englischen Primatenforscherin Lydia Foster-Bowles orientiert. Ein Foto dieser Dame aus einer Biografie kam ihr wieder in den Sinn. Es hatte die Bildunterschrift: »Lydia stellt einen engen Kontakt zu den Gorillas her, die sie viele Jahre lang studierte.« Katia grinste albern bei der Vorstellung, mit wem man sie wohl abbilden würde, falls sie jemals in eine Anthologie für berühmte Reisende aufgenommen würde.

Sie sah ihren Reisegefährten an, der über den feinen Sinn für angemessene Kleidung auf Reisen offenbar nicht verfügte. Er schlief mit leicht geöffnetem Mund, der Kopf war zur Seite gekippt. Wie ein »Herzensfresser« wirkte er gar nicht, sondern allenfalls rührend.

Sein weißes T-Shirt war leicht angegraut, das war okay, aber die schwarze Hose, die ursprünglich mal Bügelfalten gehabt hatte, erinnerte Katia an die Uniform eines Kellners. Schon besser waren die langen, dunklen, mädchenhaften Wimpern. Die breiten Augenbrauen waren im Kontrast dazu strohblond. Er mußte ihren Blick gespürt haben, denn jetzt wachte er auf. »Das ist so, hier bei uns«, entschuldigte er sich. »Wir arbeiten alle hart und schlafen wenig. Wir nutzen jede Gelegenheit, abzuschalten und ein bißchen Schlaf zu erwischen.« Mit einer Handbewegung schloß er die übrigen Menschen im Bus ein, und tatsächlich, die meisten saßen mit geschlossenen Augen da und dösten.

Vielleicht hatte er das Gefühl, seine Pflichten als Gastgeber irgendwie verletzt zu haben, jedenfalls beeilte er sich, sie mit Informationen über sein Dorf zu füttern: daß es wohl im sechzehnten Jahrhundert gegründet wurde, als seine Vorfahren – drei Brüder mit ihren Familien – sich vor den Russen im Wald versteckten. Daß das Dorf mit den üblichen Dingen – Jagen und Angeln, Ackerbau und Viehzucht – schon nach drei Generationen recht wohlhabend geworden sei, und vor allem: durch seinen Honig.

»Überall auf den nahe gelegenen Märkten fragten die Leute nach Honig aus Scharjat-Badja«, erzählte der Bildhauer im Tonfall eines Märchenerzählers. »Sogar bei den russischen Zaren, sagt man, war unser Honig auf dem Tisch.«

Sieh mal an, er nuschelt gar nicht mehr, dachte Katia, öffnete ihr Notizbuch und kritzelte »Honig als Teil des Gründungsmythos«.

»Irgendwann später kamen Tataren und siedelten sich in der Nähe an«, fuhr er fort. »Es wurden immer mehr Tataren. Aber es war eine gute Nachbarschaft. Es wird sogar erzählt, daß sie uns am Ende des neunzehnten Jahrhunderts vor der Zwangschristianisierung bewahrt haben. Die missionierenden orthodoxen Popen waren uns auf der Spur. Sie kamen in die heidnischen Dörfer, jagten die Bewohner auf den Hauptplatz und ließen sie alle zusammen taufen. Unser Dorf war allerdings nicht so leicht zu finden, und wie die Legende will, haben die Tataren damals den Popen nicht verraten, daß es hier in der Nähe noch ein heidnisches Dorf gibt. Unsere Väter haben sich dann bei den Tataren mit großzügigen Gaben bedankt: mit Gold- und Silberschmuck, mit Pelzen, Jagdmessern – und auch mit Honig, natürlich ...« Er machte eine Pause und holte tief Luft. »Interessiert es dich noch?«

»Es interessiert mich, warum die Tataren nicht in der Lage waren, genauso guten Honig zu machen.«

»Warum ... Nun, das bleibt vorläufig mein Geheimnis.«

Katia lächelte. »Den Honig aus Scharjat-Badja muß ich unbedingt probieren.«

Der Bus hatte unvermittelt auf offener Strecke gehalten, und Donaj hatte Katia bedeutet, daß sie am Ziel waren. Sie liefen etwa einen halben Kilometer in die Gegenrichtung. Es war sommerlich warm, aber nicht heiß und stickig wie in der Stadt. Bei einer großen Eiche überquerten sie die Straße und bogen in einen Feldweg ein. Rechts und links waren Kornfelder, an deren Rändern Glockenblumen, winzig kleine blaue Stiefmütterchen und Kamille blühten. In der Ferne hörte man einen Mähdrescher – die Heuernte sei jetzt dran, hatte der Bildhauer erklärt. Sonst war alles still. So still, daß man das kleine sommerliche Konzert der brummenden Insekten und das Gezwitscher einer aufsteigenden Lerche hören konnte.

Katia holte tief Luft und stellte befriedigt fest, wie ihre Lungenflügel sich weiteten. Natürlich tat sie das. Wie die meisten Deutschen war auch sie als Kind zu Spaziergängen in ländlicher Umgebung gezwungen worden, verbunden mit der Aufforderung, tief zu atmen. In ihrem Fall hatte eine ihrer Patinnen diese erzieherische Aufgabe übernommen, eine kinderlose Cousine ihrer Mutter, die mit einem Mathematikprofessor verheiratet war und einen Reiterhof bei Lüchow-Dannenberg leitete. Zusammen mit ihrer Schwester Sophie war Katia zwei- oder dreimal bei ihr gewesen, hatte ihre barschen Kommandos auf der Reitbahn gefürchtet, aber die abendlichen Ausritte geliebt, zu denen Tante Verena sie mitnahm, hatte pflichtgemäß die würzige Abendluft geschnuppert und die Mischung aus Linden und Pferdeschweiß auf ewig in ihrem olfaktorischen Gedächtnis gespeichert. In der udmurtischen Feldflur allerdings roch es nach Kamille. Sie pflückte einen Stengel und zerrieb die Blüten zwischen ihren Fingern, bis sie sich gelb färbten.

Anfangs hatte Katia sich ranhalten müssen, um mit dem Tempo des Bildhauers Schritt zu halten. Jetzt hatte sie einen gemeinsamen Rhythmus mit ihm gefunden und genoß es, an seiner Seite zu gehen. Zum ersten Mal seit Tagen fühlte sie sich leicht und unbeschwert.

Donaj schwieg, und auch sie hatte kein Bedürfnis, zu reden. Aber es war nicht mehr wie vorhin im Bus, als das Schweigen zwischen ihnen etwas Peinliches gehabt hatte.

Sie gingen durch einen kleinen Birkenwald, zwischen dessen hellen Stämmen Katia endlich die ersten Häuser des Dorfes Scharjat-Badja hindurchschimmern sah. Mit seinem linken Arm beschrieb Donaj einen großzügigen Bogen. »Das ist *Vaterland*«, sagte er zu Katias großem Erstaunen auf deutsch.

26.

In den Vorgärten blühten Goldlack, Pfingstrosen und Schwertlilien, und auf der ungeteerten Dorfstraße gingen die Gänse spazieren.

»Das ist die ›Straße der ungetauften Udmurten‹«, erklärte Donaj.

Katia sah ihn von der Seite an. »Du willst mich auf den Arm nehmen.«

Er lachte. »Nein. Sie heißt wirklich so.«

»Warum?«

»Vielleicht aus Trotz ...«

Das Dorf war wie eine freundliche Festung. Hier und da stand ein Auto. Aber sonst war alles so, wie es vor fünfzig Jahren gewesen sein mußte, oder vor hundert.

Katia erkannte die Torkonstruktion aus ihrem Notizbuch wieder, mit dem Dach obenauf, eins neben dem anderen. Alle Tore waren in hellen Blautönen gestrichen und mit Schnitzwerk verziert.

»Sieh mal hier.« Der Bildhauer deutete auf drei Sterne in verblaßtem Rot. »Die sind noch aus dem Krieg. Für jeden Soldaten, der an die Front mußte, hat man einen Stern auf das Tor genagelt. Der da war für meinen Großvater. Er ist in der Nähe von Kursk gefallen.«

Katia ging darüber hinweg. »Und diese Rosetten, haben sie auch eine besondere Bedeutung?«

»Eine viel ältere. Es sind Sonnen. Solarelemente gehörten auf jedes Tor, ebenso wie das Dach. Es gibt auch genaue Regeln, wie die Balken ineinandergefügt sein müssen. Sie symbolisieren die drei Welten. Siehst du ...«, er zeichnete mit dem Finger auf der hölzernen Oberfläche, so daß die Scharniere leise quietschten, »diese hier stehen für die Unterwelt, die da für die Oberwelt und diese für die Menschenwelt.«

Wie konnte es sein, daß sich diese Dinge erhalten hatten – allen Russen, christlichen Missionaren und Sowjets zum Trotz?

»Warum …?« Donaj zögerte einen Moment, suchte nach Worten für das, was er sagen wollte. »Es ist – weil wir gelernt haben, uns zu verstecken. Wenn wir angegriffen werden, rennen wir weg. Wir sind nicht wie Tataren. Wir kämpfen nicht. Wir rennen weg und verstecken uns. Auch mit Worten.«

»Heißt das …« Katia sah Donaj direkt ins Gesicht. Seine Augen waren grün. Undurchdringlich grün wie ein Waldsee. »Heißt das, daß ihr die Wahrheit manchmal flexibel handhabt?«

»Daß wir uns nicht gern festlegen. So vielleicht.«

Das Haus, zu dem er sie führte, lag etwas abseits auf einer kleinen Anhöhe. Es war mit einem Lattenzaun umgeben, aber das Tor fehlte.

»Wir haben darauf verzichtet, als wir vor zehn Jahren anfingen, das Haus zu planen«, sagte Donaj. »Ich hätte auch den Zaun weggelassen, aber Mutter wollte es so.« Er ging die sieben Stufen der hölzernen Treppe voran.

Donajs Mutter stand in der Tür. Sie war schlank und nicht sehr groß. Auffallend hellblau waren ihre Augen und auch das einfache, fast bodenlange Kleid, das sie trug, darüber eine weiße, bestickte Schürze. Ihr Alter war für Katia schwer zu schätzen. Sie war es gewohnt, daß Frauen in der russischen Provinz viel älter aussahen als ihre Altersgenossinnen aus Westeuropa. Das freundliche Gesicht der Frau war mit vielen Falten durchzogen. »Wie ein Lagerapfel«, dachte Katia. Aber der Haaransatz, den das hinter dem Kopf gebundene Tuch freiließ, zeigte mehr Blond als Grau.

Beide, Mutter und Sohn, schienen sich über das Wiedersehen zu freuen, aber sie umarmten sich nicht, eine leichte Berührung ihrer Hand auf seiner Schulter, das war alles.

Dann wandte sie sich Katia zu. »Willkommen. Ich bin Soja Nikolajewna.« Ihre Stimme war angenehm, fast singend.

»Dsetschbur, Soja Nikolajewna – Soja Apai«, antwortete Katia. Apai war die höfliche Anrede im Udmurtischen für Frauen.

Das Lächeln wurde noch eine Spur freundlicher.

»Sie sind also nicht zum ersten Mal in Udmurtien.«

»Ich bin zum ersten Mal hier und bin sehr gespannt, aber ich war in Komi und Mari, Finnland kenne ich gut«, sagte sie etwas zusammenhanglos. »Ich bin Ethnologin«, fügte sie erklärend hinzu.

»Ach so, ich verstehe. Für unser Dorf haben sich die Wissenschaftler schon öfter interessiert.« – Sie nickte zustimmend. »Ich freue mich, wenn andere wissen wollen, wie wir hier leben. Ich freue mich sehr, wenn Gäste da sind. Bitte, kommen Sie.«

Sie war auf Strümpfen, und auch Donaj hatte seine Schuhe ausgezogen. Katia machte es ebenso.

Sie führten sie durch den geräumigen Flur, der als Küche diente, in einen großen, lichten Raum von etwa acht mal acht Metern. Das Licht fiel von drei Seiten durch je drei Fenster. Davor hingen weiße Gardinen, die mit einer Bordüre aus roten Rosen offenbar von Hand bestickt waren. Eigentlich mochte Katia keine Vorhänge, aber hier waren sie richtig, wie ihr überhaupt schien, daß alles am richtigen Platz war: der weißgestrichene russische Ofen, die gewebten Wandbehänge in kräftigen Farben, die Betten an der Wand, die auf den Boden gebreitete Decke, auf der büschelweise Schafgarbe trocknete. Das alles sah sie, und es kam ihr so vor, als sähe sie es nicht das erste Mal.

Katia kannte diverse Räume, die mit erlesenem Geschmack gestaltet und mit kostbaren Dingen angefüllt waren. Warum dieser hier so beeindruckte, hätte sie nicht auf Anhieb sagen können. Alle Worte, die ihr dazu in den Sinn kamen – Klarheit, Schönheit, Harmonie –, wären ihr unpassend erschienen, zu oft benutzt, um die bunten Bilder von Zimmern, die in Architekturzeitschriften vorgezeigt wurden, zu betexten.

Auch andere Formulierungen – »die Würde des Einfachen«, etwas in der Art – verwarf sie als allzu prätentiös. Es war doch nur ein Zimmer – zum Essen, zum Schlafen, zum Empfang der Gäste, zum Lesen, zum Beten, zum Träumen, zum Lieben und zum Sterben. Aber wie sie sie beneidete, diese beiden Menschen, den Bildhauer und seine Mutter, daß sie hierhergehörten. Hierbleiben, hier in diesem Raum, dann würde alles, was in Scherben lag, sich wieder zusammenfügen zu einem sinnvollen Ganzen. Sie wußte natürlich, daß das Blödsinn war. Es war ein schmerzhaftes Gefühl von Heimatlosigkeit, das sie ergriff.

Dieses grüne Bändchen, das von einem Deckenbalken herunterhing – Katia zwang sich dazu, sich auf ein Detail zu konzentrieren. Soja Apai hatte ihren Blick gesehen.

»Das ist für die Soldaten, für die Jungs, die beim Militärdienst sind, damit sie heil nach Hause zurückkehren. Es ist ein alter Brauch«, hörte sie sie sagen. »Das Band wird mit einer Kopeke in das Holz gedrückt, und wenn sie wieder da sind, müssen sie auf einen Stuhl steigen und das Geldstück mit den Zähnen herausbeißen.« Ihr Russisch war noch holperiger als das ihres Sohnes.

»Und für wen ist dieses Bändchen?« erkundigte sich Katia.

»Das ist für meinen jüngsten Sohn, Renat. Im Herbst kommt er zurück.« Sie machte eine einladende Handbewegung. »Aber setzen Sie sich doch.«

Alles war für einen Imbiß vorbereitet. Der Eßtisch vor dem Fenster zur Straßenseite war gedeckt mit Brot, dreierlei Marmeladen, einer Schüssel Kefir und gesalzenen Gurken. Soja Apai verschwand und kehrte kurz darauf mit einer Kanne Tee wieder. In der anderen Hand trug sie eine Platte mit Rühreiern, die mit Schnittlauch bestreut waren. Katia hatte keinen Zweifel daran, daß alle Bestandteile dieses einfachen Mahls selbstgemacht waren. Aus eben diesem Grund würde es ihr wunderbar schmecken – und vielleicht auch deshalb, weil Donaj sie jetzt gerade mit bewundernden Blicken ansah.

Nach einem weiteren Gang in die Küche setzte die alte Frau eine Flasche und vier Gläser auf den Tisch. Sie füllte die Gläser voll und reichte eines ihrem Sohn, eines Katia, und eines behielt sie selber. Das letzte stellte sie zur Seite. Wurde noch jemand erwartet? Dann hob sie ihr Glas und begann, immer noch stehend, mit nasaler Stimme ein Lied zu singen – viele Strophen zu einer ganz einfachen Melodie, die aus Ganztonschritten und Oktaven bestand. Sie sang in udmurtischer Sprache. Wie Katia hinterher erfuhr, war es »ein Lied, um die Gäste zu begrüßen«.

Soja Apai sang völlig entspannt und ohne jede Scheu. Zuletzt war Katia diese Mischung aus Innigkeit und selbstverständlicher Routine bei einem katholischen Priester aufgefallen, den sie vor vielen Jahren in Rom gehört hatte, bei einem Hochamt in San Giovanni in Laterano. Von den lateinischen Worten der liturgischen Gesänge hatte sie damals genausowenig verstanden wie heute von dem udmurtischen, und es hatte sie genauso berührt. Was für besondere Menschen waren das, sie inszenierten nicht sich selbst, sondern etwas, in dessen Dienst sie gestellt worden waren.

Schließlich war Soja Apai fertig und trank ihr Glas mit einem Zug aus. Es war Kumyschka, der wurde hier wohl zu jeder Tageszeit getrunken. Katia mußte essen, um den hochprozentigen Alkohol zu neutralisieren.

Sie sprachen über das Haus, wie sie vor zehn Jahren angefangen hatten, es zu bauen, als Donaj noch im Studium war, und wie lange es gedauert hatte, es nur mit Hilfe von Freunden und Verwandten fertigzustellen.

»So machen es alle hier«, schloß der Bildhauer.

»Und was ist mit dem vierten Glas?« fragte Katia etwas unvermittelt.

»Aha?« Er sah sie erst groß an, dann verstand er, was sie meinte. »Das ist für die Ahnen.«

27.

Nach dem Essen hatte der Bildhauer sich entschuldigt, um das zu tun, wozu er eigentlich hergekommen war. Er wollte das Gras auf der Wiese hinter dem Haus mähen, man mußte das gute Wetter nutzen, um die Heuernte einzubringen.

»Es ist eine sehr schöne Sitte – die Opfergabe für die Ahnen, meine ich«, sagte Katia in der Hoffnung, darüber einiges mehr zu erfahren.

»Man muß es tun«, sagte Soja Apai kurz. »Sie sind sehr rachsüchtig.«

»Was meinen Sie?«

»Man muß sie zufriedenstellen. So ist es eben.«

»Was passiert sonst?«

»Ich weiß es nicht«, lächelte die alte Frau ausweichend. »Sagen Sie, hat mein Sohn Donaj Ihnen von der Großtante erzählt?«

Katia akzeptierte, daß sie nicht weiterfragen durfte. »Nein, das hat er nicht. Lebt sie hier bei Ihnen?«

»Nur ein paar Schritte von hier. Sie ist Weberin, wissen Sie, eine ebenso gute Weberin, wie mein Sohn ein guter Bildhauer ist. Die Teppiche hier an den Wänden sind von ihr. Kommen Sie, wir wollen gehen und sie begrüßen.«

Im nachmittäglichen Sonnenlicht lag das Dorf mit seinen himmelblauen Toren da wie im Dornröschenschlaf. Wieder hatte Katia das Gefühl, daß sie hier etwas ganz Besonderes gefunden hatte. Ein großes Glücksgefühl packte sie wie eine Welle. Sie war Donaj unendlich dankbar, daß er sie hergebracht hatte. Aber wie lange würde es das noch geben?

»Jetzt ist es schön. Aber im Winter ...«, erwähnte die Mutter des Bildhauers mit der Nüchternheit der Landbewohnerin, »... Sie können sich nicht vorstellen, wie wir da in Matsch und Lehm versinken!«

Das Haus, das sie jetzt betraten, war alt und viel enger als das, was sie schon kannte. Aber es war nicht weniger hell. Soja Apai führte sie in einen Raum mit einem großen Holzschrank und einer riesigen, bemalten Truhe. In der Mitte stand ein Webstuhl, daran saß eine kleine und sehr alte Frau in buntem Kleid und weißem Kopftuch und arbeitete. Ihre Bewegungen waren sparsam, aber noch immer kraftvoll.

»Dsetschbur, Nina Apai, hier ist unser Gast aus Deutschland – Katia!«

»Gut!« lächelte die Alte, guckte schnell und mädchenhaft auf Katia und blieb weiter sitzen. Die Audienz war beendet.

»Selbst wenn der Präsident sie besuchen käme, würde sie nicht aufhören zu weben, wenn sie keine Lust dazu hat ...«, sagte die andere zufrieden und öffnete den schweren Truhendeckel.

»Sehen Sie! Hier im ›Sandyk‹ bewahrt sie ihre Werke auf. Es ist eigentlich eine Mitgifttruhe.«

Obenauf lagen Handtücher, weiß mit bunten Ornamenten. Auf einigen stand das Datum mit schönen, roten Buchstaben gestickt. »25. Oktober 1956«, las Katia auch auf der Schürze, die Soja Apai nun in den Händen hielt. Sie deutete auf verschiedene eingewebte Figuren: »Diese hier nennt man ›Katzenspur‹ und die da – das ist der ›Froschkopf‹.« Unten lagen kleine und große, schwere, gewebte Teppiche mit geometrischen Figuren – Quadrate, Linien, Kreise – auf schwarzem oder rotem Hintergrund. Jedes Muster unterschied sich von den anderen, aber etwas verband sie: Alle waren bunt, kräftig und kontrastfarbig.

»Nina Apai ist eine Künstlerin. Sie ist so wie ... Wie vielleicht Mozart bei euch!« sagte Soja Apai in liebevollem Ton. »Sie kann tagelang arbeiten ohne Pause, ohne etwas zu essen, zu trinken – bis sie ihr Muster letztendlich gefunden hat ... Sechs Jahre alt war sie, als sie das Weben ausprobiert hatte, ihre Beine waren zu kurz für einen Webstuhl, ihre Hände zu klein ... Aber ihr gefiel diese Arbeit. Und seitdem beschäftigt sie sich nur damit ... Sie ist, wie man bei uns sagt, mit einem besonderen Schönheitsgefühl geboren worden, und alle in der Familie verstanden das, ließen sie weben und belasteten sie nicht mit anderer Arbeit ... Sie heiratete nicht, lebte immer im Kreis der Familie und wurde von der Familie beschützt.«

»Das ist erstaunlich!« sagte Katia nur.

»Ja, finden Sie? Aber wozu lebt denn der Mensch? Ich denke, er lebt für die Familie und für die Schönheit!«

»Kann ich bei Nina Apai etwas kaufen – einen Stoff oder ein Handtuch?«

»Ach, Katia, sie verkauft nichts mehr, obwohl wir das Geld gut gebrauchen könnten. Aber sie sagt, sie will es einfach nicht ... Ihre Werke sind in Museen ausgestellt – in Ischewsk, in St. Petersburg, in Helsinki.« Ihre Stimme wurde immer lebhafter. »Ich war vor zwei Jahren in Finnland und habe dort ihre Teppiche in einem großen Museum gefunden ...«

»Sind Sie extra dahin gefahren?«

»Nein, ich war dort mit dem Chor bei der finno-ugrischen Kulturwoche ... oh, die Leute dort haben uns so gut empfangen, ich habe sogar eine kleine Rede gehalten.«

»Was für eine Rede?«

»Ich habe gesagt, daß ich zum ersten Mal im Ausland bin, daß ich zum ersten Mal so viele unterschiedliche Gesichter sehe – und alle irgendwie verwandt –, und dann habe ich gesagt ...«

»Was?«

»Man behauptet – ich weiß nicht, wer sich das ausgedacht hat –, aber man behauptet, es gibt kleine, und es gibt große Völker. Nein, habe ich gesagt, es ist falsch, es gibt auf der Welt keine kleinen und großen Völker. Jedes Volk ist groß. Wir auch.«

Katia sah die Frau an, diese kleine Frau vom Land mit ihren leuchtenden Augen in dem faltigen Gesicht. Wie stark sie war. Mit einem Mal begriff sie, wie dieses kleine, große Volk der Udmurten es geschafft hatte, gegen alle usurpatorischen Versuche von Russen, Christen und Sowjets sein Wesen zu behaupten.

28.

Ich bin fertig ...«, hörte sie die Stimme von Donaj.

Katia saß auf der Treppe vor dem Hauseingang und las John Donne. »Von Seufzern umweht und in Tränen gehüllt / Komm ich hierher und suche den Mai ...«

Donaj stand vor ihr ohne Hemd. Schweißtropfen funkelten auf seiner Brust.

»Kannst du mir Wasser geben – da neben der Tür steht die Kanne.«

Sie legte das Buch zur Seite und stand auf.

Er streckte ihr seine schmutzigen Hände entgegen, und Katia ließ vorsichtig das Wasser darüberfließen. Donaj seufzte. »Und hier«, sagte er und zeigte auf Brust und Rücken. Sie machte es sehr sorgfältig und freute sich, ihm behilflich zu sein.

»In unserem Dorf gibt es eine Tradition: Die Mädchen begießen die Jungen mit Wasser und singen ein Lied an die Mutter des Wassers.« Er lächelte und sah sie prüfend an.

»Von diesem Brauch habe ich nirgendwo gelesen«, erwiderte sie seinen Blick. Sein Gesicht war gerötet, und eine feuchte Haarsträhne hing ihm in die Stirn.

»Gut, nicht wahr? Du solltest dir das notieren!« sagte er provozierend. Statt dessen strich sie die Strähne aus seinem Gesicht und verweilte einen Augenblick mit ihrem Zeigefinger auf seinen Lippen. Er sah sie erwartungsvoll an.

»Übrigens, deine Mutter ...«, sagte sie.

»Was ist mit ihr?«

»Sie ist eine besondere Frau.«

»Jede Mutter ist besonders«, sagte er sehr ernsthaft.

»Wie oft bist du hier?«

»So oft ich aus der Stadt heraus kann. So oft es mir meine Arbeit erlaubt ...« Er zuckte mit den Achseln. »Aber du hast recht: Meine Mutter ist besonders. Ich weiß es zu schätzen. Manchmal komme ich aus der Stadt zu ihr, strecke meine Arme weit aus und schreie durch die Felder ›Mutter!‹ – so viel Gefühl habe ich ihr zu geben. Aber dann … Weißt du, wir haben es nicht gelernt, unsere Emotionen zu zeigen, wir sind erzogen worden, immer freundlich zu sein, aber nur ja keine großen Gefühle … So komme ich zu meiner Mutter und sage nur: ›Dsetschbur!‹ Ich bin's! Aber eigentlich mag ich diese Zurückhaltung nicht.«

Seine Offenheit überraschte Katia. Sollte sie ihm sagen, daß es bei ihr zu Hause genau umgekehrt zuging? Viel Tamtam und begeistertes Flügelschlagen bei den raren Treffen mit ihrer kapriziösen Mutter, aber im Grunde konnte man sehr gut ohne einander auskommen. Sie konnte sie einfach nicht ernst nehmen.

»Du kannst dich freuen, daß du solche Gefühle hast, die du verbergen kannst oder zeigen, je nachdem. Bei uns gibt es jede Menge Kinder, die mit ihren Eltern gar nichts anfangen können. Und umgekehrt«, sagte sie schließlich.

»Aha … Das ist seltsam.«

»Seltsam seid *ihr* – ein Volk wie aus dem Bilderbuch«, gab sie spöttisch zurück.

»Bei uns verdient die Mutter höchsten Respekt«, hielt Donaj ihr ernsthaft entgegen. Entweder wollte er nicht auf ihre Tonlage eingehen, oder er konnte es nicht.

»Sie ist der Anfang von allem. Man sagt bei uns, daß selbst die Sonne eine Mutter hat, und sie heißt auf udmurtisch Schundy-Mumy – Mutter der Sonne. Wie jede Mutter steht auch sie, Schundy-Mumy, sehr früh auf, steigt am Himmel auf noch vor der Sonne und zeigt ihrem Kind den richtigen Weg, den es gehen soll. Für Schundy-Mumy bleibt die Sonne nach wie vor ein kleines Kind – wie für jede Mutter das Kind, sogar ein so großes wie die Sonne, immer klein, launisch und hilfsbedürftig bleibt.«

Er nahm einen Stock und zeichnete etwas auf den staubigen Boden: eine Figur mit nach oben ausgebreiteten Armen, in den Händen einen Bogen, auf dem ein kleiner Ball sitzt.

Er deutete mit dem Stock darauf. »Bei den Ausgrabungen hat man mehrere solcher Figuren aus Gold gefunden – es sind Darstellungen von Schundy-Mumy. Das da, siehst du, ist der Himmel, und hier ist die Bahn, der die Sonne folgen muß.«

»Und die Sonne in eurer Sprache – ist sie weiblich?« wollte Katia wissen.

»Nein, sie ist männlich.«

»Dann bedeutet das doch, daß die Frau bei euch, bei den Udmurten, die Männer in der Hand hat. Sie zeigt den Weg, die Richtung ... Sie entscheidet!«

»Vielleicht«, murmelte er vor sich hin, dann schwieg er, seine Hand suchte etwas unter dem Türbalken.

»Da ist es«, freute er sich. »Sieh mal, was ich habe.« Auf seiner Hand bewegte sich eine kleine graue Spinne mit strichfeinen Beinchen. »Es ist eine besondere Spinne, sie versteckt sich vor der Sonne und vor dem menschlichen Blick. In früheren Zeiten war diese Spinne ein Riese, der seine Kraft allen zeigen und sogar die Sonne besiegen wollte ... Er schaffte es aber nicht: Die Sonne war stärker, sie kam überall herein und erleuchtete alles mit ihrem warmen und freundlichen Licht. Da beschloß die riesige Spinne, die Sonne einzuweben. Aber auch daraus wurde nichts, denn sie war böse, und das nahm ihr die Kraft. Diese Bosheit machte aus dem Riesen eine kleine Spinne – ein Nichts ... Auch sie nennt man übrigens Schundy-Mumy – Mutter der Sonne –, aber nur im Spaß ...«

Katia betrachtete die Spinne, die sich verzweifelt aus der großen Männerhand zu befreien suchte.

»Sie sieht aber gar nicht böse, sondern sehr arbeitsam aus. Vielleicht ist es eine besonders mutige Spinne, die alleine gegen die Weltordnung kämpft und dafür auch ein bißchen Achtung verdient?«

Donaj sah sie ratlos an. Für ihren ironischen Tonfall schien er nicht viel übrig zu haben.

Später saßen sie nebeneinander auf der Treppe, tranken Milch, die Soja Apai ihnen gebracht hatte, und probierten den ersten Honig des Jahres.

»Der Schatz von Scharjat-Badja«, sagte Donaj feierlich, tauchte den Löffel tief in das Glas und ließ sie kosten. Die üppige Süße zerschmolz in ihrem Mund und hinterließ auf ihrer Zunge den Nachgeschmack leicht pfeffriger Schärfe. Die Zaren hatten gut gewählt.

Die Hitze hatte etwas nachgelassen. Der Duft von frischgemähtem Gras lag in der Luft und vermischte sich angenehm mit dem Geruch seiner Haut.

Er trug noch immer kein Hemd. Seine Brust war breit und kaum behaart, verziert nur mit einigen Muttermalen. Seine kräftigen Schultern waren von der Sonne verbrannt und sahen im frühen Abendlicht aus wie vergoldet. Sie lachte in sich hinein, denn jetzt merkte sie, daß sie fast die gleiche rötliche Hautfärbung hatten. Dazu hatten sie beide Sommersprossen. Nur war sie rothaarig und er blond, sie schmal und er ...

»Man nannte mich udmurtisches Rentier an der Uni in St. Petersburg«, nahm er selbstbewußt ihre ungenierten Blicke auf.

»Na dann, du Rentier, zeig mir endlich das, wofür ich hergekommen bin.«

29.

Auf den ersten Blick war es nichts weiter als eine schmucklose Hütte hinter dem Haus der Weberin. Nicht ein einziges Fenster gab es, nur ein kreisrundes Loch im Dach. In der Dunkelheit fiel es Katia schwer, Einzelheiten zu erkennen.

Links neben dem Eingang stand ein großer, roh gezimmerter Tisch vor einer Bank, um ihn herum mehrere Stühle, auf der anderen Seite ein Schrank. Dann waren da ein Ofen und allerlei Gerätschaften zum Kochen, Töpfe, Pfannen, Siebe und dergleichen. Das Butterfaß in der Ecke sah aus, als werde es noch benutzt. Das also war die Kuala – was die Finnen »Kota« und die Esten »Koda« nannten: die Kochhütte und gleichzeitig das Familienheiligtum.

Aber sie konnte nur Profanes entdecken. Noch dazu war es ein ziemlich häßlicher Raum, dachte sie enttäuscht. Wo blieb da der Schönheitssinn der Udmurten? Wie konnte es sein, daß ein Volk, das so viel Sorgfalt auf architektonische Details wie verzierte Fensterrahmen verwandte, so wenig Phantasie für einen Kultraum aufgebracht hatte?

»Wo wurde geopfert?« wollte sie wissen.

Donaj, der sie bisher kommentarlos ihren Eindrücken überlassen hatte, wies auf eine gemauerte Feuerstelle, die sich mitten im Raum auf dem Lehmboden befand. Wie hatte sie die übersehen können?

»Und wo wurde gebetet?«

Hinterher fiel ihr auf, daß sie in der Vergangenheitsform geredet hatte – die Möglichkeit, daß die Kochhütte dazu immer noch genutzt wurde, hatte sie gar nicht in Betracht gezogen. Donaj ging wie selbstverständlich darauf ein.

»Es war hier«, sagte er und zeigte auf ein Brett in der hinteren linken Ecke, das in Kopfhöhe angebracht war. Darauf stand ein hölzernes Schränkchen. »Und da drinnen war der Worschud.« Der Worschud – die Familiengottheit, der Glücksbewahrer.

»Und wie sah er aus?« fragte Katia schnell.

Er zögerte. »Eine sehr alte Figur, man konnte nicht viel erkennen ... Wir reden darüber nicht, weißt du ...«

»Du mußt es nicht erzählen.«

»Nein, warte ... Ich meine, daß es ein Falke war – ein Falke mit menschlichen Zügen ...«

Gerade wollte sie ihn bitten, hineinzusehen, als das Handy klingelte – es war ein ausgesucht altmodischer Klingelton, aber jetzt wirkte er trotzdem unpassend. Hektisch suchte ihre Hand in der Tasche nach dem Störenfried. Sie fand ihn und drückte das Gespräch weg.

»Entschuldige bitte«, murmelte sie. »Aber sag mir, wie konnte das alles sein – zu den Bedingungen der Sowjetzeit?«

»Als ich ein Kind war, haben wir in der Schule gelernt: Es gibt keinen Gott«, sagte Donaj schlicht. »Ich bin nach Hause gekommen und habe erzählt: Es gibt keinen Gott, sagt der Lehrer. Darauf meine Mutter: Aber Babuschka sagt, es gibt ihn doch, sie ist eine alte Frau, und sie hat recht. Also haben wir weiter gebetet.«

Katia staunte. »Meinst du, wir könnten nachsehen, ob der Worschud noch an seinem Platz ist?« fragte sie vorsichtig.

Er nickte nach einem Moment des Zögerns. Sie öffneten das Schränkchen, aber darin war nichts als ein paar getrocknete Birkenzweige und ein rostiger Schlüssel.

Donaj war offensichtlich überrascht. »Ich weiß nicht, wo er geblieben ist, aber das da ...«, er nahm den Schlüssel in die Hand, »... ist der Schlüssel zur Gurt Kuala, der großen Dorf-Kuala. Mein Vater war der letzte Aufbewahrer des Schlüssels ... und der letzte Priester«, fügte er leise hinzu.

Sie sah ihn verblüfft an.

»Der letzte Priester ...«

»Ja, danach gab es keinen mehr ... Weißt du, es ist schlimm, daß ich so wenig aus meiner Kindheit in Erinnerung habe. Ich weiß vieles nicht, und jetzt kann ich niemanden mehr fragen: Mein Vater starb, als ich fünfzehn Jahre alt war.«

»Es tut mir sehr leid. Wie ist das passiert?«

»Das erzähle ich dir später!« sagte er schnell.

»Hat dein Vater euch irgendwann gesagt, daß die Kuala auch ein gefährlicher Ort sein kann?«

»Gefährlich?« Er sah sie starr an. »Warum das?«

»Na ja.« Sie zögerte etwas mit der Antwort. »Zum Beispiel, weil Sokolov sich doch in der Kuala aufgehängt hat!«

»Reiner Zufall!« Sie hörte die Abwehr aus seiner Stimme. »Die Kuala ist ein heiliger Ort. Mein Vater erzählte uns, daß die Kuala ein Ort der Verbindung ist: Sie bringt Mensch und Natur, Menschen mit Menschen, Menschen mit Tieren und Menschen mit Göttern zusammen!« Sein Blick ließ Katia nicht los, während er sprach. »Ich glaube, es kann gefährlich sein, wenn der Mensch alte Gesetze bricht. Dafür wird er bestraft ... Aber Sokolov war kein Udmurte, unsere Gesetze galten für ihn nicht ...«

Wie konnte er da so sicher sein, fragte sich Katia. Sie erinnerte sich genau, daß in alten Quellen beschrieben stand, wie ungebetenen Besuchern der Opferplätze allerlei Unglück zugestoßen war. Aber etwas in Donajs Gesicht sagte ihr, daß sie ihm jetzt besser nicht widersprechen sollte. Sie wechselte das Thema.

»Wie sieht es in den anderen Kualas hier im Dorf aus?«

»Ich weiß nicht.« Donaj zuckte desinteressiert mit den Achseln. »Manche werden als Rumpelkammer benutzt, glaube ich, andere als Waschküche ... Unsere Nachbarn haben sie ganz zugemacht, soweit ich weiß, seitdem die Eltern gestorben sind.«

Die Stimmung zwischen ihnen war ganz verändert, seitdem sie hier drinnen waren. Als hätte ein böser Geist sich zwischen sie gestellt. Katia wollte nicht länger bleiben.

Draußen war es Abend geworden. Sie setzten sich auf einen Holzstapel hinter dem Schuppen nebenan und lehnten sich gegen die Wand, die die Hitze des Tages gespeichert hatte. Vom Gemüsegarten zogen würzige Gerüche in ihre Nasen.

»In diesem Haus bin ich groß geworden, weißt du«, begann ihr Begleiter zu erzählen. »Als ich klein war, schlief ich in einem Bett neben meiner Großmutter ...« Da zuckte Katia plötzlich zusammen, sie sprang laut schreiend auf und begann, die Flut ihrer Haare auszuschütteln, die von irgendeinem wildgewordenen Insekt als

Gefängnis empfunden wurden. Gleich darauf fühlte sie den stechenden Schmerz.

»Katia, du Arme!« Donaj rannte ins Haus, um Hilfe zu holen.

Wenig später war er wieder da, diesmal mit der alten Weberin im Schlepptau. Katia hätte nicht geglaubt, daß sie mit ihrem Gehstock noch so geschwind laufen könnte. In der Hand hielt sie eine Lauchzwiebel. Sie packte Katias Kopf, suchte nach der Einstichstelle und begann, sie mit der Zwiebel kräftig einzureiben. Dazu lachte sie ein meckerndes Lachen. »Hüt dich vor den Bienen«, sang sie mit hoher Greisinnenstimme, »vor den Bienen nimm dich in acht, ihr Honig ist süß, doch ihr Stich kann dich töten.«

30.

Dieser Wald gehörte also Njuwasmurt, auch wenn man es ihm auf den ersten Blick nicht ansah. Njuwasmurt, dem Geist des Waldes.

Diese Idee gefiel Katia ungemein. Für Wälder, die das Etikett »Naherholungsgebiet« trugen, hatte sie nicht viel übrig: solche, die am Wochenende von Spaziergängern überschwemmt wurden, von Schneisen durchzogene und forstwirtschaftlich genutzte Wälder mit Trimm-dich-Pfaden und Papierkörben – kein Wunder, daß die Faune und Elfen, Bären und Wölfe es lange schon vorgezogen hatten, auszuziehen. Konnte man sich vorstellen, daß in einem solchen, von Menschen und ihren urbanen Bedürfnissen regierten Wald wundersame Dinge geschehen konnten wie in Shakespeares »Sommernachtstraum«? War es denkbar, daß die schöne Titania erwacht und sich in einen Esel verliebt, auf einer Bank, gesponsert von irgendeiner Kreissparkasse?

Aber hier, in Njuwasmurts Wald, da wäre so manches möglich.

Sie stiegen über knackende Zweige und raschelndes Laub vom Vorjahr. Den Weg hatten sie verlassen. Es wurde langsam dämmerig, niemals würde sie allein zum Dorf zurückfinden. Katia gefiel es, sich Donajs Führung zu überlassen. Nur er wußte den Weg. Die Vorstellung, daß sie ganz in seinen Händen war – in diesem Augenblick gefiel sie ihr.

Seine Hände ... Große, breite, blond behaarte Bildhauerhände, Hände, deren Arbeit es war, Stein zu formen: Jetzt wünschte sie sich, sie sollten sie berühren. Sie wünschte sich, er könnte aus ihr eine andere erschaffen: klarer, liebesfähiger, weniger gekünstelt. Würde alles wegmeißeln, was an ihr falsch und verworren war. Vielleicht schlummerte in ihr doch ein Juwel, der dann zum Vorschein kommen würde.

»Und ... Was sagen wir ihm nun?«

»Wie bitte?« Donajs Frage riß Katia aus ihren Gedanken.

Er lachte.

»Du hast dich Njuwasmurt noch nicht erklärt. Wie gesagt: Wenn du in den Wald gehst, mußt du zu ihm sprechen: Njuwasmurt, ich komme zu dir, ich habe dir etwas mitgebracht, und ich suche hier bei dir Pilze und Beeren, nicht viel, vielleicht einen Korb voll, so viel, wie ich nach Hause tragen kann, und nicht mehr! Was sagen wir ihm nun?« Es war nur eine ganz leichte Berührung, mit der er sie an der Schulter anfaßte, aber sie reichte aus, um ein Kribbeln durch ihren ganzen Körper zu jagen.

»Ich sage: Njuwasmurt, gib uns eine schöne Lichtung«, murmelte Katia und begann, ihre Bluse aufzuknöpfen, »ohne Brennesseln und Ameisenhaufen. Eine schöne Lichtung, auf der wir uns lieben können. Ein Lotterbett aus weichem Moos unter hohen Bäumen, geschmückt mit Heckenrosen und wildem Geißblatt.«

Donaj betrachtete sie mit zusammengekniffenen Augen, dann drehte er seinen Kopf lauschend zur Seite und nickte mit gespieltem Ernst: »Er sagt, wir sind willkommen. Dieser Platz ist so gut wie jeder andere.« Vorsichtig, fast ehrfürchtig, legte er seine Hände auf ihre Brüste. »Ich wußte, daß das hier passieren würde«, flüsterte er. »Im ersten Augenblick, als ich dich sah.« Katia hielt den Atem an. Nein, dachte etwas in ihr, so war es nicht gewesen, nicht bei ihr. Aber jetzt wollte sie ihn wie schon lange keinen mehr, wollte ihn mit Haut und Haaren und dem, was man gelegentlich »Seele« zu nennen pflegte.

Seine Küsse schmeckten nach udmurtischem Honig. Es gefiel ihr, daß er auf die kleinen obszönen Ausrufe verzichtete, mit denen manche westlichen Männer den Liebesakt zu würzen pflegten. Wie sich zeigte, war er mit dem Körper erfahrener als mit Worten. Er liebte sie stumm und hingebungsvoll, ein wunderbarer Liebhaber, der keine Extravaganzen nötig hatte. Sie würde wohl ein paar Tropfen Blut vergießen, dachte Katia, die seit einigen Tagen ihre Periode hatte. Wie ein Opfer für den Geist des Waldes, überlegte sie fromm, während sie sich seinen kraftvollen und gemessenen Bewegungen überließ.

Dann mußte sie auch derartiges nicht mehr denken, es passierte, wie es in manchen erotischen Sternstunden ist, die Befreiung aus den lästigen Grenzen der eigenen Hirnwindungen.

Als sie aufstanden, war es dämmerig. Noch immer oder schon wieder, fragte sich Katia. Später stellte sie fest, daß ihr Po übersät war mit kleinen roten Bißwunden. Nur was die Ameisen anging, hatte Njuwasmurt sein Wort nicht gehalten.

31.

An diesem Tag war Katia in einer denkbar trägen Verfassung, den eigentlichen Grund ihres Besuchs hatte sie fast vergessen. Sie wollte nur auf der Bank hinterm Haus ausgestreckt in der Sonne liegen und Donaj zusehen, wie er Holz spaltete. Das Holz war dazu da, die Sauna zu heizen – so wie letzte Nacht, als sie nach Hause gekommen waren. Eine andere Möglichkeit, sich zu waschen, gab es nicht, Scharjat-Badja verfügte über keine Wasserleitung. »Verstehst du, warum die Leute in die Stadt ziehen?« hatte sie der Bildhauer mit ironischem Unterton gefragt.

Es war nicht schwer, sich das vorzustellen, aber aus romantischer Sicht war diese herkömmliche Art der Reinigung natürlich attraktiver. Die Sauna war in einer Holzhütte etwas außerhalb des Hauses untergebracht, in einer großen Wanne davor wurde das Regenwasser gesammelt. Von der Decke hingen bündelweise getrocknete Birkenzweige herab, damit peitschte man sich, um die Blutzirkulation anzuregen. Donaj hatte es ihr gezeigt.

»Zuerst mußt du sie in kaltes Wasser tauchen – siehst du, so!« Mit einem klatschenden Geräusch fielen die Schläge auf ihren Rükken. Es hatte ein bißchen weh getan, aber gerade nur soviel, wie sie lachend ertragen konnte. Einige Blätterfetzen blieben auf ihrer erhitzten Haut kleben und mußten mit Güssen von kaltem Wasser weggespült werden.

»Jetzt feiern wir ein Fest zu Ehren der Inwu Mumy«, sagte Donaj lockend und gab ihr den Birkenzweig.

»Wer ist Inwu Mumy?« fragte Katia atemlos, aber da war Donaj schon über ihr.

Als sie sich ein weiteres Mal geliebt hatten, war es weit weniger spirituell zugegangen als unter den rauschenden Bäumen des Waldes.

»Wer ist Inwu Mumy?« fragte Katia später noch einmal. Donaj

war damit beschäftigt, die fertigen Holzscheite aufzuschichten. Er warf ihr einen vergnügten Blick zu.

»Ich dachte, du hättest verstanden. Früher haben sich die jungen Leute bei uns in den Saunen getroffen. Besonders munter ging es nach der Heuernte zu. Man durfte machen, was und mit wem man wollte – und das alles zu Ehren der Göttin des Himmelswassers.«

»Wie gut, daß ihr der katholischen Missionierung entgangen seid!« lachte Katia. »Ich hab davon gelesen, daß eure Sexualmoral – ziemlich eigenwillig war.«

»Das stimmt«, nickte er bescheiden und unterbrach seine Arbeit. Mit einem Schritt war er bei ihr.

»Ist es wahr, daß bei euch traditionell ... der Lust keine Schranken auferlegt wurden?«

»Na ja«, antwortete Donaj und machte Anstalten, sie zu küssen.

»Jetzt nicht«, kicherte Katia, »erst mußt du mir antworten.«

Er machte ein gottergebenes Gesicht und trat einen halben Schritt zurück. »Was willst du denn wissen?«

»Wie war es bei dir ... zum ersten Mal? War es in der Sauna, wie du's mir erklärt hast?«

»Bin ich jetzt ein Studienobjekt?«

»Natürlich. Ich werde dich als Quelle anführen.«

»Gut. Wenn es der Wissenschaft dient, muß ich wohl ehrlich sein. Zu meiner Zeit gab es die Saunafeste nicht mehr, davon hat mir die Großtante erzählt. Als ich ungefähr vierzehn war, brachte mich mein Vater zu einer Frau. Man nennt sie ›Agysch‹, das heißt Freundin.«

»War sie die Dorfhure?« fragte Katia nach.

»So kann man das nicht nennen. Sie war eine Art Liebeslehrerin, das ist eine sehr angesehene und verantwortungsvolle Aufgabe. In jeder Sippe gab es eine Frau, die diese Funktion hatte.«

»Und wie war es?«

»Schrecklich. Sie war schon ziemlich alt und roch aus dem Mund. Ich mußte mich hinterher übergeben. Das konnte ich meinem Vater lange nicht verzeihen.«

»Wie abscheulich.« Katia schüttelte sich. »Und die Mädchen – wie wurden sie unterwiesen?«

»Ich weiß, daß es etwas gab, das man das ›Fest der ersten Furche‹

nannte. Es wurde im frühen Frühjahr gefeiert, wenn die Felder bestellt wurden. Danach suchte sich der Dorfälteste das hübscheste Mädchen aus. Sie hatten auf dem Feld ... Kontakt.«

Prustend unterbrach ihn Katia. »Wie nennst du das? Du bist doch schamhafter, als du behauptest.«

»Aha.« Gespielt beleidigt sah Donaj zur Seite. »Wenn ich zu wählen gehabt hätte, hätte ich dich genommen. Und daß du es nur weißt: Bis zum ersten Brot dürftest du keinen anderen heiraten.«

Katia zog die Augenbrauen hoch: Bis zum ersten Brot?

Sie zögerte. Dann gab sie sich einen Ruck. Ob er denn jemanden ausgewählt habe, damals. Donaj antwortete kurz und knapp. Es gab sogar einen Sohn. Man war geschieden.

32.

Falls Soja Apai etwas mitbekommen hatte von der veränderten Qualität ihrer Beziehungen, so ließ sie es sich jedenfalls nicht anmerken. Sie hatte zu tun und ließ sich bei ihren häuslichen Verrichtungen geduldig von dem Gast über die Schulter sehen. Katia hatte selbst keinerlei hauswirtschaftliche Ambitionen oder Fähigkeiten, sie interessierte sich für den weiblichen Alltag in anderen Ländern aus ausschließlich kulturhistorischem Interesse.

Mehl, Milch, Eier, Salz, eine Prise Soda – sie bewunderte die Geschicklichkeit, mit der Soja Apai die Zutaten für den Tabaniteig mischte. Tabani, erfuhr sie, das waren die udmurtischen Pfannkuchen aus gesäuertem Teig. Im offenen Feuer des Ofens wurden sie gebacken, in einer Pfanne mit extralangem Stiel, und mit Lauchzwiebeln und Hackfleisch gegessen.

»Und jetzt muß der Teig vierundzwanzig Stunden an einem warmen Ort stehen«, sagte die alte Frau, deckte ein Tuch über die Schüssel und verscheuchte die rotgetigerte Katze, die offenbar auf ein paar Spritzer verschütteter Milch gehofft hatte.

War das eine heilige Handlung, der sie soeben beigewohnt hatte? In keiner anderen Kultur hatte Katia so direkte Beziehungen von Küche und religiösem Kult gefunden. Langsam erwachte sie aus ihrem Phlegma, um über eines ihrer Lieblingsthemen zu spekulieren. Die udmurtischen Frauen galten als stark, den Männern überlegen. Im Kollegenkreis war über die Frage diskutiert worden, ob von einem Matriarchat die Rede sein könne. Waren sie es, die über die Rituale wachten? War es ihre Herrschaft in der Küche, die ihnen solches Ansehen gab – in der Küche wie in der Kuala?

Donaj brauchte eine Weile, bis er eine Antwort fand. Es war Nachmittag, und sie waren auf dem Weg zur Gurt Kuala, die dem ganzen Dorf für gottesdienstliche Zwecke diente – oder jedenfalls gedient hatte. Sie lag etwas außerhalb des Dorfes am Waldrand.

»Nein, ich glaube, es war eher die Ausnahme, daß Frauen Priesterinnen waren, falls du das meinst«, sagte Donaj schließlich. Wieder sprach er in der Vergangenheitsform, als sei das ganze Thema sowieso abgeschlossen.

»Sie wurden es nur, wenn keine geeigneten Männer da waren, wenn Krieg war. Auf diese Weise kam meine Großmutter zu dem Amt.«

»War sie noch Priesterin, als du ein Kind warst?«

»Nein, sie war schon gestorben ... Ich habe sie nicht gekannt. Es war die andere Großmutter, die bei uns wohnte.«

»Und dein Vater hatte das Amt von seiner Mutter übernommen ... Gibt es eine besondere Erinnerung an ein Ritual in der Gurt Kuala?« drängte Katia.

Sie gingen ein paar Schritte schweigend, und Donaj sah auf seine Füße.

»Aha.« Dann begann er zu erzählen.

»Als Kind war ich ziemlich vorwitzig. Ich bin zu den Alten in die Kuala gegangen, als sie gerade die Suppe segneten. Mein Vater war dabei. Sie erlaubten mir, daß ich mich zu ihnen setzte, und gaben mir einen Holzlöffel, also, ich aß mit den Priestern zusammen.«

»Durften Kinder normalerweise nicht dabeisein?«

»Doch, aber sie mußten draußen bei den Frauen bleiben. Und dann höre ich, wie meine Mutter ruft: Donaj, Donaj! Sie hat mich rausgeholt und mit mir geschimpft. Ich war sehr traurig und lief davon ...«

Er sah ins Weite, und ein Lächeln glitt über sein Gesicht.

»Plötzlich waren unter den Bäumen sehr viele Glühwürmchen, und das sehe ich heute noch vor mir: viele Leute mit Tellern und diese Glühwürmchen, und Kinder laufen um die Kuala herum und rufen: Glühwürmchen, Glühwürmchen!«

»Wunderschön muß das gewesen sein ... Aber warum war deine Mutter böse auf dich?«

»Ich denke, sie hatte Angst um mich. Es gibt einen Ausdruck ›Kuala kutos‹ – die Kuala wird dich fangen. Man sagt das, wenn jemand sich unangemessen verhält. Wenn eine Frau barfuß und ohne Unterhosen in die Kuala geht, heißt es, sie wird gefangen ...«

»Was heißt das? Was passiert dann?«

Donaj sah sie unwillig an. »Aha, ich weiß es nicht, ich …«

»Kann es sein, daß Sokolov das passiert ist?« fragte Katia weiter. »Sagen das die Leute im Dorf?«

»Kann sein … Aber es wird viel geredet.«

33.

Für die Glühwürmchen war es noch zu hell, aber die Bäume, von denen der Bildhauer gesprochen hatte, waren da – lauter Eichen mit gewaltigen Kronen. Sie umstanden die Gurt Kuala wie eine Wachparade. Auf dem Dachfirst hockten zwei große schwarze Vögel mit halb ausgebreiteten Schwingen und flogen auf, als das Menschenpaar näher kam, um sich ein paar Meter weiter im kahlen Geäst einer Eiche niederzulassen.

Das dramatische, ein wenig unheimliche Entree stand im Kontrast zu der Schlichtheit des Bauwerks selbst. Der Dorftempel war größer als die häusliche Kuala, unterschied sich im übrigen aber nicht von ihr – eine rechteckige, fensterlose Blockhütte, zu deren Tür drei hölzerne, mit Moos bewachsene Trittstufen hinaufführten.

Donaj ging voraus und zog den Schlüssel aus der Tasche. Mit einem Knirschen sprang die Tür auf. Er mußte den Kopf einziehen, als er eintrat.

Katia hatte ihre Taschenlampe mitgebracht, ließ sie dann aber doch draußen im Rucksack liegen.

Sokolov war hier gewesen. Dies war der Ort, an dem die Kamerascheinwerfer verbotenerweise etwas ausgeleuchtet hatten, das dazu bestimmt war, im verborgenen zu bleiben.

Katia entschied, daß ihre Augen nur das zu sehen bekommen sollten, was ohne technische Hilfsmittel möglich war. Sie war doch nicht allein.

Man roch und fühlte förmlich, daß die Gurt Kuala nicht mehr genutzt wurde. Im Innern war sie voller Spinnweben und Vogeldreck, wie der Speicher eines verlassenen Hauses. Der leicht modrige Geruch, den Katia wahrnahm, ging von den Schals aus, die über einem Balken an der linken Längsseite hingen. Sie waren aus feinem Stoff, wie es aussah, handgewebt und -bestickt. Sie nahm einen in die Hand und zog das Ende zu der weit offenstehenden Tür hin: »1946«, entzifferte sie.

»Das ist ein Geschenk der Bräute für Inmar«, sagte Donaj. »Und sieh dir das an!« Er führte sie zu einer Truhe im hinteren Teil der Kuala und klappte den Deckel auf. »Sie gehörte dem Hauptpriester.« Allerlei Gerätschaften aus Holz und Birkenrinde kamen zum Vorschein. »Tassen, Teller und Löffel, Gefäße für Branntwein und für Kwas. Alles mußte handgefertigt sein ...«

Dann zeigte er ihr die Feuerstelle, die auch hier mitten im Raum war. »Hier hat man den Brei gekocht und das Fleisch.« Katia blinzelte. War da nicht noch ein Rest Asche?

Sie ging in die Hocke, stützte das Kinn in die Hände und starrte auf die erkaltete Feuerstelle, so lange, bis ihr der Duft von Getreidebrei und gekochtem Lammfleisch in die Nase stieg.

Sie fühlt, wie das silberne Münzgehänge ihr schwer auf die Brust drückt, sie spürt das Kopftuch, das ihre Haare bedeckt. Jemand gibt ihr einen gefüllten Teller in die Hand. Es ist dunkel, sie sitzt auf dem Boden, zusammen mit vielen anderen. Sie löffeln den Brei und murmeln etwas vor sich hin. Die Alten, die nah bei der Hütte sitzen, haben ihren Blick auf das Geschehen drinnen gerichtet. Wenn die Priester sich vor dem Bild von Inmar verbeugen, machen sie es ebenso, und alle anderen folgen ihrem Vorbild. Sie sieht die Glühwürmchen im Abendhimmel und noch etwas anderes. Mit einem hohen Piepsen kommt es im Sturzflug auf sie zugesegelt und streift fast ihr Gesicht, erschrocken springt Katia auf, stößt mit der Stirn an den Deckenbalken, etwas legt sich über ihren Kopf ...

»Donaj!« rief sie und bekam keine Antwort. Einen zweiten Hilfeschrei brachte sie nicht heraus. Es war dunkel. Am Tempo ihres Herzschlags merkte sie, wie der Schrecken in Panik überging. Jetzt ganz ruhig atmen, befahl sie sich. Wo war Donaj? Die Tür war zu, hatte er sie eingeschlossen? Warum hatte er sie hier eingeschlossen? Sie stolperte zur Tür, darauf gefaßt, mit aller Kraft daran zu rütteln und dagegen zu treten. Aber sie ließ sich ganz leicht aufdrücken.

Da war das Licht, und da war Donaj. Mit dem Rücken zur Kuala stand er da. Als er ihre Stimme hörte, drehte er sich um, und sein Gesicht nahm einen Ausdruck an, den sie nicht deuten konnte.

»Katia! Was ist los mit dir?« beeilte er sich zu fragen.

Sie konnte ihren Atem immer noch nicht kontrollieren. »Ich weiß nicht – du warst auf einmal weg, und da habe ich es mit der Angst bekommen.«

»Leg dich einen Moment hierhin.« Er setzte sich ins Gras, ließ sie ihren Kopf in seinen Schoß legen und wiegte sie wie ein Kind, das schlecht geträumt hat.

Sie ließ es geschehen, im ersten Moment aber war sie vor seinen Händen zurückgeschreckt. Was wußte sie eigentlich von diesem Mann? Wer weiß, vielleicht gehörte auch er so einer Selbstmordsekte an?

Es war eine zärtliche Geste, mit der er die Spinnweben wegwischte, die an ihrem Gesicht und in den Haaren klebten.

»Spinnweben? Da bin ich wohl ins Netz der Schundy-Mumy geraten«, versuchte Katia zu scherzen. »Wo warst du?« fragte sie dann.

»Ich habe draußen ein Geräusch gehört und bin nachsehen gegangen.«

Das klang plausibel. »Und?«

»Da war ein Mann. Ich habe ihn hier noch nie gesehen.«

»Wie sah er aus?«

»Hm. Lang und dünn. Ungefähr so alt wie ich. Wie ein Stadtbewohner gekleidet.«

»Hast du mit ihm geredet?«

»Nein. Er ist weggegangen, als er mich sah.«

War das eine Lüge? Katia sah ihn an und beschloß, ihm zu glauben.

34.

Ein Spaziergang wird dir guttun«, sagte Donaj einladend. »Hier in der Nähe gibt es eine Fischzucht. Wollen wir hingehen und einen Karpfen kaufen?«

Katia war einverstanden. Seine Hand lag auf ihrer Schulter. In seiner körperlichen Nähe löste sich der Schrecken auf. Sie fühlte, daß sie ihm eine Erklärung schuldig war.

»Eigentlich habe ich nicht so schnell Angst«, begann sie zögernd und strich ihre Haare zurück.

»Ich habe in Moskau studiert, als Rußland für den Westen noch das Reich des Bösen war. Ich bin viel gereist, meistens allein, auch in Gegenden, in die sonst nie ein Tourist kommt. Da gab es manchmal brenzlige Situationen. Aber davor fürchte ich mich nicht – nicht vor realen Gefahren. Manchmal genieße ich sie sogar. Ich behalte meinen kühlen Kopf und versuche, das Richtige zu tun. Ich habe einen guten Instinkt dafür, was zu tun ist. Das kann man nicht im voraus wissen, man muß es in der Situation entscheiden. Manchmal ist es gut, mit Leuten freundlich zu reden, manchmal ist es am besten, einfach davonzulaufen, und manchmal muß man absolut energisch und selbstbewußt auftreten. Ich bin kein Opfertyp, verstehst du. Ich kann mir Respekt verschaffen. Aber eins gibt es, wovor ich mich fürchte …«

Katia hielt inne und sah Donaj an. Er hatte ihr aufmerksam zugehört.

»Ich kann nicht allein in der Dunkelheit sein«, fuhr sie fort. »Es ist dumm, aber so ist es nun mal. Zu Hause oder in Hotelzimmern, ich lasse immer eine kleine Lampe brennen … Sonst werde ich verrückt vor Angst. Ich stelle mir vor, ich liege im Sarg, und gleich geht mir die Luft aus. Als ich ein Kind war, sollte ich lernen, allein im Dunkeln einzuschlafen. Ganze Heerscharen von Babysittern und Hausmädchen haben sich bemüht, mir das beizubringen, im guten und manchmal auch mit ziemlich üblen Methoden. Ich habe das ganze Haus zusammengeschrien. Als ich etwas älter war, hat mir Carl-Philipp, mein Bruder, eine Taschenlampe geschenkt, die ich unter der Bettdecke anknipsen konnte. Das war meine Rettung. Ich habe sie immer noch und hüte sie wie mein höchstes Gut. Sie ist mein Talisman. Auf Reisen habe ich sie immer dabei und ausreichend Batterien. Kannst du dir so etwas vorstellen – erwachsene Menschen, die sich im Dunkeln fürchten?«

Die Beichte hatte sie Überwindung und eine Menge Kraft gekostet. Donaj schien in Gedanken.

»Aha«, sagte er dann leise. »Vor den ›Schrecken und Chimären‹ habe ich keine Angst. Es sind eher die alltäglichen Sachen, die mir Angst machen. Ein ganz gewöhnlicher Stuhl, zum Beispiel. Wie der Holzstuhl, der neben meinem Bett steht. Er steht da – wie ein Waisenkind. Ich lege meine Kleider darauf und den Wecker. Dieser Stuhl ist für mich ein Symbol für die Einsamkeit und die Hoffnungslosigkeit und – wie sagt man? – die Schicksalsergebenheit? Ich kenne jeden Riß an seiner Lehne, jeden Farbfleck auf seiner Sitzfläche. Wenn ich aufwache, sehe ich diesen Stuhl, und wenn ich einschlafe, ist er immer noch da.«

»Warum stellst du ihn nicht weg?«

»Ich brauche ihn«, antwortete er schlicht. »Er gehört zu mir und zu meinem Leben.«

»Oh ... dann hast du gelernt, mit deiner Angst zurechtzukommen. Aber ich, ich kann meine nicht akzeptieren, ich verachte mich dafür.« Katias Stimme drohte schrill zu werden. »Und besiegen kann ich sie auch nicht. Bei uns gibt es Therapien für so etwas. Die Leute fürchten sich ja vor allen möglichen Sachen: vor Menschenaufläufen, Schlangen, Spinnen, andere bringen es nicht fertig, über Brücken oder durch Tunnel zu fahren ... Im allgemeinen sind solche Therapien auch erfolgreich, aber nicht bei mir. Versucht habe ich es, ich bin therapieresistent«, schloß Katia grollend.

»Aha. Ich kenne eine alte Frau, die Heilerin ist«, sagte Donaj vorsichtig. »Eine Freundin meiner Tante. Sie ist eine nationale Berühmtheit, sogar das Fernsehen hat sie porträtiert. Sie behauptet von sich, daß sie alle Krankheiten heilen kann«, er kniff ein Auge zu, »außer Syphilis und Aids.«

Katia mußte grinsen.

»Sie sagt, sogar Krebs kann sie heilen, wenn auch nur im Anfangsstadium«, fuhr Donaj wieder ernster fort, »auch Frauenkrankheiten, Trunksucht, Leistenbrüche, Hirnerkrankungen und untreue Ehemänner ... Warum sollte sie nicht auch dich heilen können?«

Katia hatte keine esoterischen Neigungen, dafür fühlte sie sich zu sehr der Aufklärung verpflichtet, aber rein fachlich war sie natürlich an allen Formen von Hexerei, Schamanismus und Wunderheilertum interessiert.

»Woher nimmt sie ihre Energie?« erkundigte sich Katia.

»Sie sagt, sie nimmt sie aus dem Wald, von den Bäumen ... Wenn sie keine Kraft mehr hat, läßt sie sich von ihren Kindern in den Wald fahren – gehen kann sie nicht mehr, sie ist unglaublich dick, mußt du wissen –, und dann umarmt sie die Bäume.«

»Hat sie dich schon einmal kuriert?«

Donaj lachte. »Ja, als ich ein Kind war. Damals war sie im Hauptberuf noch Traktoristin in der Kolchose. Offiziell durfte keiner wissen, was sie in ihrer Freizeit trieb. Meine Tante hat mich mitgenommen zu ihr. Sie hatte mir vorher eingeschärft: Paß auf, daß du nicht gähnst, wenn Lisaweta Wachruschewa irgend etwas murmelt, sonst sagt sie: Du hast den bösen Blick. Natürlich mußte ich die ganze Zeit das Gähnen unterdrücken. Sie saß da, in ihrer Küche, neben einer rosa angestrichenen und mit Wachstuch bezogenen Kommode, und vor sich hatte sie allerlei merkwürdige Gerätschaften liegen, Steine, Seifenstücke, Salzkristall. Ich hatte zwei Warzen, eine auf dem rechten Mittelfinger und eine auf der Innenseite des Oberschenkels. Sie hat irgendwelche bunten Fäden darum gebunden, dann hat sie draufgespuckt. Ich fand das ziemlich eklig.«

»Und – hat es geholfen?«

»Sie sind jedenfalls nicht mehr da ... Du kannst selber nachsehen.« Er ergriff ihre Hand und legte sie dahin, wo er sie gern haben wollte.

»Na warte ... Ich glaube dir kein Wort«, rief Katia in gespielter Empörung und begann, den Bildhauer genau an den Stellen sanft zu beißen, wo die Haut mit Hilfe von Lisawetas Wunderheilkünsten besonders glatt und makellos war.

35.

P*rochod na territoriju strojki wospreschtschjon!*« – »Betreten der Baustelle verboten«, stand auf dem Schild neben der Schranke, die ihnen den Weg zu den Fischteichen versperrte.

Als sie aus dem Wald gekommen waren, hatten sie die Straße nach links genommen, eine nicht geteerte, aber offenbar sehr befahrene Straße. Die tiefen Reifenspuren stammten von Lastwagen, wie es aussah. Darin hatten sich Pfützen gebildet, obwohl es – wie Donaj sagte – lange Zeit nicht mehr geregnet hatte. Katia mußte kreuz und quer hüpfen, um ihre grüngestreiften Supergas nicht schmutzig zu machen.

»Wozu wird dieser Weg genutzt?« hatte sie gefragt.

»Da wird neuerdings etwas gebaut. Keine Ahnung, was es wird. Irgend etwas Industrielles. Eigentlich ist das der direkte Weg zu den Karpfenteichen ... Laß uns hier weitergehen.«

Dann waren sie bei der Schranke angekommen. Die Baustelle, die sich dahinter auftat, hatte sich wie ein Geschwür in die Landschaft gefressen. Sie hatte etwa die Größe zweier Fußballplätze und war von einem hohen Drahtzaun umgeben.

Von den Bäumen, die hier einmal gestanden hatten, zeugte nur noch ein riesiger Stapel kahler Stämme. Ein Bagger war mit Planierungsarbeiten beschäftigt, einige wenige Grasnarben hatte er übriggelassen. Zwei Männer luden riesige Betonröhren von einem Lkw ab.

Neben einem Bauwagen parkte ein dunkelgrüner Range Rover mit Allradantrieb. An der Fahrertür lehnte ein schlaksiger Mann in Jeans und Safarihemd. Er hatte ihnen den Rücken zugewandt und telefonierte. Sein Gesicht konnten sie nicht sehen.

Etwas abseits waren drei hellgraue Wohncontainer aufgestellt. Auf einem der Dächer bemerkte Katia eine Satellitenschüssel – man hatte sich also auf längere Zeit eingerichtet.

Jetzt trat aus der blauen Chemietoilette nebenan – eine Rarität im Lande der Plumpsklos – ein igelhaariger Mann mit freiem Oberkörper, kickte die Tür mit dem Fuß zu und schloß seinen Hosenschlitz. Als er das Paar am Bauzaun entdeckte, kam er mit schnellen Schritten auf sie zu. Dies war der Typ, dem sie normalerweise aus dem Weg zu gehen pflegte: muskelbepackt und mit Goldkette um den Hals, an der linken Hand fehlte der kleine Finger.

Er verzog keine Miene: »Was haben Sie hier zu suchen? Haben Sie das Verbotsschild nicht gesehen?«

»Eigentlich wollten wir zu den Karpfenteichen«, antwortete Donaj ruhig. »Hier war der Weg.«

»Jetzt nicht mehr. Macht, daß ihr weiterkommt.«

Katia spürte, wie der Zorn in ihr aufstieg. So ein Gorilla, dachte sie, dieser Wichtigtuer. Laut sagte sie:

»Du hast mir nicht gesagt, daß es hier sprechende Gorillas gibt, Donaj. Und das ist wohl so eine Art Zoo, oder was?«

Es gab vermutlich nicht viele Berührungspunkte zwischen dem Bildhauer und dem Igelhaarigen. In diesem Augenblick hatten sie ein gemeinsames Erlebnis. Beide sahen Katia verständnislos an, und in das Gesicht des Gorillas trat ein Zug männlichen Mitgefühls.

Der einzige, der Katias Scherz würdigte, war der Mann, der ihnen den Rücken zukehrte. Er lachte und drehte sich um. Es war der Mann aus dem Zug.

Donaj schien ebenso überrascht wie sie.

»Das ist der Mann«, flüsterte er und stieß sie in die Seite.

»Welcher Mann?« fragte Katia verständnislos.

»Den ich vor der Kuala getroffen habe.«

»Sieh da. Meine vorwitzige Mitreisende.« Das Lächeln wurde zur Grimasse. »Taucht auf wie die Gretel im Wald, und einen Hänsel hat sie auch gefunden. Paßt auf, daß euch die Hexe nicht erwischt.«

Ohne auf ihre Antwort zu warten, wandte er sich um, ging zum Bauwagen und verschwand darin.

Der Appetit auf Karpfen war ihnen vergangen. Sie aßen Salat und Bratkartoffeln. Die Pfanne stand mitten auf dem Tisch.

»Irre ich mich, oder hatte der Mann einen amerikanischen Akzent?« fragte Katia.

»Ich weiß nicht, wie sich ein amerikanischer Akzent anhört«, antwortete Donaj. »Aber einen Akzent hatte er, das habe ich gehört.«

»Ich habe ihn im Zug nach Ischewsk getroffen. Schon da kam es mir so vor, als sei er kein Russe. Ein komischer Typ. Undurchsichtig.«

»Aha«. Donaj schwieg und preßte die Lippen zusammen. »Ich kenne solche Leute nicht«, sagte er nach einer Weile. »Aber der andere, der aus der Toilette rauskam, die Sorte kenne ich. Ein typischer *bratok* – ein Bandit. Für gutes Geld macht der jede dreckige Arbeit. Solche sieht man hier jetzt öfter.«

»Ach, die Toilette«, murmelte Soja Apai mit träumerischem Gesichtsausdruck.

»Ein paar Frauen aus dem Dorf bringen jeden Tag Milch zur Baustelle, sie reden immer von dieser Toilette, von diesem blauen Häuschen, und Marija, die Schwiegermutter von dem unglücklichen Sokolov, die war immer so frech, und sie hat da sogar reingeschaut. Sie sagte, es riecht dort nach grünen Äpfeln!«

Katia legte die Gabel beiseite.

»Weiß man, was dort gebaut wird?«

»Bislang nicht. Es scheint aber etwas Großes zu sein, denn es haben sich sogar irgendwelche Duma-Abgeordneten dafür interessiert.«

»Ah«, sagte Donaj langsam. »Der Wahlkampf fängt an.«

»Die Frauen sagen auch, daß die Leute, die dort das Sagen haben, keine Udmurten sind. Und auch keine Russen«, fuhr Soja Apai fort. »Vielleicht Engländer oder Amerikaner, vielleicht auch Deutsche. Ach, es wäre so gut, wenn ein paar von unseren Männern dort Arbeit finden könnten.«

»Wissen Sie«, sie wandte sich nun direkt an Katia, »es ist jetzt ja üblich, die Sowjetzeit zu verteufeln. Dies war nicht gut – jenes war nicht gut, aber wirtschaftlich ist es uns damals doch bessergegangen. Ich habe in einer staatlichen Bäckerei gearbeitet, und wir haben das ganze Dorf mit Brot versorgt. Jetzt gibt es diese Bäckerei nicht mehr, und wir müssen unser Brot selber backen.«

»Aber es schmeckt so gut, das selbstgebackene Brot!« wandte Katia höflich ein.

»Natürlich schmeckt es gut, aber es macht so viel Arbeit«, seufzte Soja Apai. »Als hätten wir nicht schon genug zu tun ... Meine Nachbarin, sie ist Näherin, und die Schneiderei, in der sie arbeitet, liegt im nächsten Dorf. Ein Auto hat sie nicht, ein Bus fährt nur einmal am Tag, also muß sie den Weg zu Fuß gehen – acht Kilometer hin, acht Kilometer zurück. Dazu hat sie noch ihren Haushalt, eine Kuh, drei Schweine und die Hühner zu versorgen. Und dann der Garten, das Gemüse, das Obst! Im Sommer schlafen wir gar nicht, so viel Arbeit haben wir. Und dann auch noch Brot backen ... das ist zuviel. Wir Frauen sind wie Pferde!«

»Und die Männer?« fragte Katia.

»Die meisten haben keine Arbeit, seitdem die Sowchose kaputtgegangen ist. Deswegen bin ich froh, wenn da etwas gebaut wird.«

Donaj, der die ganze Zeit geschwiegen hatte, mischte sich jetzt wieder in das Gespräch ein. »Aber wieder kommt es von außen, Mutter! Wieder so eine Kolonialisierung! Sie sagen euch noch nicht mal, was sie hier vorhaben. Auf unserem Boden kann jeder machen, was er will.«

Soja Apai nickte bedächtig. »Aber eine Fabrik, das ist immerhin besser als das, was ich neulich im Fernsehen gesehen habe ... Da hat ein Russe, so ein Neureicher, ein ganzes Dorf in der Nähe von Wotkinsk gekauft, mitsamt den Bewohnern. Er hat dort die Leibeigenschaft wiedereingeführt, sogar das Recht der ersten Nacht. Die Leute mußten Kopftücher und Bärte tragen, und jeden Sonntag kamen sie, um seine Hand zu küssen. Einmal in der Woche wurden sie ausgepeitscht.«

»Ach, Mutter, du solltest nicht so viel fernsehen«, sagte Donaj. »Wenn du solche Geschichten erzählst, packt Katia gleich ihren Koffer und fährt nach Hause.«

»Meinen Koffer packen muß ich tatsächlich«, lächelte Katia, »aber vor den russischen Neureichen fürchte ich mich nicht. Aber«, sie wandte sich an die alte Frau, »Sie sprachen von der Schwiegermutter von Sokolov – glauben Sie, ich könnte sie einmal besuchen?«

»Marija? Die lebt jetzt nicht mehr hier. Nach dieser Tragödie ist sie zu ihrem Sohn in den Norden gezogen. Das Haus hat man versiegelt. Sie konnte es dort nicht mehr aushalten.«

36.

Das häßliche Ischewsk mit seinem Lärm, seinem Staub, seiner brütenden Schwüle war wie ein Schock. Es veränderte den Mann und die Frau, die aus dem Bus gestiegen waren und jetzt nebeneinander herliefen. Es veränderte auch das, was zwischen ihnen gewesen war. Wie schwerfällig sein Gang doch war, dachte die Frau von dem Mann. Die Traurigkeit, die sich zwischen sie schob, war nichts, was sie miteinander teilen konnten.

Das große Glas mit Honig, das Soja Nikolajewna ihr zum Abschied geschenkt hatte, hatte Katia mit Mühe in ihren Rucksack gezwängt, jetzt drückte es ihr auf den Rücken.

Sie sah an sich herunter und bemerkte gereizt die Flecken auf ihrem Kostüm. »Wohin willst du jetzt?« durchbrach Donaj das Schweigen.

»Zu Bulatow, natürlich.«

Natürlich, hatte sie gesagt. Es war wie ein Reflex. Egal, ob es ihn beleidigte. Sie fühlte sich völlig erledigt. Die ganze Sehnsucht, die sie in sich trug, hatte im Augenblick nur einen einzigen Gegenstand: eine Badewanne.

Sie warf einen kühlen Blick auf den Bildhauer. Wieso konnte er sich nicht besser anziehen? Er mußte doch ein Auge dafür haben. Als er den Arm um sie legte, schüttelte sie ihn unwillig ab.

Sie waren bei Bulatows Haus angekommen. Einen Augenblick lang standen sie unschlüssig vor der Haustür. Es war Donaj, der sich schließlich einen Ruck gab.

»Aha«, sagte er. »Vielleicht kommst du einmal zu mir in mein Atelier und siehst dir meine Arbeiten an.« Er drückte ihr einen flüchtigen Kuß auf die Wange und verschwand schnell in der Abenddämmerung.

Wie betäubt sah Katia hinter ihm her. Warum hatte er sie nicht gefragt, ob sie mitkommen wollte zu ihm? Sie empfand die Leere, die sich plötzlich in ihr auftat, und ein tiefes Mitleid mit sich selbst.

»*Mascha! Domoj! Uschinat!*« hörte sie eine Mutter, die ihr Kind zum Abendessen von der Straße nach Hause rief. Sie hörte fröhliches Hundegebell und das unbefangene Lachen junger Leute, die engumschlungen die Straße hinuntergingen. Alles hatte sich gegen sie verschworen, alle waren eindeutig glücklich. Katia spürte, wie die Tränen in ihr aufstiegen. Und sie?

37.

Eine Stunde später rieb sie mit dem Ärmel ihres Kimonos über den beschlagenen Spiegel im Bad. In dem klargewordenen Zickzack wurde ihr gerötetes Gesicht unter einem weißen Turban sichtbar, der mit der himmelblauen Aufschrift »Posdrawljaju!« – »Gratuliere« verziert war.

»Danke schön«, sagte Katia zu dem schwanzwedelnden Hündchen mit dem Blumenstrauß in der Schnauze, das daneben aufgestickt war. Das Alleinsein in der Bulatowschen Wohnung hatte ihren Seelenfrieden einigermaßen wiederhergestellt.

Als notorischem Single war es ihr vertraut, dieses Gefühl der Erleichterung, das sich nach einer Zeit der Zweisamkeit einzustellen pflegte, sobald sie wieder mit sich allein war. Auch jetzt war es da, allerdings – jetzt mischte sich noch etwas anderes hinein.

»*Tornate, o cari baci*«, summte sie, »*voi di quel dolce amaro, per cui languir m'è caro …*«, ach, niemand konnte die Speise, die Gift und Nektar gleichzeitig ist, so mondsüchtig besingen wie Monteverdi. Nüchternere Geister wie ihre Freundin Olga pflegten bei diesen Gelegenheiten vom »Beschenstwo matki« zu reden – Gebärmutterwahnsinn. Bei dem Gedanken an Olga erschrak Katia – sie war ihr einen Anruf schuldig. Was heißt einen. Drei!

Mit ihrem Turban auf dem Kopf holte sie ihr Handy und ging in die Küche. Sie öffnete den Kühlschrank und inspizierte seinen Inhalt.

Eine tiefrote klare Flüssigkeit identifizierte sie als Rote-Bete-Suppe, als Swekolnik, für die sie schwärmte. Sie wurde kalt gegessen und war sehr erfrischend. Katia schnitt drei Radieschen, eine Lauchzwiebel und eine kleine Gurke in Scheiben. Sie fand ein Glas mit saurer Sahne, prüfte sie mit dem Finger, dann gab sie einen Eßlöffel davon in den Suppenteller und garnierte das Ganze mit dem geschnittenen Gemüse. Sie holte sich einen Löffel, probierte und schnalzte zufrieden mit der Zunge. Der säuerliche Geschmack war genauso, wie er sein sollte.

Dann wählte sie Olgas Nummer.

»Ich bin verliebt!« brüllte sie in das Handy, kaum daß sie die Stimme ihrer Freundin gehört hatte, und es schien ihr, als müßte das lächerliche, kleine Ding zum Austausch alltäglicher Banalitäten sich angesichts der Wucht ihrer Mitteilung in Rauch auflösen. »Olga, stell dir vor: Ich bin verliebt!«

Aus Moskau kam ein Stoßseufzer. »Gott sei Dank, du lebst noch.«

»Ja, und ob. Ich fühle mich wie neu geboren. Ein Bauernlümmel, der die Zähne nicht auseinanderkriegt, hat mir den Kopf verdreht.«

»Uff. Klingt ja aufregend. Stellst du ihn mir vor?«

Katia protestierte. »Ich weiß noch nicht mal, ob ich ihn überhaupt wiedersehe.«

»Wieso? Ist er verheiratet?«

»Geschieden, aber das ist es nicht ...«

Olgas Stimme klang schon wieder besorgt. »Wo bist du jetzt?«

»In Ischewsk, in Bulatows Wohnung. Bis eben war ich auf dem Land mit ihm.«

»Mit Bulatow?«

»Nein, natürlich nicht. Mit Donaj – dem Bildhauer, weißt du.«

»Namen haben diese Leute! Katia, jetzt hör mir zu. Ich habe dauernd versucht, dich zu erreichen. Auf deine Mailbox wollte ich nicht sprechen, wer weiß, wer das abhören könnte. Es ist wegen Wjatkin. Ich habe Korabljow jetzt erreicht, und er sagt, es gibt Gerüchte, daß Wjatkin und Sokolov – sagen wir – nicht ganz freiwillig aus dem Leben geschieden sind. Mit Sekten oder dergleichen hat das nichts zu tun. Es geht um Wirtschaftsinteressen, um irgendwelche Informationen, die die beiden hatten.«

»Was für Informationen?« fragte Katia völlig erschlagen.

»Wenn ich das wüßte. Aber du solltest vorsichtig sein, ist dir das klar? Das sind Leute, mit denen nicht zu spaßen ist.«

Katia nahm den Löffel und klopfte mit dem Stiel nervös auf den Küchentisch. Also doch. Sie hatte recht behalten mit ihren Vermutungen. Andersrum wäre es ihr lieber gewesen.

»Du mußt nach Moskau kommen, Katia, hörst du.«

»Laß uns morgen darüber reden, Olga, ja?« wehrte sie müde ab. »Morgen, wenn ich ausgeschlafen bin.«

Aber sie schlief schlecht in dieser Nacht.

38.

Die alten Frauen in den Grünanlagen vor der Dserschinskaja-Straße saßen immer noch auf der Betonbank und stickten. Wie auf Kommando hoben sie alle die Köpfe, als sie Katias Schritte hörten. Ob sie Schwestern waren? Sie glichen einander, bis auf die Farbe ihrer Kopftücher – grün, weiß und rot. Als Katia sie grüßte, verzogen sie ihre zahnlose Münder zu einem freundlichen Lächeln.

»Und jetzt sagen Sie, was los ist«, ermunterte sie Nadjeschda. Ihre anfängliche Reserviertheit hatte sie fallenlassen, als sie gespürt hatte, wie ernst es Katia war.

Katia berichtete von dem Telefongespräch mit Olga, von Daniils Warnung am Kasanskij-Bahnhof und sagte schließlich, daß sie an der Selbstmordversion schon länger ihre Zweifel habe.

Sokolovs Witwe hatte ihr aufmerksam zugehört. »Wieso das?« fragte sie jetzt und hielt ihr die Zigarettenschachtel hin.

Katia nahm eine Zigarette, zündete sie an und nahm einen tiefen Zug.

»Etwas in Ihrem Gesicht hat mir gesagt, daß auch Sie nicht daran glauben.«

Die beiden Frauen sahen sich eine Weile schweigend an und rauchten.

»Dann kommen Sie mit«, sagte Nadjeschda. Sie führte sie in Sokolovs ehemaliges Arbeitszimmer und schaltete den Computer ein. »Ich habe neulich seine letzten E-Mails gelesen.« Sie öffnete das Mail-Programm.

»Sehen Sie selbst. Ich lasse Sie allein.«

Langsam ließ Katia sich auf den alten ledernen Armsessel vor dem Schreibtisch sinken und sah gebannt auf den Bildschirm.

39.

Von: sokolov@udman.ru
An: sergej.berenstein@cityline.ru

Unser gestriges Gespräch hat mich sehr erschüttert. Ich möchte Sie bitten, mir Ihre Einschätzung schriftlich und in detaillierter Form zukommen zu lassen.
Aber wie kriege ich die Unterlagen aus Moskau nach Ischewsk? Ich muß eine Lösung finden.
PS: Apropos Schildkröten in Nevada: Wann wird man uns unter Naturschutz stellen?

Von: sokolov@udman.ru
An: igor.boehm@udm.ru

Sehr geehrter Herr Boehm,
Sie haben mich falsch verstanden. Ich bin auch dafür, daß die Verträge eingehalten werden. Das Zeug muß vernichtet werden, und es muß auch hier, auf diesem Boden, sein. Aber nicht um diesen Preis. Die Anlagen möglichst sicher zu machen, das muß unser Ziel sein.
Ich würde gerne mit Ihnen noch einmal darüber sprechen, und zwar in zwei Tagen, wenn ich die Einschätzungen aus Moskau bekomme.
Hochachtungsvoll
S.

Von: gotschew@mail.ru
An: sokolov@udman.ru

Mein Lieber,
wir haben Dich bei den Feierlichkeiten zu Semjons 70. Geburtstag vermißt! Warum bist Du nicht gekommen, Du hattest doch zugesagt? Lossew hat eine brillante Rede gehalten, in der Du eine prominente Rolle spieltest. Aber Du hättest die Bälle direkt parieren müssen, so hatte er es vorgesehen.
Was mich angeht, ich bin ziemlich stark erkältet, stell Dir vor, bei dieser Hitze! Ach, ich arbeite zuviel, zur Zeit etwa 70 Stunden die Woche, mit allen Sitzungen und Konferenzen, 70 Stunden in der Woche schlafe ich, wegen meiner ständigen Müdigkeit. Und in der Restzeit wasche ich mich, esse, streite mit Swetlana und beklage mein Leben.
Vor zwei Wochen habe ich Selenskij getroffen, im Literaturhaus, er sieht schrecklich aus, alt und fleckig, seine Frau, die ehemalige »Ninotschka«, weißt Du noch? Also, sie war auch dabei und sah wie ein alter Mops aus. Was macht das Leben mit uns? Ich hatte keine Lust, mit Selenskij zu reden, aber er kam selbst auf mich zu! Er, ehemals »Der Volksschriftsteller«, »Der Präsident des Schriftstellerverbands«, kam auf mich zu! Und ich habe mit ihm ganz ruhig gesprochen, als ob …
Du, Alter, Du, mein einziger Freund, Du fehlst mir. Und schade, daß Du nicht nach Piter zu den Weißen Nächten kommen kannst! Was hält Dich so in deiner Verbannung? Ich möchte dich herlocken. »Die Syntax des Unbekannten« erwartet Dich mit einer phantastischen Widmung, die Dich zum Lachen bringen wird!
Grüß Nadjeschda von mir und von Swetlana. Dein G.

Von: sergej.berenstein@cityline.ru
An: sokolov@udman.ru

Ich habe alles zusammen, und es sieht ziemlich eindeutig aus, wie ich mir gedacht hatte. Jeder Chemiker wird es sofort verstehen. Sie sagen, der Bau läuft schon? Soll ich die Informationen nicht auch über meine Kanäle weitergeben? Die Unterstützung könnten Sie wirklich gut gebrauchen – es sind erfahrene Leute.
Ich habe die Unterlagen auf den Weg gebracht, den Sie vorgeschlagen haben, morgen müßten sie bei Ihnen sein.
Falls Sie mich noch brauchen, ja, Sie wissen ja schon.
B.

Von: aleksandr.wjatkin@mail.ru
An: Sokolov@udman.ru

Übermorgen werde ich mit dem Material nach Moskau gehen. E.V. ist informiert. Wir werden allerdings noch andere Expertenmeinungen und -kommentare einholen müssen. Wissen Sie, je tiefer ich in die Sache einsteige, desto komplizierter scheint mir alles. Besonders wenn man die Vorteile wie Investitionen und Arbeitsplätze berücksichtigt. Also, über Argumente und Gegenargumente müssen wir uns noch mal unterhalten. Aber die Sache drängt, in diesem Monat sehe ich eigentlich die letzten Chancen.
Ich grüße Sie
W.

Von: sokolov@udman.ru
An: bulatow@udman.ru

Was unser Gespräch von gestern angeht: Ihr Einschüch-

terungsversuch hat mir überhaupt nicht gefallen. Wir müssen miteinander reden. Ich schlage vor: Donnerstag, 14 Uhr, in Ihrem Büro.
S.

Von: sokolov@udman.ru
An: gotschew@mail.ru

Ach, Dohle,
wie gerne ich jetzt kommen würde, aber Du weißt nicht, was hier los ist. In zwei Worten kann ich es Dir auch nicht erklären. Aber es ist sehr wichtig, und ich fühle mich verantwortlich. Weißt Du noch: Damals vor der Wohnungsdurchsuchung sagtest Du zu mir, Du darfst Dich nicht entziehen. Jetzt bin ich an der Reihe: Ich bin jemandem etwas schuldig.
Aber vielleicht sehen wir uns im August. Wirst Du dasein, oder fährst Du zu Deinem Sohn und seiner Loreley? Grüß ihn von mir, sein Artikel über die »Semantik der samoidischen Sprachen« ist nicht übel.
Dein Vitali

Von: aleksandr.wjatkin@mail.ru
An: sokolov@udman.ru

Vor zwei Stunden sprach ich mit E.V. Er möchte aber diese Investition und sieht nichts als Vorteile. Das gefällt mir gar nicht. Natürlich könnte ich's riskieren und ihm alle Karten auf den Tisch legen. Oder ich gehe direkt an die Öffentlichkeit – da habe ich auch meine Wege. Was sagen Sie?
Wjatkin

Von: sokolov@udman.ru
An: aleksandr.wjatkin@mail.ru

Mein lieber Wjatkin,
ich schenke Ihnen mein volles Vertrauen. Wissen Sie, ich bin leidenschaftlicher Schachspieler, aber in diesen Spielen bin ich eher ein Amateur. Also, halten Sie mich auf dem laufenden!
Ihr S.

Von: igor.boehm@udm.ru
An: Sokolov@udman.ru

Klicken Sie gazeta.ru an, und Sie werden etwas finden, das uns beide betrifft. Ich bin sehr beunruhigt. Es kann kein Zufall sein. Diese Leute scheinen zu allem entschlossen. Wir müssen uns heute sehen – ich schlage vor: am Nachmittag etwa um 16.00 Uhr im Ausstellungssaal bei der Kasse.
Ihr Böhm

Von: Sokolov@udman.ru
An: 000.Jelena@udm.ru

Liebe Jelena,
seien Sie nicht enttäuscht, daß ich Ihren Vortrag kritisiert habe. Eigentlich finde ich Ihre Interpretation ausgesprochen mutig, aber es gibt etwas, das Sie beachten müssen: Dieser Schöpfungsmythos ist unter den Sami sehr verbreitet.
Mir scheint gerade ein umfangreicher Vergleich als Thema Ihrer Diplomarbeit sehr interessant und wichtig zu sein. So kann man nicht nur die Geschichte eines Mythos verfolgen, so kann man die Geschichte eines Volkes beschreiben, im Zusammenwirken mit den an-

deren Völkern. Versuchen Sie das, und Sie werden belohnt.
Sie müssen daran denken, daß sich das Problem der Erhaltung eigener Sprache und Kultur nicht nur für Udmurten stellt, sondern für Russen und andere Völker genauso. Denn die moderne Zivilisation ermordet nicht nur die Natur, sie ermordet das Menschliche in den Menschen selbst.
Also, ich fahre jetzt aufs Land. Am Donnerstag werde ich aber zur üblichen Stunde im Institut sein, bringen Sie bitte Ihre Notizen mit.
Ihr S.

40.

Katia saß zusammengesunken in dem alten Lehnstuhl und betrachtete ihre Hände. Sie sah auf, als Nadjeschda Dmitrijewna in der Tür erschien.

»Ich wußte nichts davon«, sagte sie. »Sokolov hat nicht mit mir darüber gesprochen. Wahrscheinlich wollte er mich da nicht reinziehen – ihm war klar, mit wem er es zu tun hatte. Ich möchte Ihnen noch etwas zeigen«, fügte sie hinzu. »Hier, diese Mail. Sokolov hatte sie gelöscht, aber vergessen, den Ordner zu leeren.«

Der Absender war udmprojekt@rambler.ru, es fand sich aber kein Text in der Mail. Es war lediglich eine Bilddatei angehängt. Katia klickte sie an.

Zuerst baute sich der Himmel auf, blau mit kleinen weißen Wölkchen, darin schwebte eine Figur, eine Strohpuppe mit Hut und weit ausgestreckten Armen. Sie baumelte an einer Schlinge. Betitelt war das Dokument mit »Udmurtisches Projekt – Abteilung selbstbestimmtes Sterben«.

Katia starrte wie gelähmt auf das Bild. Nadjeschda berührte sie am Arm: »Kommen Sie.«

Sie zog sie in die Küche und stellte Brot und eine geschnittene Gurke auf den Tisch. Dann goß sie ein Wasserglas halb voll mit Wodka und reichte es Katia.

»Ich habe Ihnen das gezeigt, damit Sie sehen, mit wem wir es hier zu tun haben. Sokolov können wir nicht mehr helfen. Tun Sie mir und sich einen Gefallen, und fahren Sie nach Hamburg zurück.«

Katia holte tief Luft und blickte zur Zimmerdecke hoch. Weglaufen? Jetzt? Sie hatte nicht ganz verstanden, worum es in diesen E-Mails ging, und genau das hatten die Absender auch beabsichtigt. Sie hatten ihre Gründe gehabt, ihre Mitteilungen so weit zu verklausulieren, daß nur ein Eingeweihter sie verstehen konnte.

Nur soviel hatte sie kapiert: Da braute sich irgend etwas zusammen, und die Udmurten, diese lieben, arglosen Udmurten waren nicht in der Lage, auf sich selbst aufzupassen.

»Ich kann nicht«, sagte sie. »Dafür ist in den letzten Tagen zuviel passiert.«

Nadjeschda hob fragend die Augenbrauen.

»Hören Sie«, fuhr Katia fort, »ich habe so eine Vermutung. Offenbar geht es in diesen E-Mails um ein Bauvorhaben.«

»Ja, das sehe ich auch so.«

»Ist es üblich, daß udmurtische Baustellen bewacht werden wie eine Hochsicherheitsanlage?«

»Worauf wollen Sie hinaus?«

»Ich war in Scharjat-Badja.«

»Aha. An die Baustelle denken Sie, die bei den Karpfenteichen.« Nadjeschda stand auf und stellte den Wasserkessel auf den Herd.

»Ja. Dafür hat Sokolov sich auch interessiert.«

»Wann war das?«

»Ja, es muß während der Feiertage um den 1. Mai gewesen sein. Wir waren zusammen bei meiner Mutter. Im Dorf wurde über die Baustelle geredet. Er ist hingegangen und hat sich das angesehen. Er kam ziemlich verärgert wieder.«

»Warum?«

»Er war ein Mensch, der Wert legte auf Umgangsformen. Diese alte St. Petersburger Höflichkeit, wissen Sie. Man hat ihn da wohl ziemlich dreist behandelt.«

»Und weiter?«

»Er hat meiner Mutter versprochen, sich im Bauministerium zu erkundigen. Allerdings hat er uns nicht gesagt, was dabei herausgekommen ist. Sie meinen ...«

»Es ist nur so eine Vermutung. Diese Baustelle kommt mir merkwürdig vor. Übrigens, dieser Igor Böhm, wissen Sie, wer das ist?«

»Ja. Er ist der Kreisbürgermeister von Ugrjumow.«

»Haben Sie Kontakt zu ihm?«

»Ich kenne ihn nur aus dem Fernsehen.«

»Vielleicht sollten wir ihn anrufen«, sagte Katia nachdenklich.

»Sollten wir das, ja?« Nadjeschdas Augen blitzten spöttisch. »Ich sage Ihnen noch einmal: Lassen Sie Ihre Finger von der Sache.«

Katia wußte selbst nicht genau, warum gerade das ihr jetzt nicht möglich war. Sonst legte sie großen Wert auf ihre Unabhängigkeit, aber jetzt empfand sie eine klare Verantwortung, der sie sich nicht entziehen durfte. Sie versuchte, es Nadjeschda zu erklären.

»Es geht nicht nur um Sokolov. Dieser Igor Böhm, auch er könnte bedroht sein, und wer weiß wer noch.«

Nadjeschda ließ den Kopf sinken und schloß für einen Moment die Augen. Dann sah sie wieder auf. »Also schön«, sagte sie und stand auf. »Ich will sehen, ob ich seine Telefonnummer ausfindig machen kann.«

»Aber vorher würde ich noch gern einmal telefonieren!«

Sie hatte erwartet, daß seine Stimme müde klingen würde, abwesend. Aber von wegen, sie klang hell wie das Horn eines Hirtenknaben. Donaj schien ausgesprochen froh zu sein, sie zu hören. Katia bedauerte, auf seine Stimmung nicht eingehen zu können. Sie vereinbarten, sich in zwei Stunden in der Stadt zu treffen.

»Bauernlümmel«, flüsterte sie auf deutsch.

»Was hast du gesagt?«

»Nichts. Schon gut.«

41.

Igor Böhm war nicht in seinem Büro. Er sei schon seit einigen Tagen krank und nur im Notfall zu Hause zu erreichen, teilte die Sekretärin mit.

»Sie haben sich verwählt«, sagte die Männerstimme am Telefon, als Nadjeschda die Nummer zu Hause probierte. Beim zweiten Mal meldete sich eine Frau, die versicherte, Igor Böhm sei gerade nicht da. »Bitte richten Sie ihm aus, wenn er kommt«, sagte Nadjeschda, »daß er mich anrufen soll – Nadjeschda Sokolova«, und gab die Nummer durch.

»Ich wette, wir müssen nicht lange warten«, spekulierte sie. Sie sah auf die Uhr. »Oje«, rief sie aus und schlug sich mit der flachen Hand gegen die Stirn, »ich hatte ganz vergessen, daß um fünf jemand von Bulatow kommen will, um die Kartons mit den Büchern für das Institut abzuholen. Ich muß noch einiges sortieren.«

»Bulatow. Denken Sie, daß er mit der Sache zu tun hat?« fragte Katia.

»Wegen der Mail, meinen Sie? Ich glaube nicht, er hat ein paar Dummheiten gemacht, soweit ich weiß, aber, na ja ...«

»Was für Dummheiten?«

»Ach, das spielt jetzt keine Rolle. Wissen Sie, ich muß jetzt wirklich ...«

»Ich könnte Ihnen vielleicht schnell helfen«, sagte Katia.

Nadjeschda lächelte sie dankbar an. »Gut. Sie können die Bücher, die im Arbeitszimmer auf dem Sofa liegen, in die Kartons packen, und haken Sie bitte die Titel dann auf der Liste ab.«

»In Ordnung.«

In dem Zimmer herrschte ein dämmeriges Licht, die Vorhänge waren zugezogen, und Katia schaltete die Stehlampe an. Vorhin am Computer war ihr gar nicht aufgefallen, daß sich Sokolovs Studierzimmer derart im Zustand der Auflösung befand. Die hohen Bücherregale waren bereits ziemlich geplündert, auf dem verschlissenen Sofa hingegen stapelten sich aussortierte Bände.

Eine solche, in Jahrzehnten zusammengetragene akademische Bibliothek – noch dazu die eines Mannes wie Sokolov – hätte sie unter anderen Umständen brennend interessiert. Aber in Katias Kopf herrschte ein zu großes Durcheinander.

Da hatte sie es also gehört: Im Verhältnis von Bulatow und Sokolov war etwas faul gewesen. Ihr Instinkt hatte sie also nicht getrogen. Durfte sie ihrem Gastgeber jetzt noch vertrauen? Und dieser Mann mit dem deutschen Namen Böhm, ob er wußte, wie sehr er in Gefahr war? Natürlich wußte er das, sonst hätte er sich nicht verleugnen lassen. Ein ziemlich erfolgreicher Kommunalpolitiker war er, hatte Nadjeschda gesagt. Tüchtig wie die meisten deutschstämmigen Russen.

Fast mechanisch nahm Katia die Bücher in die Hand, besah Titel und Signatur und legte sie in den stabilen Karton: Wörterbücher, Enzyklopädien, Periodika. Irgendwann entdeckte sie, daß die Bücher mit lilafarbenen Exlibris versehen waren – neben dem Namenszug zeigten sie einen Falken mit einer Brille auf dem Schnabel. Dieses gehörte in ein gelb gebundenes Büchlein im Oktavformat. Sie strich mit dem Finger darüber und sah es sich genauer an.

Es war irgend etwas Christliches: »*Sokraschtschennyj molitwoslow na wotskom jasyke*«, las sie – »Kleines Gebetbuch in wotjäkischer Sprache«, herausgegeben von der Orthodoxen Missionsgesellschaft, Kasan 1887. »Wotjäkisch« – ein alter Ausdruck für Udmurtisch, der heute nur noch als Schimpfwort benutzt wurde, damals war er noch erlaubt. Die Gebete waren zweisprachig abgedruckt, Russisch und Udmurtisch. Sie blätterte in den fast makellosen Seiten und fand auf der linken, russischen Seite die Worte: »Jesus Christus, Sohn Gottes, vergib uns unsere Schuld«. Auf der rechten Seite stand: *»Inmare, Jesus Christus, Inmarlen Pijez, mone selyko murty en kuschty«*. So war das also. Die christlichen Missionare hatten Inmar, den heidnischen Göttervater, adoptiert. Auf der letzten Seite fand sie einen Kalender mit allen orthodoxen Festtagen bis zum Jahr 1900. Das Buch war eine Rarität, die sie selbst gern besessen hätte. Mit Bedauern legte sie es in den Karton.

Katias Gedanken wanderten zurück zu den E-Mails. Dieser Berenstein, es wäre gut, mit ihm Kontakt aufzunehmen, entschied sie. Aber wie? Sollte sie ihm eine Mail schicken? Aber was sollte sie ihm schreiben? Sehr geehrter Herr Berenstein, ich bin eine Deutsche, die sich für zwei Tote interessiert, den einen kannten Sie zufällig, vielleicht wissen Sie was? Nein, das wäre unmöglich.

Katia erhob sich von den Knien und ging zu Nadjeschda. Ob sie eine E-Mail schreiben dürfe? Nadjeschda hatte nichts dagegen.

Zuerst druckte Katja Sokolovs E-Mails aus und steckte die Ausdrucke in die Tasche. Dann klickte sie uni-hamburg.de an und sah in ihr eigenes Postfach. Nichts Wichtiges außer einer Nachricht von Luc, der ihr mitteilte, er habe Karten für Bayreuth: »Tristan am 17. 8., meine Frau wird mit den Kindern auf Sylt sein!« Aber auch das war nicht wichtig. Sie verzichtete auf eine Antwort und schrieb an Olga:

»Bin an Leib und Seele unversehrt. Aber die Sache hier wird langsam brenzlig. Die Spur führt nach Moskau. Bitte finde einen Wissenschaftler namens Sergej Berenstein, wahrscheinlich ist er Chemiker, und ruf mich heute abend unbedingt an.« Vorsichtshalber fügte sie seine E-Mail-Adresse hinzu.

Dann wandte sie sich wieder den Büchern zu. Das nächste, wonach sie griff, war eine sprachwissenschaftliche Zeitschrift, herausgegeben vom Institut für Geschichte, Literatur und Sprache der Autonomen Sowjetischen Republik Udmurtien im Jahr 1970. Dann kam ein dünnes Büchlein, das die Lieblingslieder von Wladimir Iljitsch Lenin in udmurtischer Übersetzung enthielt. Die Vorrede begann mit dem Satz: »Das ganze Leben lang hat Wladimir Iljitsch die Liebe zur Musik bewahrt. Wladimir Iljitsch hatte eine angenehme Stimme und liebte es, im Chor zu singen. Manchmal dirigierte er sogar – mit Händen, die energisch zu Fäusten zusammengeballt waren –, wenn er nichts anderes zu tun hatte.«

In dem Augenblick klingelte das Telefon.

Katia sprang auf und lief in die Küche. Mit dem Telefongerät in der Hand lief Nadjeschda in der Küche auf und ab, den Hörer zwischen Ohr und Schulter eingeklemmt. In der anderen Hand hielt sie ein Feuerzeug und versuchte, sich die Zigarette zwischen ihren Lippen anzuzünden. Es wollte ihr nicht gelingen.

»Ja ... ja gut, ja, das verstehe ich ... morgen, 14 Uhr? Ja, das geht, hab verstanden. Bis morgen dann.«

42.

Der Zentralplatz hinter dem Opernhaus war jetzt, um sechs Uhr abends, erstaunlich menschenleer. Bei den »Skiern von Galina Kulakowa« waren sie verabredet. »Du wirst schon sehen«, hatte Donaj am Telefon gesagt. Katia sah sich suchend um. Was hatte er gemeint? Die beiden häßlichen Stelen aus Metall vielleicht, die in den Abendhimmel ragten? Sie ging näher heran und las auf der Bronzeplatte, daß dieses Monument der vierhundert Jahre alten, unverbrüchlichen Freundschaft zwischen dem russischen und dem udmurtischen Volk gewidmet sei.

»Und, wie gefällt es dir?« hörte sie Donajs Stimme plötzlich hinter ihrem Rücken. Sie hatte ihn nicht kommen hören. Als er sie vorsichtig in seine bärenhaften Arme nahm, war sie froh, froher noch, als sie erwartet hatte. Dankbar schmiegte sie sich an ihn.

»Ist das dein Werk?« fragte sie zurück und deutete auf das Monument. »Wenn ja«, sie trat ein paar Schritte zurück, »also, dann finde ich es – einfach toll.«

Donaj lachte. »Es ist abscheulich. Das finde übrigens nicht nur ich. Aber die Leute haben sich daran gewöhnt, nachdem sie ihm einen Spitznamen verpaßt haben.«

»Ach so, die Skier von Galina – *wie*?«

»Galina Kulakowa. Du kennst nicht Galina Kulakowa?« Donaj war empört. »Sie ist eine Legende! Eine berühmte Skiläuferin – und Olympiasiegerin. Dreimal hat sie die Goldmedaille bekommen und neunmal bei den Weltmeisterschaften gewonnen, im Langlauf.«

»So. Und sie ist Udmurtin?«

»Ja. Aus dem Dorf Logatschi. Sie hat meinen Bruder trainiert.«

»Ihr seid wohl alle miteinander verwandt. Hör mal …« Nervös fuhr sie sich durch die Haare. Sie wußte nicht recht, wo sie anfangen sollte. Schließlich entschloß sie sich für den direktesten Weg.

»Sokolov hat sich nicht umgebracht. Es war Mord. Und es sieht so aus, als ob auch Wjatkin ...«

»So, so!« sagte er abwehrend. »Und wieso bist du dir da plötzlich so sicher?«

»Ich war heute bei Sokolovs Witwe«, begann sie und berichtete von den E-Mails, die sie gelesen hatte, und von dem Foto, das an Sokolov geschickt worden war.

Sie sah auf. Der riesige leere Platz um sie herum machte sie trotz der Sommerhitze frösteln. »Ich möchte nicht hierbleiben«, sagte sie. Donaj schlug vor, in seine Werkstatt zu gehen.

Eine Weile liefen sie schweigend nebeneinander her.

»Wie sah diese Puppe aus?« fragte Donaj schließlich.

»Na ja. So eine Folklorepuppe aus Stroh ohne Gesicht, Hände und Füße mit roten Bändern umwickelt. Mit einem Hirtenhut. Und sie sieht aus, als ob sie tanzt. Wieso fragst du?«

»Ach. Vergiß es.«

Dann erzählte sie von dem geheimnisvollen Bauprojekt, von dem in den E-Mails die Rede gewesen war, und von dem bevorstehenden Treffen mit einem gewissen Igor Böhm. – Nein, er, Donaj, kannte ihn nicht.

»Er hatte Angst, große Angst« schloß sie. »Und weißt du, woran ich immerzu denken mußte, als ich das alles las? An diese merkwürdige Baustelle in der Nähe von deinem Dorf.«

»Aha«, sagte der Bildhauer unschlüssig. »Das wäre aber doch ein großer Zufall.«

Sie sah ihn von der Seite an. »Du glaubst mir nicht. Aber Nadjeschda Dmitrijewna hat erzählt, daß Sokolov auch dort war. Ist das auch Zufall?«

»Ach, Zufall oder nicht, Sokolov ist tot, und niemand wird ihn wieder lebendig machen, auch du nicht.«

»Aber die Sache, um die es da geht, das ist nicht Vergangenheit, sondern Zukunft, und womöglich eine sehr gefährliche Zukunft!«

Dieser udmurtische Bär war einfach durch nichts aus der Ruhe zu bringen.

»Was könnte noch gefährlicher sein als all das, was wir hier ohnehin schon herumstehen haben. In Ischewsk werden Kalaschnikows produziert und diese neuen Maschinengewehre, Nikonow.

Aber das ist noch harmlos. Aus Wotkinsk kamen die Atomraketen, die ›Pionier‹-Raketen, bei euch nennt man sie SS-20, glaube ich, und heute wird da die Topol gebaut. Was kann da noch Schlimmeres kommen?«

Katia starrte ihn an. »Aber das kann dir doch nicht egal sein. Du selber hast doch neulich von Kolonialismus gesprochen, den ihr hier aushalten müßt.«

»Natürlich gefällt es mir nicht. Aber ich bin nicht so naiv wie du. Du kennst die Verhältnisse hier nicht, auch wenn du in Moskau warst. Wir sind hier wirklich die Endstation, verstehst du. Und jeder, der kann, zieht weg – nach Moskau oder St. Petersburg, vielleicht noch nach Nowosibirsk. Nur Idioten wie ich bleiben hier. Ich fühle es jeden Tag: Wir alle hier sind Geiseln, weißt du, Geiseln der Politik, die in Moskau gemacht wird und meinetwegen auch in Ischewsk. Wir können nichts dagegen machen, absolut nichts!«

Dieses Ausmaß an politischem Fatalismus war für Katia schon in ihrer Moskauer Zeit eine Herausforderung gewesen. Zuerst hatte sie in schlechtgelüfteten Küchen gesessen, um sich anzuhören, daß der Kommunismus niemals zu Ende gehen würde, dann hatte sie beobachtet, wie ihre Bekannten plötzlich politisch aktiv wurden und sich für Jelzin begeisterten. Und schließlich hatte sie die Enttäuschung und den Zynismus erlebt, den sie zuletzt in diesem Retro-Café, im Petrowitsch, ganz unverdünnt serviert bekommen hatte. Stand der Bildhauer am Anfang oder am Ende dieses Prozesses? Bei der Gelegenheit fiel ihr auf, wie wenig sie von ihm wußte.

»Aber man muß doch wenigstens versuchen, sich zu wehren.«

Er lachte bitter. »Sokolov hat es versucht.«

43.

Ich werde dich ewig lieben, auch über den Tod hinaus«, stand in Schreibschrift auf einem rötlichen Stein, und darunter war grob eine Rose samt Blättern und Dornen eingemeißelt.

»Was ist das?« fragte Katia irritiert.

Mehrere Grabsteine, angefangene und fertige, standen neben allerlei rohen Steinblöcken in dem Raum herum, den Donaj als das »Materiallager« vorgestellt hatte. Es war der Vorraum zur eigentlichen Werkstatt.

»Meine Brotarbeit«, sagte Donaj, »von irgendwas muß ich schießlich leben. Das da«, er zeigte auf den Stein mit der Rose, »habe ich übrigens nicht gemacht. Es ist ein Muster. Zu mir kommen die Leute, wenn sie spezielle Wünsche haben.« Jetzt sah er sich suchend um und entdeckte einen Stein mit dem Relief eines fein herausgearbeiteten Telefons. Man konnte sogar die Zahlen erkennen. Der Hörer lag daneben, und die Schnur war gekappt.

»Sieh mal. Der Ehemann wollte es unbedingt so haben. Früher mußten es Blumen sein, jetzt sind es irgendwelche verrückten Sachen.«

»Ist das seine Rache? Hat die arme Frau zuviel telefoniert?«

»Nein, sie war bei der Auskunft.«

»Wie naheliegend.«

Ihr Blick fiel auf seine kräftigen Unterarme, die hervortretenden Adern. Im Augenblick fiel ihr nichts Naheliegenderes ein, als ihn zu küssen.

Später dachte sie, daß erotische Begegnungen zwischen Grabsteinen genau das waren, was sie sich immer schon gewünscht hatte. Sie lüftete ihren Haarschopf, um ihren verschwitzten Nacken zu kühlen, und strich sich den Rock glatt. Donaj sah aus wie ein Schaf, wenn er glücklich war, fand sie. »Ich mache Tee«, verkündete er und verschwand in der winzigen Küche.

Bevor sie die eigentliche Werkstatt betreten durfte, mußte sie seine Arbeitsschuhe überziehen. »Sonst«, hatte Donaj gesagt, »machst du dich schmutzig.« Sie hatten keine Schnürsenkel und waren riesig, mindestens Größe 46.

Die Werkstatt hingegen war überraschend klein, winzig geradezu in Anbetracht der überdimensionalen Fabelwesen, die sie bevölkerten: Fische mit rätselhaften Schriftzeichen in den Augen, furchterregende Vögel mit schwertartigen Schwingen und menschlichen Gesichtern, Menschen, deren Arme wie Baumkronen in den Himmel ragten, und Bäume mit Beinen anstelle der Wurzeln.

Donaj kam mit zwei Teegläsern.

»Die beiden Riesen habe ich für eine Ausstellung in Finnland gemacht«, erklärte er. »Es sind die Alangasaren – Inmars Gesellenstück sozusagen. Er hat sie vor den Menschen erschaffen, aber leider ist ihm dabei ein Fehler unterlaufen. Er hat die Vernunft in einem Birkenkorb in den Wolken vergessen, deshalb können sie nicht denken. Ihr größtes Vergnügen ist es, mit schweren Kugeln zu spielen. Nun wollte Inmar die Vernunft schnell holen gehen, aber bevor es dazu kam, waren die Riesen schon weggelaufen.«

Katia begutachtete die beiden grobschlächtigen Kerle. Dumm sahen sie auf jeden Fall aus – und warum so häßlich?

»Der Wukusö-Scheitan hat sie bespuckt. Das hat auf ihrer Haut lauter Krater, Warzen und Narben hinterlassen.«

In einem Regal neben dem Fenster entdeckte Katia ein kleines Bühnenmodell mit einem blutbeschmierten Ehebett in der Mitte. Neben der rohen Welt der Riesen wirkte diese Puppenstube besonders fragil. Sie blieb davor stehen und betrachtete es.

»Ist das auch eine Arbeit von dir?«

»Ja – ich kenne ein paar Leute beim Theater, sie brauchten ein Bühnenbild für den udmurtischen Hamlet.«

»Sein oder nicht sein auf udmurtisch?«

»Ulono, jake owul ulono …«

»Und worum ging es?«

»Aha.« Er kniff die Augen zusammen. »Wie immer: dableiben oder wegrennen. Aber in meinem speziellen Fall ging es um das Überleben. Es war eine böse Zeit damals. Meine Frau hatte mich verlassen. Ich trank ziemlich viel und konnte nicht arbeiten. Meine

Freunde vom Theater haben sich das hier ausgedacht, damit ich eine Aufgabe hatte. Es war besser als Grabsteine machen.«

»Ich verstehe.« Sie rührte mit ihrem Löffel in dem Glas und wußte nicht, was sie sagen sollte.

»Um diesen ...«, er machte eine ausladende Handbewegung, »Kosmos hier zu schaffen, brauche ich Sammlung und Konzentration. Sonst bringe ich nichts zustande. Und damals – ging es einfach nicht.« Er holte tief Luft. »Ich möchte aus mir selbst schöpfen, weißt du. Es gibt wenig Vorbilder. Du hast die ›Skier von Galina Kulakowa‹ gesehen. Es gibt wenig Fortentwicklung. Viele sogenannte Künstler machen so weiter, obwohl die Zeiten sich geändert haben. Vielleicht, weil sie es nicht anders kennen. Aber möglicherweise haben sie auch Angst – Angst davor, ihr eigenes Gesicht zu zeigen.«

Katia war fasziniert von der Kraft und der Phantasie, die in seinen Skulpturen steckte, etwas Ursprüngliches fand sie darin. An etwas fühlte sie sich erinnert.

»Kennst du Antoni Gaudí?« fragte Katia.

»Du kennst Gaudí!« Donaj war überrascht. »Natürlich! Im Studium war er für uns eine Legende. Man hat von ihm gesprochen, aber keiner hatte gesehen, was er gemacht hat, nicht mal Abbildungen davon. Später habe ich in Moskau in einem Antiquariat einen Bildband über ihn gefunden, auf tschechisch. Ich habe das Buch verschlungen. Er ist ein Genie!«

»Du solltest mit mir nach Barcelona fahren«, sagte Katia träumerisch. »Das ist eine phantastische Stadt. Meine Mutter hat ein Haus dort in der Nähe. Von ihrem Schlafzimmer aus hat man einen wunderbaren Blick auf das Mittelmeer. Davor gibt es eine große Terrasse, auf der würden wir sitzen und frühstücken – Milchkaffee und Oliven und katalanischen Schinken. Es würde dir gefallen.«

»Ja, bestimmt.« Er klang nicht so, als ob er daran glaubte, daß dieser Traum Wirklichkeit werden könnte. Katia ignorierte das.

»Und dann würden wir den Passeig de Gràcia hinunterspazieren, wir würden uns die Casa Mila ansehen und die Casa Batallo ...«

»Und den Park Güell ...«

»Ja, natürlich. Da würden wir ein Picknick machen. Gaudí duldete keine Liebespaare in seinem Park, weißt du. Aber er ist ja nicht mehr da, um aufzupassen. Du würdest im Gras neben der Schlange liegen, und ich würde dich mit Erdbeeren füttern.«

»Ich will nicht mit Erdbeeren gefüttert werden«, unterbrach er sie heftig. »Das ist es nicht, was ich will! Ich selbst, ich möchte einen Park schaffen. Aber nicht für die, die alles haben können, sondern für unsere Kinder, die hier in dieser häßlichen Stadt in grauen Betonblöcken leben müssen und deren einziges Vergnügen es ist, in dem giftigen Wasser des Ischewsk-Sees zu baden.«

Katia wurde rot. Sie war zu schnell gewesen. Sie begab sich besser wieder auf ein Terrain, auf dem sich Donaj sicher fühlte.

»Hier in Ischewsk?« fragte sie. »Hast du das wirklich vor?«

»Interessiert es dich wirklich? Es ist eine Idee«, fuhr er, sanfter geworden, fort, »die mich schon lange umtreibt. Ein Erholungspark, in dem Natur, Skulptur und Architektur verschmelzen, auf dem Grund und Boden einer alten Fabrikanlage. Wo früher Waffen produziert wurden, triumphieren jetzt Kunst und Natur. Noch ist es natürlich nur ein Traum.«

Er holte eine Skizze aus dem Regal und entrollte sie auf dem Tapetentisch, der ihm als Schreibtisch diente.

»Stell dir vor – die beiden Riesen stehen vor dem Eingang und lassen die Menschen herein. Drinnen trifft man auf Figuren des udmurtischen Pantheons: Da ist Guduri Mumy, die Göttin des Gewitters, sie sitzt an der ›Allee der Klänge‹ auf einem Baumstamm, mit einer Trommel zwischen den Beinen. Wer diesen Weg wählt, bekommt einen Klöppel, damit kann er die unterschiedlichen Geräusche der Tangyra ausprobieren.«

»Was ist das?« wollte Katia wissen.

»Ein altes udmurtisches Instrument: Klingende Holzflügel in verschiedenen Größen werden an Seilen aufgehängt, die man zwischen Bäumen spannt. Hier«, er zeigte mit dem Finger, »gibt es einen See, in dem man baden kann, und daneben sitzt Wumurt, der Wassergeist, man kann ihm den Buckel hinunterrutschen.« Donaj grinste. »Und hier stelle ich mir eine Höhle vor, in der schläft Njuwasmurt, der Geist des Waldes.«

»Das ist großartig! Gibt es schon einen Namen für das Projekt?«

Sie mußte ihm ihre Begeisterung nicht vorspielen.

»›Der Park der Schundy Mumy‹. Die Mutter der Sonne, weißt du noch? Aber Projekt ... davon kann man noch nicht sprechen, fürchte ich. Ein paar Leute wissen davon. Ich war damit beim Bürgermeister, er fand es ganz toll und wollte es unbedingt in Ischewsk haben. Aber er wurde abgewählt, und der neue interessiert sich nicht für udmurtische Kultur. Ihm war es wichtiger, die Zwiebeltürme der Prokopij-Kirche neu vergolden zu lassen.«

44.

Katia zog das braune Ledermäppchen mit dem Schlüssel aus der Tasche. Wie war das noch? Zuerst oben: dreimal nach rechts, und dann unten einmal nach links. Im unteren Schloß bewegte sich nichts. Also noch einmal: dreimal nach rechts – oben? Oder vielleicht doch unten? Mist – warum hatte sie sich das nicht aufgeschrieben? Sie merkte, wie ihre Hand zitterte, als sie es noch einmal probierte. Bevor sie ernsthaft nervös werden konnte, hörte sie etwas von drinnen und erkannte Natalia Iljinitschnas hohe Stimme. »*Seitschas! Seitschas!* Ich komme sofort!«

Die Tür wurde weit aufgetan, und da stand ihre Gastgeberin leuchtend wie ein Pfirsich in der Abendsonne. »Katia! Da sind Sie ja! Wir haben uns schon Sorgen gemacht. In Ischewsk um zehn Uhr abends – was kann man da machen? Kommen Sie, kommen Sie!« Eifrig komplimentierte sie Katia in die Küche, die erfüllt war vom Duft gekochter Erdbeeren. Ein riesiger blauer Emailletopf stand auf der Gasflamme, ein etwas kleinerer mit gezuckerten Erdbeeren stand auf dem Tisch und wartete auf seine Weiterverarbeitung. Eine Batterie frischgespülter Marmeladengläser trocknete auf einem Tuch.

»Wir sind heute nachmittag um drei zurückgekommen«, sagte Natalia, »und dann sind wir gleich an die Arbeit gegangen. Fünf Körbe Erdbeeren haben wir mitgebracht, drei haben wir schon verarbeitet! Jetzt liegt Bulatow in der Badewanne.« Sie zwinkerte Katia verschwörerisch zu. »Sie wissen ja, wie Männer sind, das starke Geschlecht.« Mit einer großen Kelle schöpfte sie den Schaum von der brodelnden Flüssigkeit ab und gab ihn in eine Schüssel. »Ljubisch Penku – mögen Sie Schäumchen?« fragte sie über die Schulter.

»Ljubisch«, nickte Katia. »Sehr ljubisch.«

Sie saß am Tisch, trank Tee und träufelte den Erdbeerschaum auf eine dicke Scheibe Weißbrot. Es tat gut, sich verwöhnen zu lassen wie ein Kind. Sie sah zu, wie Natalia in ihrem gepunkteten Hauskleid sich leicht und sicher bewegte, wie jeder Handgriff in ihrer Küche saß, wie beneidenswert einfach ihr Leben aussah.

»*Golubok i gorliza nikogda ne ssorjatsja, druscno schiwut ...*« Es war ein dröhnender Baß, der das Lied vom Täuberich und seinem Täubchen intonierte. Natalia riß die Augen auf und schlug sich die Hand vor den geöffneten Mund, als der gutgefütterte Bulatow, ein kleines Handtuch um die fetten Hüften geschlungen, in der Tür erschien. Sie machte einen rettenden Schritt Richtung Korridor, um ihn vor unbefugten Blicken zu beschirmen. Katia lachte in sich hinein.

»Natalia, wo ist mein Bademantel?« donnerte Bulatow.

Fünf Minuten später erschien er angekleidet und nach Rasierwasser duftend.

»Wie geht es Nina Apaj?« erkundigte er sich, als Katia von ihren Erlebnissen auf dem Land erzählte. Die Baustelle und den zweiten Besuch bei Nadjeschda Dmitrijewna verschwieg sie wohlweislich. Von der zweiten Tageshälfte und dem Atelier des Bildhauers sprach sie allerdings, und zwar mit Begeisterung.

»O ja, es ist eine glänzende Idee«, bestätigte auch Bulatow, als die Rede auf den Skulpturenpark kam. »Ich habe ihn damals sehr unterstützt, als er sich damit an mich wandte. Er hat von uns ein Gutachten bekommen. Aber was Geld angeht, da sind wir nicht in der Lage, ihm zu helfen. Schade, sehr schade. Ein sehr talentierter Mensch, dieser Ramazanow.«

»Und ein sehr gut aussehender dazu«, warf Natalia schalkhaft ein. Bulatow drohte ihr mit dem Finger.

»Wäre das nicht auch eine Maßnahme, um das Image des Landes zu fördern?« fragte Katia weiter.

»Genau das habe ich auch gesagt, aber wir Udmurten sind nun mal in der Minderheit in unserem eigenen Land«, seufzte Bulatow. »Es gibt einen Witz. Frage: Wer lebt in Udmurtien? Antwort: Russen, Tataren und Minderheiten. Von der Regierung ist nicht viel zu erwarten, und udmurtische Mäzene sind auch nicht in Sicht.«

»In Deutschland gibt es Stiftungen, die so etwas unterstützen«, warf Katia ein.

»Die gibt es bei uns auch, neuerdings, aber nicht für Kulturprojekte. Sie wissen, was für Probleme wir hier haben. Es gibt so viele Straßenkinder, so viele Trinker, so viele Aidskranke. Übrigens, neulich habe ich gehört, daß ein Familienzentrum in Sarapul Unterstützung aus Deutschland bekommen hat: Einen Computer mit Monitor und allem Drum und Dran hat man gestiftet!«

»Wie schön«, sagte Katia geistesabwesend. »Vielleicht muß man sich im Ausland nach Sponsoren umsehen, in Finnland etwa«, dachte sie laut weiter. »Auf jeden Fall: Könnten Sie mir Ihr Gutachten zur Verfügung stellen?«

»Natürlich. Versuchen Sie Ihr Glück. Dieser Ramazanow scheint es Ihnen mächtig angetan zu haben, wie?«

»Er ist ein sehr überzeugender Künstler«, sagte Katia lächelnd. Sie stand auf und wünschte beiden eine gute Nacht.

Katia saß im Nachthemd vor dem Taschenspiegel, den sie auf Bulatows Schreibtisch plaziert hatte, und bürstete sich das Haar, bis es knisterte.

»So wie Erdbeeren im Gras schön sind, so werde auch ich schön«, murmelte sie und blickte prüfend auf ihr Ebenbild. »Ich verzaubere ihn – er wird nicht mehr essen – so wie Himbeeren am Strauch schön sind, so werde auch ich schön – ich verzaubere ihn – er wird weinen und sich nach mir sehnen!« Wie ertappt hielt sie in ihrer Bewegung inne. Was um alles in der Welt machte sie da? Und was tat dieser udmurtische Flegel mit ihr! Sie hatte sich selbst zitiert aus dem Referat, das sie auf dem Kongreß gehalten hatte. Andererseits, wenn der Zauberspruch den udmurtischen Mädchen seit Jahrhunderten half, warum nicht ihr? Was war da noch: Ah ja, man mußte um Mitternacht – es war zwanzig Minuten nach, aber das mochte noch gehen – den Namen des Geliebten dreimal in den Schornstein rufen. Einen Schornstein hatte sie nicht, aber vielleicht ging es, daß man ihn aus dem Fenster schrie. Sie stand auf, ging zum Fenster und öffnete den linken Flügel. Sie holte tief Atem. Im gleichen Moment sah sie etwas, das sie erstarren ließ. Auf der Fensterbank, im Schatten des Christusdorns, tanzte mit ausgestreckten Armen die Strohpuppe.

45.

Im selben Augenblick piepste das Handy. Es war Olga.

»Wir haben deinen Berenstein ausfindig gemacht. Er ist Professor für Chemie an der MGU. Bekannt als Ritter der Ökologie. Ein Don Quichotte – nicht käuflich und absolut unvernünftig, sagt Gleb. Katia? Du sagst ja gar nichts. Schläfst du?«

»Warte einen Moment«, wisperte Katia. Sie holte ihr Notizbuch, setzte sich auf das Bett, nahm die Decke und breitete sie über sich wie ein Zelt. Jetzt konnte sie lauter sprechen. »Danke. Du mußt zu ihm gehen. Morgen.«

»Könnte klappen. Und was soll ich ihm sagen?«

In aller Kürze brachte Katia ihre Freundin auf den neuesten Stand. »Berenstein soll dir sagen, worum es eigentlich ging und was für Einschätzungen er für Sokolov vorgenommen hat«, schloß sie nach Luft schnappend und lüftete die Bettdecke ein wenig.

»Katia? Du klingst so komisch. Geht es dir nicht gut?«

»Ich habe hier ein bißchen Probleme. Aber das kann ich dir jetzt nicht erzählen. Laß uns morgen wieder telefonieren. *Poka*«, beendete sie das Gespräch.

Am nächsten Morgen weckte sie ein energisches Klopfen an der Tür. »Katia – Telefon für Sie«, hörte sie Natalia rufen. Katia setzte sich im Bett auf und warf einen Blick auf die Uhr. Viertel nach zehn. Gott sei Dank, dann würde Bulatow vermutlich schon aus dem Haus sein. Sie hatte absolut keine Lust, ihm zu begegnen. Gefangen in der Höhle des Löwen. Mit solchen ungemütlichen Gedanken war sie eingeschlafen. Aber jetzt schien die Sonne noch in den letzten Winkel von Bulatows Arbeitszimmer, und da waren keine abgenagten Knochen. Sie sah auf der Fensterbank nach. Da stand sie, die Puppe. Bei Licht betrachtet sah sie alles andere als unheimlich aus. Sie stellte sie sich in einer Reihe mit Dutzenden von ihresgleichen auf einem Jahrmarktstand vor.

Am Telefon meldete sich Nadjeschda Dmitrijewna. Ihre Stimme klang jämmerlich.

»Hören Sie, Katia, ich bin krank. Ich habe eine schlimme Migräne. Dieser Termin mit Böhm heute nachmittag, ich kann unmöglich dahin. Wenn Sie wollen, sage ich ihn ab.«

Katia zögerte. »Warten Sie einen Augenblick, ich muß darüber nachdenken.« Hatte es Sinn, den Termin zu verschieben, vielleicht auf den nächsten Tag? Sie entschied, daß das Treffen mit Böhm heute stattfinden mußte, schließlich war auch er in Gefahr. Und außerdem: War zu erwarten, daß Nadjeschda sich so bald von ihrer möglicherweise vorgeschützten Migräne erholen würde? Vermutlich nicht.

»Nein, ich denke, ich werde alleine gehen ...«, sagte Katia. »... doch, ich weiß, wo das ist. Ich rufe Sie dann zurück.«

Im Gespräch mit Natalia beschränkte sie sich ebenfalls auf das Nötigste. Später hatte sie ein schlechtes Gewissen: So beleidigt hatte die Arme die Lippen gekräuselt, als sie ihre Köstlichkeiten verschmäht hatte. Bulatow mochte verdächtig sein – seine gutherzige Frau war über jeden Zweifel erhaben, da war Katia sich sicher.

Wieder war die Dusche kalt, und Katia beschloß schaudernd, auf die Haarwäsche zu verzichten. Statt dessen flocht sie sich einen dikken Zopf und betrachtete unschlüssig ihre Reisegarderobe. Was trägt man zu einem konspirativen Treffen mit einem udmurtischen Kommunalpolitiker? Nichts, was sie aussehen ließe wie ein Mädchen, entschied sie, löste den Zopf wieder auf und legte die gestreifte Schlabberhose beiseite. Verärgert über ihre eigene Albernheit, warf Katia sich ihr pfefferminzgrünes Kleid über und verließ das Haus. Hungrig war sie. Es gab Menschen, die essen mußten, wenn sie nervös waren. In nächsten Laden entdeckte Katia hinter der Theke Syrok in Schokoglasur, einen rechteckigen Block aus gutgekühltem, gepreßtem Quark. Sie nahm drei davon, dazu eine Flasche Kefir und verzehrte alles im Gehen. Der Weg zu dem verabredeten Treffpunkt war nicht weit. Um zehn vor drei stand Katia vor dem Kaufhaus Kama und hielt Ausschau nach dem angekündigten dunkelblauen Lada und Donaj, der versprochen hatte, aus einer gewissen Entferung ein Auge auf sie zu werfen.

46.

Das Kaufhaus befand sich in der Perwomajskaja-Straße, einer der Hauptstraßen von Ischewsk. Katia lief unruhig vor den Auslagen auf und ab. Sie hatte Zeit gehabt, sich alles ganz genau zu betrachten – die gemusterten Haushaltskittel, die weißen und hautfarbenen Büsten- und Hüfthalter und die funkelnden Sägeblätter in verschiedenen Stärken und Materialien.

Auch die Sorten, die es bei dem Eisstand an der Straße zu kaufen gab, hatte sie gründlich studiert. Ihr Favorit war ein Waffelhörnchen mit Namen »Maschenka«. Es schmeckte erprobtermaßen nach Crème brulée. Zwanzig Minuten waren vergangen, und Böhm war immer noch nicht da.

Katia merkte, wie sie ungeduldig wurde, fischte ein Erfrischungstüchlein aus der Tasche und wischte sich die Hände ab. Gerade als sie sich fragte, ob sie den Mann nicht womöglich längst verpaßt hatte, sah sie ein dunkelblaues Auto auf der gegenüberliegenden Straßenseite einparken. Ob er das war? Es war ein reichlich knapp bemessener Parkplatz neben dem Zeitungskiosk, den der Fahrer angepeilt hatte. Nach einigem Vor und Zurück blieb der Wagen in einer halb schrägen Position stehen. Die Tür wurde geöffnet, und ein Mann in einem weißen Hemd und dunkler Hose stieg aus. Er zögerte einen Augenblick, weil die Tür sich offenbar nicht richtig schließen ließ. Vielleicht klemmte sie? Dann öffnete er sie noch einmal und warf sie mit Schwung zu. Er trat an die Straße vor dem Zeitungskiosk, sah sich kurz nach rechts und links um und lief los, um die Fahrbahn zu überqueren. Die andere Seite sollte er nicht mehr erreichen.

Katia sah, wie ein grauer Lkw in rasender Fahrt über die Perwomajskaja donnerte und dabei riesige Staubwolken aufwirbelte. Dann hörte sie das Kreischen von Bremsen und schlug die Hände vor die Augen. Das nächste, was sie sah, war ein lebloser Körper, der blutüberströmt auf der Straße lag. Dann sah sie den Fahrer des Lkws, einen Mann mit rotblonden Haaren, aus der Fahrerkabine aussteigen und zu seinem Opfer hinrennen. Andere hatten sich ebenfalls zu der Unfallstelle begeben, einer kniete und prüfte den Puls des Liegenden.

Wie hypnotisiert machte auch Katia sich auf den Weg. Als sie ankam, war schon alles klar: Der Mann war tot. Und dann hörte sie den Namen: Igor Böhm.

Inzwischen hatte sich eine Traube von Menschen um den Toten herum gebildet. Jetzt konnte sie nur seine Beine sehen, die seltsam verdreht auf dem rissigen Asphalt lagen. Am rechten Fuß fehlte der Schuh. Katia trat einen Schritt zurück und blickte sich suchend um. Da war er, der Schuh, durch den Aufprall mußte er etwa drei Meter durch die Luft geflogen sein. Sie ging hin: ein schwarzer, staubiger Slipper, der eben noch zu einem lebendigen Menschen gehört hatte.

Ihre Erstarrung löste sich, als sie eine Hand auf ihrer Schulter spürte. Sie sah Donajs besorgtes Gesicht vor sich und begann, lautlos zu schluchzen. Er legte seinen Arm um sie und führte sie beiseite. Sie brachte es kaum fertig, zu reden. Alle Worte, die sie im Kopf hatte, schienen sich zu einem einzigen Satz formen zu wollen: »Das war kein Unfall.« Er antwortete nicht und streichelte mit leichten Bewegungen ihr Haar. Die Miliz kam mit zwei Fahrzeugen und begann ihre Arbeit. Sie führten die notwendigen Messungen aus und befragten die Menschen. Irgendwann kam auch der Krankenwagen mit heulender Sirene angefahren.

Katia hob den Kopf von Donajs Brust und beobachtete, wie der Fahrer des Lkws vernommen wurde, wie er heftig gestikulierend versuchte, den Beamten etwas zu erklären. Er war fast noch ein Junge, groß und schlank, dessen ärmelloses T-Shirt die Tätowierungen auf dem rechten Oberarm freiließ. Ein Todesengel mit Flammenhaaren, dachte Katia. Mit den Augen folgte sie jeder seiner Bewegungen und hoffte, er möge sich durch irgend etwas verraten. Aber die Beamten schienen ihm zu glauben. Mit tröstender, fast freundschaftlicher Geste ließen sie ihn in einen schäbigen Uasik-Kübelwagen einsteigen.

Offenbar hatte der Mann am Steuer Probleme, das Auto zu starten. Die Zündung ließ ein dreifaches Röcheln hören, bis der Wagen schließlich ansprang und, eine schwarze Rauchwolke hinter sich lassend, davonfuhr.

»Es war aber kein Unfall«, wiederholte Katia leise und hartnäkkig, »ich muß es ihnen sagen.« Sie machte Anstalten, zu den beiden Milizbeamten hinüberzugehen, die jetzt gerade auf die Vordersitze des zweiten Fahrzeugs kletterten.

»Willst du wirklich zur Miliz gehen?« versuchte Donaj sie abzuhalten, »sie werden dir nicht glauben!«

»Dann muß ich ihnen eben alles erzählen, die ganze Geschichte, von Anfang an.«

»Warte mal«, rief er, aber sie war schon weg.

Es blieb ihm nichts anderes übrig, als langsam hinterherzukommen.

47.

»Und was, denken Sie, hat er wohl für diese Arbeit bekommen?«

In beschwörendem Ton stellte Katia ihre rhetorische Frage. Seit einer Stunde versuchte sie dem Mann klarzumachen, daß Igor Böhm umgebracht wurde. Im Gesicht ihres Gegenübers hatte sie erst höfliches Entgegenkommen, dann Müdigkeit und schließlich wachsende Ungeduld gelesen. Der Major Aleksej Grebenko hatte Heuschnupfen und war davon sichtlich mitgenommen. Seine Augen sahen gerötet aus dem kleinen grauen Gesicht, in das sich die Sorgenfalten tief eingegraben hatten.

»Also, noch mal von vorne: Sie sagen, Sie konnten von Ihrem Standort auf der anderen Straßenseite aus den Unfallhergang genau beobachten. Das ist für uns sehr wertvoll. Sie sagen, er parkte vor dem Zeitungskiosk. Können Sie mir sagen: Standen da Menschen?«

»Ob da Menschen standen? Natürlich. Aber darum geht es mir nicht. Bitte verstehen Sie doch, ich ...«

»Und wie viele Menschen standen da? Zwei, drei, fünf?«

Katia wechselte einen Blick mit Donaj. Er machte eine beschwichtigende Handbewegung. »Na ja ... wahrscheinlich: sechs.«

»Vielen Dank. Dann müssen Sie nur noch das Protokoll hier unterschreiben. Sie haben uns sehr geholfen.«

Er schob ihr das Papier herüber und lehnte sich zurück, als ein tiefes menschliches Stöhnen durch die Decke drang. Darauf folgte ein kleines Erdbeben, ein Kugelschreiber auf dem Schreibtisch setzte sich in Bewegung und rollte in Richtung Abgrund, wo er im letzten Moment von dem Major mit geübter Geste aufgefangen wurde.

»Hier werden also immer noch Folterungen vorgenommen«, sagte Katia giftig und deutete mit dem Zeigefinger nach oben.

»Ja«, sagte der Major melancholisch, als das Rauschen des Wassers kam, »das ist die Toilette des Kampfsportclubs. Wir haben die obere Etage vermietet, und nun sitzen wir hier im Keller.«

Sein sehnsüchtiger Blick wanderte zu dem winzigen Fleckchen Blau, das hinter dem vergitterten Kellerfenster zu sehen war.

»Sischu sa reschjetkoj w temnize syroj«, deklamierte er – Puschkin, registrierte Katia sofort. In einem feuchten Loch sitz ich hinter Gittern. Es hatte wirklich mehr von einem Loch als von einem Büro, fand Katia. Mitten am Tag mußte der Mann bei Lampenlicht arbeiten. Durch den armseligen Raum verliefen zwei Rohrleitungen, die ehemals weiße Farbe des Deckenanstrichs war teils abgeblättert, teils blasig aufgeworfen, und an den Stellen, wo die Backsteinmustertapete abgerissen war, schien der nackte Beton durch.

»Bitte unterschreiben Sie hier«, erinnerte sie der Major, der aus seinen Gedanken zurückgekehrt war, und tippte auf das Protokoll, »und bitte deutlich, damit man Ihren komplizierten Namen lesen kann – wie heißt das noch?«

Er blätterte in ihrem Paß, der aufgeschlagen vor ihm lag, und versuchte zu entziffern: »Katia ... Won ... Tzen ... s ... berg?«

Anscheinend kennt er nur die Auswahl deutscher Namen aus »Siebzehn Augenblicke des Frühlings«, dachte Katia grimmig – Canaris, Bormann, Himmler ... In dieser Fernsehserie war der sowjetische Agent mit dem Decknamen Stierlitz am Ende immer der Klügere gewesen.

»Ich werde da nicht mitspielen«, sagte sie entschlossen, »und so tun, als sei das ein Unfall gewesen, den man so einfach zu Protokoll nehmen kann.«

An dieser Stelle sog Donaj geräuschvoll die Luft ein.

»Was will diese Frau von mir?« wandte sich Grebenko nun hilfesuchend an ihn. »Vor zehn Jahren hätte ich mir nie vorstellen können ... Es war gut, als Ischewsk noch eine geschlossene Stadt war und ich nicht mit einer Won-Tzensberg meine Zeit verschwenden mußte. Schöne Zeiten waren das!«

»Sie ist eine renommierte Ethnologin«, sagte der Bildhauer entschuldigend. »Sie hat einen Vortrag gehalten, auf dem Kongreß, jetzt ist sie müde. Sie kennt dieses Land nicht. Jeder würde da verrückt werden.«

»Das stimmt«, nickte der Beamte. »Das ist das Ischewsk-Syndrom. Wissen Sie, diese Meridiane, wenn sie ungünstig liegen …«

Katia funkelte die beiden Männer zornig an. »Ich bin weder müde noch verrückt. Mehrere Menschen sind gestorben, und ich habe gute Gründe, anzunehmen, daß es Mord war.«

»Was schlagen Sie also vor?« fragte der Major schicksalsergeben.

»Ich möchte wissen, wie genau Sokolovs Fall untersucht worden ist.«

»Ach Gott, natürlich hat man das Erforderliche getan. Meinen Sie, wir sind hier nicht in der Lage, Mord von Selbstmord zu unterscheiden?«

»Aber Sie geben zu, daß man einen solchen Selbstmord inszenieren kann.«

»Zweifellos wäre das möglich. Deshalb macht man ja in solchen Fällen eine Obduktion. Aber ich kann den Kollegen anrufen.«

»Tun Sie das«, forderte Katia ihn auf.

Grebenko nahm den Telefonhörer in die Hand: »Swetlana, wer hat den Selbstmord von diesem Sokolov bearbeitet, weißt du das noch? – Achmetow? – In Ordnung.«

Dann wählte er eine zweite Nummer: »Arbek – hier ist Ljoscha Grebenko. Du hast doch diesen Sokolov kassiert, stimmt's? – Den Wissenschaftler, ja. – Hast du den Bericht zur Hand? – Ja, ich warte.« Er wartete eine kurze Zeit. Dann: »Also gut. Dachte ich mir. Vielen Dank.«

Zufrieden beugte er seinen Oberkörper in Katias Richtung.

»Genauso, wie ich Ihnen sagte. Es ist alles in Ordnung. Die Untersuchung wurde erfolgreich abgeschlossen mit dem Ergebnis: Tod durch Strangulation ohne Fremdeinwirkung. Daran kann es keinen Zweifel geben. Also: Unterschreiben Sie bitte.«

»Etwas habe ich Ihnen noch nicht gezeigt«, sagte Katia und zog den E-Mail-Wechsel aus der Tasche. Sie hatte sich nicht getraut, die Papiere in Bulatows Wohnung herumliegen zu lassen.

»Was ist das?« fragte der Major, kniff die Augen zusammen und hielt die Blätter weit von sich weg. »Ah – Computerbriefe. Und ein Bildchen ist auch dabei.«

»Das ist der Beweis. Und das Bildchen …«

»Kann ich das bitte sehen«, fiel Donaj ihr ins Wort und sah sich die Strohpuppe an. »Aha«, nickte er.

»So, so«, sagte Grebenko ärgerlich und warf einen Blick auf die Uhr, »der Beweis. Tut mir leid, aber dafür brauche ich etwas Zeit. Ich habe gleich eine Besprechung. Wenn Sie erlauben, werde ich mir das kopieren.«

Katia nickte.

»Es dauert einen Augenblick, ich muß hoch ins Kampfstudio. Wir dürfen den Kopierer dort mitbenutzen«, erklärte Grebenko und stand auf.

»Verräter«, zischte Katia, als sie allein waren.

»Ich hab dir doch gesagt, daß es keinen Zweck hat, zur Miliz zu gehen«, sagte Donaj und biß sie sanft in die Nase.

48.

Sie gingen los, aber wohin soll man gehen, wenn man gerade miterlebt hat, wie ein Mensch getötet wurde? Wohin geht man, wenn man sinnloserweise einen Nachmittag bei der Miliz verbracht hat? Wohin geht man, wenn man verliebt ist und nicht weiß, was man damit anfangen soll? Ischewsk bot keine andere Alternative, als sich auf eine Bank zu setzen und abscheuliche Zigaretten der Marke *Pjotr Perwyj* – Peter 1 – zu rauchen.

»Danke trotzdem, daß du gekommen bist«, sagte Katia schließlich. Donaj schwieg.

Es war früher Abend im Zentrum der Stadt. Die meisten Menschen, die an ihnen vorübergingen, hatten es eilig. Sie trugen Plastiktüten und wollten nach Hause.

»Ich habe Hunger«, sagte Katia tonlos. Donaj wirkte fast erleichtert, daß es ihm dieses Mal nicht schwerfallen würde, die in ihn gesetzten Erwartungen zu erfüllen. »Soll ich uns was holen?« Er sprang auf und verschwand in einem Lebensmittelmarkt an der Ecke.

Katia schaltete ihr Handy ein und wählte die Nummer ihrer Mailbox. Die Nachricht war von Olga. Sie berichtete, daß Berenstein auf einer Dienstreise sei und in den nächsten Tagen zurückkommen würde. »Aber bis dahin bist du doch wohl längst zurück in Moskau, oder? Ruf mich an und sag mir, wann ich dich abholen soll.«

Mißmutig legte sie das Handy neben sich auf die Bank und starrte in die Baumkronen über ihr. Als erstes roch sie die Schnapsfahne des Mannes, der sich ächzend neben sie auf die Bank fallen ließ. Dann lehnte er seinen Kopf an ihre Schulter und grunzte etwas Unverständliches. Katia sprang auf. Sein Kopf stieß polternd gegen die Lehne, und er schaffte es nur mit Mühe, sich wieder in eine aufrechte Position zu bringen. »Hure!« Sein Gesicht war wutverzerrt. »Wieso bist du eine Hure geworden? Ich werde es dir sagen: Weil du eine gierige Fotze hast, darum«, schimpfte er aus Leibeskräften hinter ihr her. Den Rest konnte Katia nicht mehr hören, denn sie hatte sich zu dem Laden geflüchtet, den Donaj jetzt mit zwei Einkaufstüten verließ.

»Was ist jetzt wieder los?« erkundigte er sich.

»Nichts Wichtiges«, antwortete Katia schnell. »Aber laß uns eine andere Bank suchen.«

Ihre Mahlzeit bestand aus einer salamiähnlichen Wurst, Brot und einer Gurke, die sie mit Donajs Messer geschnitten und auf dem Verpackungspapier angerichtet hatten. Dazu gab es lauwarmes Bier oder die »Glöckchen«-Limonade, die Katia probierte und für ungenießbar süß erklärte.

Donaj machte ein spitzbübisches Gesicht, nahm drei Stücke Wurst und belegte sie mit Brot. Dann machte er den Versuch, das Sandwich in den Mund zu befördern. »Aha. Gar nicht so leicht.« Eine der drei Wurstscheiben fiel ihm auf den Schoß.

»So ißt mein Sohn«, sagte er lachend. »Er behauptet, es schmeckt besser, wenn die Wurst näher bei der Zunge ist.«

»Wie alt ist er?« fragte Katia höflich.

»Sieben. Im September kommt er in die zweite Klasse.«

»Wie oft siehst du ihn?«

»Das hängt von der Laune meiner Frau ab. Aber wenn er bei mir ist, machen wir schöne Sachen, gehen auf Krötenfang oder so. Er interessiert sich sehr für Kröten, weißt du.«

Katia erschauerte. Sie haßte Kröten. »Ich glaube, ich muß nach Hause.«

»Ich dachte mir, daß du so etwas sagen würdest. Heute gefällt es dir nicht in unserem Ischewsk.«

»Und dir?«

»Aha. Es ist meine Stadt.«

»In diesem Fall wußte ich, daß du das sagen würdest.«

Katia legte die angebissene Scheibe Brot auf das Papier.

Sie ertappte sich bei dem Gedanken, daß ein Glas gutgekühlter Champagner mit ein wenig Crème de Pèche, auf einer Restaurantterrasse mit Blick auf die Hamburger Werft Blohm & Voss, ihr jetzt gut gefallen würde. Was hielt sie hier noch? Licht in den »Fall Sokolov« würde sie nicht bringen. Niemand schien Interesse daran zu haben. Und Donaj – er war keine große Hilfe in dieser Sache. Und keine große Liebe übrigens.

49.

Manche Gespräche, und gerade solche, die eigentlich gar keine waren, benötigen einen Epilog. Man hat sich schon verabschiedet, aber etwas ist noch zu sagen übrig. Die Zäsur läßt die Dinge in einem anderen Licht erscheinen. Wenn einer nun den ersten Schritt tut, ist alles möglich: Man kann einander in die Arme fallen oder sich für immer trennen. Katia und Donaj hatten an der Ecke Lebewohl gesagt. Sie stand gerade vor der Haustür, als er sie mit langen Schritten einholte.

»Ich habe vergessen, dir etwas zu sagen«, sagte er schwer atmend, »etwas, das du wissen mußt.«

Sie tippte den Türcode ein und ging schweigend ins Haus, er folgte ihr. »Warte doch. Diese Geschichte mit der Strohpuppe – das ist absolut harmlos.«

Katia sah ihn müde an. »Harmlos? Wenn ein Mann, der einen Tag später sterben muß, ein Bild von einer Puppe mit exakt dem Mordwerkzeug geschickt bekommt?«

Sie ging die Stufen hinauf und dämpfte ihre Stimme. »Genau diese Puppe habe ich übrigens bei Bulatow in der Wohnung entdeckt! Ich fühlte mich wie gefangen und habe mich heute morgen wie eine Diebin aus diesem Haus geschlichen.«

»Wegen Bulatow brauchst du dir keine Sorgen zu machen«, versicherte ihr Donaj im Flüsterton. Er zog aus der Hosentasche ein Blatt Papier, das mit dem, was Sokolov bekommen hatte, absolut identisch war. Daneben stand: »Udmurtisches Projekt – für Spaßvögel und sonstige verrückte Hühner«.

»Was soll das sein?« fragte Katia verblüfft. Sie setzte sich auf eine Treppenstufe, Donaj ging neben ihr auf die Knie.

»Ein Spaß, ein ganz blöder Spaß von einer Gruppe von Designern hier aus Ischewsk. Letzten Winter haben sie ein sogenanntes Suizid-Fest veranstaltet. Du hast doch davon gehört, daß sich Leute früher an den Toren ihrer Feinde aufknüpften, um sich zu rächen.«

»Das dürre Elend bringen«, bestätigte Katia knapp.

»Ja. Auf diesem Fest wurden Puppen gebastelt. Jeder sollte alte Sachen von sich mitbringen, daraus hat man Puppen gemacht und sie vor den Haustüren von Leuten, mit denen man noch eine Rechnung offen hatte, aufgehängt. Dann hat man sich versöhnt und die Puppen in einem Freudenfeuer verbrannt. Und das«, er zeigte auf das Blatt Papier, »das ist die Einladung dazu. Sie wurde auch im Internet verbreitet, und offenbar geht sie immer noch rum.«

Er lächelte, als wollte er sich für die seltsamen Späße seiner Landsleute entschuldigen.

Katia sah ihn irritiert an. »Und mit Böhm, war das auch eine Inszenierung? Kommt er gleich um die Ecke gesprungen und sagt Ätsche-bätsch und lädt uns zum Wodka ein?«

Sie stand auf, nahm ihre Tasche und ging die Treppe hoch. Dann drehte sie sich noch einmal um, und diesmal gab sie sich keine Mühe, leise zu sprechen.

»Ihr seid doch alle verrückt, du, deine Designer mit ihrer Gruppentherapie, dieser Grebenko ... ihr seid wie von einem anderen Planeten. Ich verstehe euch nicht. Und vielleicht will ich euch auch nicht mehr verstehen.«

50.

M*y uwerenno smotrim w buduschtscheje... wosrodim naschu Respubliku ... i naschi serdza napolnjatsja gordostju ...«* Was war das? Sehr ungewöhnlich, daß schon morgens um neun in der Bulatowschen Wohnung der Fernseher lief. Zuerst verstand Katia nicht, worum es ging, sie hörte nur eine tiefe, etwas monotone Männerstimme etwas über »Stolz und Zuversicht« und »eine bessere Zukunft für die Republik« sagen.

Professor Bulatow saß ausgehbereit angekleidet in seinem Fernsehsessel aus schwarzem Leder, neben ihm Natalia Iljinitschna. Der sprechende Kopf vor ihnen auf dem Bildschirm schien sie beide sehr zu fesseln. »Dieser Hurensohn«, rief Bulatow begeistert aus und stieß seine Frau mit dem Ellenbogen an. »Hast du gehört, Natalia? Hundertzwanzig Millionen Rubel!«

Er bemerkte Katia und winkte ihr, sich zu setzen.

»Ich kann ihn zwar nicht leiden, aber das hat er fein hingekriegt!« sagte er und deutete auf das Gesicht im Fernsehen. »Jetzt wird er hundertprozentig wiedergewählt.«

»Wer?« fragte Katia verwirrt.

»Unser Präsident, Ponomarjow. Endlich hat er es geschafft, für unser Land eine große Investition an Land zu ziehen. Ein Deal mit den Amerikanern.« Bulatow legte den Finger auf den Mund und bedeutete Katia, daß er weiter zugucken wollte.

»... vierhundert neue Arbeitsplätze«, hörte sie den Präsidenten sagen. Er sah aus, wie die Politiker schon früher zur Sowjetzeit ausgesehen hatten, nur besser angezogen, und auch sein Jargon unterschied sich nicht wesentlich von dem seiner Vorgänger, war allenfalls angereichert mit Tricks und Termini aus dem Wörterbuch des westlichen Populismus. Und was für blühende Landschaften er versprach!

»Dank der neuen Anlage wird Udmurtien an seine traditionelle

Rolle als Herz der russischen Technologie anknüpfen können. Nach Jahren der Resignation und des Stillstands werden wir wieder für den Fortschritt stehen«, beendete Ponomarjow seine Rede.

»Es geht um mehrere Milliarden Rubel«, erläuterte Bulatow, »die hierherfließen werden, darunter auch hundertzwanzig Millionen für Kultur, Bildung und soziale Zwecke. Ich habe große Hoffnung, daß wir unser Antisuizid-Pilotprojekt damit endlich finanziert bekommen. Daß ich überall antichambriert habe, wird nicht umsonst gewesen sein.« Er rieb sich zufrieden die Hände.

»Ich freue mich für Sie«, sagte Katia und seufzte. »Endlich etwas Positives. Übrigens: Ich möchte Ihre Gastfreundschaft nicht länger strapazieren. Nachher gehe ich mir die Fahrkarte besorgen. Morgen fahre ich.«

»Haben Sie Ihr Material beisammen?« fragte Bulatow. »Wenn ich Ihnen mit den bescheidenen Mitteln unseres Instituts noch irgendwie behilflich sein kann, sagen Sie es.«

»Bestimmt haben Sie schon Heimweh«, sagte Natalia mitfühlend.

»Aber wir sehen uns heute abend noch. Ich muß jetzt schnell ins Institut. Schade, daß ich die Pressekonferenz nicht mehr mitbekomme. Natalia, du wirst mir darüber berichten.« Damit stand er auf und war schon aus der Tür.

»Natürlich sehe ich mir das an«, rief Natalia Iljinitschna ihm hinterher, »es ist doch gut, wenn das Zeugs endlich vernichtet wird.«

»Ich habe den Zusammenhang dieser Rede nicht ganz mitbekommen«, entschuldigte sich Katia.

»Die Raketen, diese Atomraketen, die man hier gebaut hat. Es ist gut, wenn sie hier vernichtet werden. Wenn ich gekocht habe, muß ich schließlich auch meine Küche selber wieder aufräumen. Übrigens: Sie haben noch nicht gefrühstückt. Ich mache Ihnen einen Vorschlag: Rührei, Petersiliensalat, frische Erdbeermarmelade, Tee ... Bleiben Sie sitzen! Ich hole alles.«

Atomraketenfrikassee an Petersiliensalat, dachte Katia verträumt und griff in ihre Tasche. Das Handy war nicht an seinem üblichen Platz. Wo hatte sie es gelassen?

»Darf ich kurz telefonieren?« rief sie in die Küche hinüber. Es dauerte einige Klingelzeichen lang, bis Donaj sich meldete. Oder war da jemand anders in der Leitung?

»Donaj? ... Donaj, bist du es?«

»Aha.«

»Donaj, was ist los mit dir?«

Statt einer Antwort bekam sie nur ein lautes Rülpsen zu hören. Wie sollte sie das verstehen?

»Bist du blau?«

»... Aha. Was willst du von mir? Wir haben uns gestern schon verabschiedet.«

»Ich möchte dir aber etwas erzählen.«

»Bitte keine weiteren Morde«, ächzte Donaj. »Ich bin nur ein armer Künstler mit einer zarten Seele. Und die hat Schmerzen, diese Seele, hörst du?«

Katia war sofort bereit, ein schlechtes Gewissen zu haben.

»Stell den Fernseher an, dann weißt du, was ich meine. Und außerdem muß ich dich vor meiner Abreise unbedingt noch sehen, mein udmurtischer Krötendompteur«, flüsterte sie. »... Donaj?«

Aber er hatte schon aufgelegt.

51.

Die Moderatorin – wie hieß sie? Adelaida Tschugaj ging ihr auf die Nerven. Damals, im Gespräch über den Kongreß, hatte sie ihre Aufgabe gut gemacht, aber jetzt war sie sichtlich überfordert. Sie schaffte es nicht mal, die Teilnehmer der Diskussionsrunde richtig vorzustellen. Die Sendung hatte begonnen, aber Katia verfolgte sie nur mit halber Aufmerksamkeit. Immer wieder wanderten ihre Gedanken zu Donaj. Warum hatte sie ihn gestern nur so behandelt! Vor Ärger über sich selbst hätte sie sich beißen mögen, statt dessen nahm sie ein Stück Brot und biß grimmig hinein. Dann warf sie einen erneuten Blick auf das Fernsehen. Wie sah sie heute aus, diese Adelaida – gepudert, geschminkt und mit für diesen Anlaß hochtoupierten Haaren. Aber Natalias Petersiliensalat schmeckte ausgezeichnet. Und dann passierte etwas, was ihr noch nie passiert war: Bei dem Versuch, eine weitere Portion in den Mund zu befördern, geriet die Gabel aus der Zielgeraden und stach ihr in die Backe.

Dieses Gesicht auf dem Bildschirm kannte sie. Es war genauso dünnlippig und unsympathisch, wie sie es in Erinnerung hatte. Als sie den Mann das letzte Mal gesehen hatte, hatte er sie mit Gretel verglichen, die sich im Wald verlaufen hat.

»Wer ist der Mann?« fragte sie Natalia.

»Ein Amerikaner. Er heißt Michael Baranoff, von der amerikanischen Firma, die hier investiert.«

Schrecklich, wie die Moderatorin ihn hofierte. »Mr. Baranoff, erzählen Sie uns von dem großartigen Verfahren, das von ...«, sie sah auf ihren Spickzettel, »Smith and Sons, Arming and Disposal, in Arizona entwickelt wurde«, flötete sie.

Der Amerikaner saß zurückgelehnt auf dem blauen Sofa, zusammen mit einem uralten weißhaarigen Mann in Militäruniform, der viele bunte Orden auf seiner Brust trug. Die Wand hinter ihnen schmückte ein Plakat, das ein Dorf in einer idyllischen Flußlandschaft zeigte, darüber die Aufschrift »Ugrjumow – Landkreis für Menschen«.

»Es handelt sich um das Maxwell-Collins-Verfahren, das nach dem START-II-Abkommen 1993 in unseren Labors entwickelt wurde«, begann der Amerikaner in perfektem Russisch, wenn auch mit einem winzigen Akzent, vorzutragen.

»Die Raketen werden in eine hermetische Feuerkammer geschoben. Diese Kammer ist fünfzig Meter lang, mit einem Querschnitt von sieben Metern. Darin wird der Raketentreibstoff in einem kontrollierten Vorgang verbrannt. Der Ausstoß von diesem Brennvorgang wird von sogenannten Schrubbern gereinigt, um alle Komponenten, die der Umwelt schaden könnten, herauszufiltern. Die Hülsen, die übrigbleiben, werden dann entsorgt. Was am Ende des Prozesses übrigbleibt, ist zweierlei: Aluminiumoxid und technische Salze. Diese kann man weiterverwenden, sie werden in Rußland vermarktet.«

»Wie viele Raketen wurden schon auf diese Weise erfolgreich vernichtet?«

»Etwa sechzig.«

»Über neunhundert Raketen sollen bis zum ...«, erneut sah sie in ihre Papiere, »31. Dezember 2002 demontiert und entsorgt werden. Einige davon wurden auch in Udmurtien produziert. Mit welchen Gefühlen, Iwan Timofejewitsch«, sie beugte sich zu dem kleinen alten Mann, der verloren in der Sofaecke hing, »mit welchen Gefühlen verfolgen Sie die Entscheidung unserer Regierung?« Der Mann stand auf und ging aus der Kamera heraus, die Moderatorin versuchte ihm durch ein heftiges Wedeln zu signalisieren, er möge sich an seinen Platz zurückbegeben, was er auch tat. Nun tauchte er wieder vor dem Sofa auf, setzte sich aber nicht, sondern hielt seine kleine, offenbar vorbereitete Rede im Stehen.

»Hier in Ischewsk habe ich im Krieg angefangen, mit einfachen Revolvern und Maschinengewehren. Ich sah, daß unsere Armee waffenlos war. Und es war schwer für unsere Soldaten, unsere Heimat zu verteidigen, und das tat mir sehr weh. Aus diesem Gefühl entstanden dann später meine besten Raketen, die SS-14, SS-15, SS-16 ... SS-17 und ... und die SS-20, SS-21, SS-22, SS-23, SS-24 ...

SS-25 und ... hier schweige ich ... und allen habe ich einen schönen Namen gegeben: Satana, Stiljet, Pionier, Topol, Osjotr, Skalpel, Skorpion ... Jetzt endlich kann ich darüber offen sprechen.«

Mit zufriedener Miene tat er es, und niemand schien ihn daran hindern zu wollen. »Wissen Sie, ich liebe auch die russische Literatur und den großen russischen Schriftsteller Nikolai Gogol. In seinem Roman ›Taras Bulba‹ sagt der einfache ukrainische Patriot Taras Bulba seinem Sohn: ›Ich habe dich gezeugt, und ich bringe dich um!‹ Und er tat es. Aber wissen Sie, ich freue mich, daß ich es nicht selber tun muß.« An dieser Stelle wurde seine hohe Greisenstimme zittrig, und eine große Träne rollte ihm aus dem linken Auge.

Die Moderatorin machte ein ratloses Gesicht. »Vielen Dank ... Vielen Dank, Iwan Timofejewitsch ...« Doch er war nicht zu bremsen.

»Und eigentlich, was ich noch sagen wollte: Wenn ich nicht, dem Gebot der Zeit folgend, diesen Beruf ergriffen hätte, dann hätte ich mich vielleicht ganz der Literatur verschrieben. Und jetzt«, seine Augen blitzten, und er fixierte den Amerikaner, »ein kleiner Hinweis für Menschen, die die Liebe zur Literatur mit mir teilen: Den fünften Band meiner Erinnerungen – ›Iwan Timofejewitschs Gespür für Raketen‹ – können Sie jetzt in den Buchhandlungen unserer Stadt kaufen.«

Der wichtige Mann aus dem Regierungsapparat wand sich auf seinem Stuhl hin und her, zwei andere begannen miteinander zu flüstern, nur der Amerikaner hörte interessiert zu.

Adelaida Tschugaj sah mit geröteten Wangen in die Runde: »Ich glaube, wir alle hier im Studio sind uns einig: Es ist gut, wenn Raketen vernichtet werden«, bemühte sie sich, den Faden wiederzuerlangen. »Was denken Mitbürger, einfache Mitbürger aus dem Kreis Ugrjumow, darüber, daß die Anlage auf ihrem Boden, zwischen den Dörfern Scharjat-Badja und Ustinowka, gebaut wird?« Sie lächelte gewinnend und sah zu dem Jüngsten in der Runde herüber. »Ich frage Sie als stellvertretenden Kreisbürgermeister von Ugrjumow.«

Das war es also, das Geheimnis von Scharjat-Badja. Katia lehnte sich in ihrem Sessel zurück und atmete tief aus. Aber was sollte schlecht daran sein, Waffen zu vernichten?

»Ja, wir sind auch froh.« Dieser Junge war offensichtlich zum ersten Mal im Fernsehen. »Ähm, wir ... wir bekommen Geld für die Bodennutzung, so daß wir Kanalisations- und Wasserleitungen legen können. Außerdem wird die Hauptverkehrsstraße von Ischewsk über Ugrjumow zu der Anlage ausgebaut. Und was uns allen besondere Freude bereitet: Der Präsident hat uns versprochen, daß wir unser lang geplantes Handwerkszentrum realisieren können.«

Es wurde weitergeredet, aber Katia konnte ihre Augen nicht von dem Amerikaner abwenden, der, wie ihr schien, das entspannte Lächeln eines Siegers nicht unterdrücken konnte.

»Sagen Sie, Natalia Iljinitschna«, sagte Katia entschlossen, als die Sendung zu Ende war, »meinen Sie, ich dürfte doch noch einen Tag länger bei Ihnen bleiben?«

52.

Mr. Baranoff ... Fanden Sie den auch so cool?«

Katia hatte beim Sender angerufen und nach Oleg Mitjajew gefragt. Jetzt schwärmte der Kameramann von dem Amerikaner, von seiner Körperhaltung angefangen bis zur Farbe seines Hemdes. »Haben Sie meine Kameraführung bemerkt? Ich habe ein bißchen Hollywood für ihn veranstaltet, ungewöhnliche Winkel, schnelle Schwenks ... Seine Telefonnummer ... Ja, warten Sie, ich muß Adelaida fragen. Es ist natürlich verboten, das wissen Sie doch. Es bleibt natürlich unter uns ...«

Katia notierte, wie sie ihn erreichen konnte. »Er wohnt im Hotel Italmas International in der Puschkinskaja-Straße.« Es war ihr erster Impuls gewesen, mit Baranoff zu sprechen, auch wenn sie selbst noch nicht wußte, was genau sie von ihm wollte.

»Was wissen Sie von ihm, Oleg?«

»Er ist eigentlich Russe, geboren in Moskau, 1962, als Mischa Baranow. Ist dann als Zehnjähriger mit seinen Eltern nach Amerika gegangen. Sein Vater soll ein bekannter Dissident gewesen sein.«

»Fanden Sie ihn sympathisch?«

»Eigentlich ganz in Ordnung, ein bißchen blutleer, vielleicht ist er Vegetarier. Entschuldigen Sie bitte, ich würde sehr gern weiter mit Ihnen plaudern, aber ich muß los, zur Gegenveranstaltung.«

»Was verstehen Sie darunter?« hakte Katia nach.

»Gegen den Bau der Fabrik. So eine Art Demonstration. Ich hab gerade einen Anruf bekommen.«

»Und Sie werden darüber berichten?«

Der Kameramann lachte. »Natürlich nicht. Es ist schließlich unsere Aufgabe, in der Wahlkampagne den Präsidenten zu unterstützen. Aber vielleicht findet sich ein Abnehmer für das Material, wer weiß.«

53.

Auf dem Zentralplatz hinter dem Opernhaus waren ein paar mehr Menschen als sonst. Die Leute sahen alle in dieselbe Richtung. Aber es war kein Jongleur und kein Sänger, der ihre Aufmerksamkeit auf sich zog, sondern eine Handvoll Menschen, die neben den Blumenrabatten eine kleine Protestkundgebung abhielten. Sie ging näher heran. Es waren fünf junge Leute, vier Männer und ein Mädchen mit Pferdeschwanz. Sie hielt ein Plakat hoch, auf dem mit dickem, rotem Filzstift geschrieben stand: »Njet fabfike ubijze!« – »Nein zu der mörderischen Fabrik!«

Katia starrte auf die schnell hingekritzelten großen Buchstaben. Mörderisch. Ein starkes Attribut. Da war also noch jemand, der ihre Überzeugung teilte, daß Sokolov, Wjatkin und Böhm nicht zufällig gestorben waren. Geradezu befriedigt atmete sie aus. Sie hatte also Mitstreiter. Aber was wußten sie? Sicher mehr als sie selber.

Zwei der Männer hielten eine aus schwarzem Karton gebastelte Rakete an ihren Flügeln hoch, einer schrieb etwas mit bunter Kreide auf den Asphalt, und der vierte, ein hübscher Junge mit schwarzem Lockenkopf und lustigen Augen, bearbeitete eine Trommel, zu deren Rhythmus die fünf skandierten: »Americans, go home. Eto nasch dom!« Das ist unser Haus. »Sie sind aber schnell«, hörte Katia jemand sagen. An ihrer Seite war Oleg, der seine Digitalkamera jetzt betont unauffällig auf die Zuschauer richtete.

Im Unterschied zu ihnen beiden hatte das Publikum offenbar keine Ahnung, worum es ging: bestimmt nicht die drei jungen Frauen mit den Kinderwagen, die immer wieder zu dem Trommler hinsahen und einander kichernd in die Seiten stießen. Nicht der Alte, der ihnen mit dem Finger drohte und kreischte: »Unter Stalin hätte es das nicht gegeben! Demonstriert, statt zu arbeiten, das Gesindel!« Und nicht der bullige Kerl mit dem roten, muskulösen Nacken, der sein Gesicht hinter einer dunklen Brille versteckte. Er kaute Sonnenblumenkerne und spuckte die Schalen auf den Boden. Die meisten warfen nur einen belustigten Blick auf das versprengte Grüppchen und gingen dann weiter. Die Akteure selber schienen sich zu bemühen, den aufkeimenden Defätismus zu unterdrücken und die Sache zu einem würdevollen Ende zu bringen. Eine eher hilflose Veranstaltung, fand Katia. Aber sie bewunderte den Mut der jungen Leute und ihre Spontaneität. Endlich passierte hier was. Endlich Menschen, die sich nicht mit Reden zufriedengaben.

»Supermaterial«, freute sich Oleg. »Russische Provinzjugend probt die Demokratie. Kennen Sie vielleicht jemand, der es kaufen möchte?«

»Vielleicht. Mal sehen.«

Sie trat zu den Demonstranten. Das Mädchen mit dem Pferdeschwanz. War das nicht Sokolovs Lieblingsstudentin? Wie hieß sie noch? Jelena. Auch sie erkannte die Deutsche jetzt und machte einen Schritt auf sie zu. Im gleichen Moment bekam Katia mit, daß etwas hinter ihrem Rücken vor sich ging. Sie drehte sich um und sah, wie ein Trupp von Milizbeamten in blauen Uniformen mit Schlagstöcken auf sie zugetrabt kam. Der Junge mit der Kreide in der Hand war aufgestanden und riß Jelena das Plakat aus der Hand. »Verschwinde!« zischte er ihr zu.

Katia nahm die widerstrebende Jelena beim Arm und führte sie durch das Spalier von Neugierigen.

»Ist er dein Freund?« fragte sie sie. »Warte, wir gehen nicht weit weg und sehen zu, was passiert.«

Zum Quartett geschrumpft, riefen die Studenten den Milizbeamten tapfer ihre Parolen ins Gesicht. Die Schlagstöcke kamen nicht zum Einsatz, aber zart wurden sie auch nicht behandelt. »Au, das tut weh!« Der Trommler schrie auf, als ihm sein Instrument weggerissen und dabei der Arm umgedreht wurde. Katia sah aus der Entfernung, wie Oleg in sicherem Abstand zu dem Geschehen seine Arbeit tat.

Dann war schon alles vorbei. Trommel, Plakat und Papprakete wurden als Beweismaterial beschlagnahmt, die vier in einen Bus geschoben, und der Wagen fuhr davon. Die Leute zerstreuten sich, nur eine Schar Tauben blieb auf dem Platz zurück.

54.

Ich muß zur Miliz«, sagte Jelena düster.

»Machst du dir Sorgen um deinen Freund?« fragte Katia.

»Sie zielen auf die Nieren, wußten Sie das? Es tut höllisch weh und hinterläßt keine Spuren.«

»Es sollten möglichst viele Leute von dieser Festnahme erfahren«, sagte Katia nachdenklich.

»Wieso meinen Sie das?«

»Man muß Öffentlichkeit herstellen. Ich habe meinen eigenen Raketensommer hinter mir, ist schon eine ganze Weile her. Das war allerdings in einem anderen Land.«

»Was schlagen Sie also vor?«

»Laß uns überlegen. Wir rufen erst die Eltern an ...«

»Aber bitte nicht meine«, sagte Jelena schnell. »Mein Vater liegt im Krankenhaus. Er darf sich nicht aufregen.«

»Na gut, dann ... Studiert ihr zusammen, ihr fünf?«

Das Mädchen nickte.

»Wir gehen zu Bulatow«, schlug Katia vor. »Er muß sich bei der Miliz für deine Freunde einsetzen.«

»Zu Bulatow – möchte ich nicht«, wandte Jelena schnell ein.

»Warum nicht? Es könnte ja immerhin sein, daß es dem Ansehen des Instituts schadet, wenn bekannt wird, daß seine Studenten demonstrieren gehen. Folglich wird er uns helfen.«

»Trotzdem.«

»Ist es wegen Sokolov? Die beiden hatten Streit, oder?«

»Woher wissen Sie das? Hat Bulatow Ihnen das erzählt? Sie wohnen doch bei ihm.«

»Nein. Ich weiß nichts Genaues darüber, aber es lag in der Luft. Auch du hast es in deiner Rede an Sokolovs Grab angedeutet.«

»Ja, stimmt.« Jelena nickte und zog eine Schachtel Zigaretten aus der Hosentasche. »Das ist eine lange Geschichte. Ich will versuchen, es kurz zu machen.«

Sie zündete sich die Zigarette an und rauchte.

»Also, Bulatow. Er ist wirklich ein bedeutender Volkskundler. Und er ist ein noch besserer Organisator. Das Institut betrachtet er als sein Lebenswerk. Alle nennen ihn ›den Paten‹. Dummerweise gibt es seit dem Zerfall der Sowjetunion immer weniger Geld für die Forschung. Und dann gibt es aber auch Leute, die richtig reich sind. Bulatow ist bei ihnen in die Schule gegangen und hat sich einen ziemlich raffinierten Plan ausgedacht: Alle Studenten dürfen Mäzene sein und beteiligen sich mit einer freiwilligen Spende am Wohlergehen des Instituts.«

Katia hustete. Alle taten alles aus freien Stücken in diesem Land: die Selbstmörder, die Geiseln und die Mäzene.

»In der Praxis hieß das«, fuhr das Mädchen fort, »man mußte pro Testat eine Gebühr zahlen. Für manche war das ziemlich viel Geld. Aber alle haben geschwiegen und gezahlt, sonst wären sie durchgefallen. Für manche haben die Eltern gezahlt, andere haben dafür gearbeitet. Es gab auch welche, die sind ständig zum Blutspenden gerannt, um das zu finanzieren. Bis einer umgefallen ist und mit einer schweren Anämie im Krankenhaus landete. Da haben wir beschlossen: So kann es nicht weitergehen. Wir sind dann zu Sokolov gegangen, der war einer der wenigen, die nicht Bescheid wußten. Da war es mit der Freundschaft zwischen den beiden aus. Sokolov haßte alles, was unsauber ist. Es gab einen Riesenkrach mit Bulatow. Ein Großteil der Studenten hat sich natürlich auf Sokolovs Seite gestellt, wir haben einen Brief geschrieben, und ich als Studentenvertreterin mußte ihn überreichen.«

»Du denkst aber nicht, daß Sokolovs Tod etwas damit zu tun hat?« fragte Katia.

»Sokolovs Tod? Nein!« Jelena sah Katia irritiert an. »Nein, auf keinen Fall.«

»Dann sollten wir jetzt doch Bulatow einschalten«, entschied Katia.

55.

Donaj sah schrecklich aus, unrasiert und übernächtigt. Kleidung, Haare, Gesicht, alles war mit Holzstaub und Spänen bedeckt. Immerhin: Offenbar war er bei der Arbeit. Katia war überrascht, vorhin am Telefon war er ihr völlig unzurechnungsfähig vorgekommen.

Sie hatte längere Zeit klopfen müssen, bis er die Tür geöffnet hatte. Da stand er jetzt mit den zwei durchgebrochenen Hälften eines dunklen Brotlaibs in den Händen und füllte den Rahmen ganz aus. Er kaute stumm. Nachdem er den Bissen heruntergeschluckt hatte, ließ er sie wissen: »Ich habe keine Zeit.« Sein Atem roch nach der unwiderstehlichen Mischung aus Wodka und Knoblauch.

»Ich bleibe nicht lange«, sagte sie bittend.

Er musterte sie einen Augenblick, dann machte er einen Schritt zur Seite und ließ sie wortlos eintreten.

Sie folgte ihm in die Werkstatt. Diesmal bot er ihr keine Arbeitsschuhe an. Nach einem kurzen Augenblick des Überlegens verschwand er in der Küche und kehrte mit einem dreibeinigen Schemel zurück, den er in einer Ecke des Raums abstellte. »Du kannst dich hierhersetzen«, sagte er, »aber bitte sprich mich nicht an.« Er nahm sein Werkzeug wieder zur Hand.

Es war eine Skulptur aus Holz, die er bearbeitete, ein menschlicher Torso vielleicht, eine schrecklich ungelenke und mißgestaltete Figur auf jeden Fall, mit einem viel zu kleinen, geduckten Kopf. Katia erkannte die Umrisse der Gestalt wieder, die sie bei ihrem ersten Besuch in einer Ecke entdeckt hatte, verborgen unter einem Tuch. Damals hatte sie sich vorgenommen, Donaj bei nächster Gelegenheit danach zu fragen. Aber jetzt wagte sie es nicht. Es war nicht zu übersehen, daß die Figur die Gesichtszüge ihres Schöpfers trug – ins Groteske verzerrt, aber doch unverkennbar. Es mußte ein schmerzhaftes Geheimnis sein, das damit verbunden war.

Donaj hatte ihre Faszination und ihr Erschrecken offensichtlich wahrgenommen.

»Das ist der Wotjak«, sagte er mit bitterem Lächeln. Er sah sie dabei nicht an. Wenn er reden wollte, dann durfte sie ihn jetzt nicht unterbrechen, dachte Katia. Aber sie mußte sich gedulden, bis der nächste Satz kam. »Ich beschäftige mich schon lange damit. Aber ich kann es nicht zu Ende bringen.«

Er seufzte. »Immer wenn ich daran arbeite, bin ich am nächsten Tag krank. Es tut zu weh.«

Katias Impuls war es, aufzustehen und ihn zu umarmen, aber er ließ es nicht zu.

»Bleib, wo du bist«, sagte er leise, aber mit Nachdruck. »Wotjak, es ist ein Schimpfwort, wie du weißt. Und wir haben es auch verdient. Weil wir uns jeden Tag aufs neue selbst verraten. Wenn wir aus den Dörfern in die Stadt kommen, lassen wir unseren Stolz und unsere Selbstachtung zurück. Wir schämen uns, Udmurten zu sein. Wir vermeiden es, unsere Sprache öffentlich zu sprechen. Wir geben unseren Kindern russische Namen ...«

»Was redest du da. Du bist betrunken!« widersprach Katia ihm energisch. Was für ein Kontrast war das zwischen dem Mann, den sie da reden hörte, und demjenigen, den sie auf dem Land erlebt hatte.

Der Bildhauer beachtete sie nicht weiter. »Es ist viel schlechter, Udmurte zu sein als Jude«, fuhr er beharrlich fort. »Wenn du Jude bist, mögen dich nicht alle, aber sie akzeptieren, daß Juden reich und klug und talentiert sind. Wenn du Udmurte bist, bist du ein Nichts! Es ist eine peinliche Angelegenheit, als hättest du eine Sünde zu verstecken, eine Sünde, die nicht abzuwaschen und nicht zu verzeihen ist. Mit diesem Makel sind wir geboren, und damit sterben wir.«

Aus ihrem Verhalten allein, mochte es auch noch so verletzend gewesen sein, war seine Verfassung nicht zu erklären, entschied Katia.

»Was ist denn nur los mit dir?« versuchte sie es noch einmal.

»Aha. Gestern abend hat mich mein Sohn angerufen. Er hat mich eingeladen. Zu seiner Taufe am nächsten Samstag in der Aleksandr-Newskij-Kathedrale. Seine Mutter wollte das schon immer. Jetzt hat sie ihn soweit. Und ich kann nichts dagegen tun.« Er nahm den Hammer und versetzte dem Tisch einen wütenden Schlag. »Man kann nicht Udmurte und Christ gleichzeitig sein. Viele versuchen es, aber dann sitzen sie zwischen zwei Stühlen, als ein Zwitterwesen, ein bißchen Christ, ein bißchen Heide. Es ist eine Lüge, eine doppelte Moral, und auf die Dauer zerstört es uns, macht aus uns Idioten. Und jetzt soll auch mein Sohn einer von denen werden, die weder Fisch noch Fleisch sind!«

»Aber das ist doch nur ein formaler Akt, so eine Taufe. Du legst da bestimmt zuviel hinein. Du hast mir doch erzählt, wie gern der Junge mit dir in der Natur ist.« Katia erinnerte sich mit Scham, daß sie ihm kaum zugehört hatte, als von dem Kind die Rede gewesen war.

»Ach, ich weiß nicht, für mich ist das wie eine zweite Trennung. Da wird eine Wand aufgerichtet zwischen mir und meinem leiblichen Sohn. Ich kann nicht in eine christliche Kirche. Da ist eine Enge um mich herum, diese Decke mit den aufgemalten Wolken und dieses Gold und diese Popen mit ihren prächtigen Gewändern. Ich kann das nicht ertragen.«

»Ich kann mir das vorstellen«, antwortete Katia. »Andererseits: Bist du es nicht, der den Zaun errichtet? In Europa ist das Nebeneinander von Christentum und heidnischen Relikten seit vielen Jahrhunderten geübte Praxis. Und gerade heute gibt es wieder viele Leute, die an die heidnischen Wurzeln anknüpfen: Frauen, die Hexen sein wollen und üben, im Mondzyklus zu menstruieren, Männer, die glauben, durch das Rauchen von Giftpilzen mit den Geistern in Kontakt treten zu können.« Sie merkte nicht, mit welchem Eifer sie sich von seinem Thema entfernte. »Wenn du willst, kann ich dir sofort eine Stelle an einer x-beliebigen deutschen Volkshochschule besorgen. Wenn man in Deutschland erführe, daß in Udmurtien noch gelebtes Heidentum existiert, dann würde das den Fremdenverkehr in eurem Land außerordentlich beleben!« schloß sie mit der üblichen Verachtung der Deutschen für ihr eigenes Land.

»Aha. Du verstehst mich nicht«, sagte er müde. »Das ist dein Problem. Du suchst das Ursprüngliche, aber dann wird es dir lästig – wie ein Plumpsklo in einem hübschen udmurtischen Dorf. Du hast deine westliche Brille auf, und danach beurteilst du alles.«

»Niemand kann seine Brille zu Hause lassen«, sagte Katia verletzt und holte aus zu einem Vortrag über den hermeneutischen Zirkel, aber dann hielt sie mitten im Satz inne.

»Was wolltest du eigentlich von mir, als du mich eingeladen hast, mit dir aufs Land zu kommen?« fragte sie ihn. »Ich und das, wofür ich stehe, das ist dir doch erst recht lästig. Du hast deine Sichtweise, und nichts darf dich in deinem Leiden stören. Dein Problem ist, daß du in der Trauer um die Vergangenheit steckenbleibst. Gerade jetzt, ein paar Straßen weiter, hat eine Handvoll junger Leute gegen die Fabrik demonstriert, die in deinem Heimatdorf gebaut werden soll. Warum sie und nicht du? Warum drückst du dich, wenn es darum geht, öffentlich für etwas einzustehen?«

»Aha. Was für ein schönes Kleid du heute trägst.« Donaj sah sie an. »Du hast bestimmt gut ausgesehen unter den Demonstranten«, sagte er versonnen. »Aber jetzt laß mich bitte allein. Ich muß arbeiten.«

»Mich und dieses Kleid siehst du zum letzten Mal«, sagte Katia zornig und verließ die Werkstatt.

56.

Das Institut für udmurtische Philologie war in einem ansehnlichen Rotklinkerbau aus der Stalin-Ära untergebracht. Die Kühle, die Katia im Treppenhaus spürte, tat ihren überreizten Nerven gut. Als sie an der Toilette vorbeikam, nutzte sie die Gelegenheit, einen Blick in den Spiegel zu werfen. Schrecklich sah sie aus. Eilig beseitigte sie die Tränenspuren mit kaltem Wasser und einem Papiertuch.

Im Haus roch es nach frischer Farbe. Am Ende des langen Gangs im zweiten Stock bemerkte sie zwei Frauen in weißer Arbeitskleidung, die mit Malerarbeiten beschäftigt waren.

»Jelena Sujewa?« Die sei noch da, erklärte ihr Bulatows Sekretärin, eine gepflegte ältere Dame, deren rundliche Formen an Natalia Iljinitschna erinnerten. Ohne weitere Umstände ließ sie Katia zum Büro ihres Chefs durch. Als sie die Tür vor ihr öffnete, legte sie den Finger auf den Mund.

Bulatow telefonierte. »Aber ja, Nikolaj Nikolajewitsch, ich bin völlig Ihrer Meinung. Das dürfen wir nicht dulden«, hörte Katia ihn in beschwichtigendem Ton sagen. Sie schob sich geräuschlos an der Garderobe vorbei und nahm auf dem Stuhl neben Jelena Platz, den Bulatow ihr mit einer Handbewegung angeboten hatte.

Mit gerötetem Gesicht saß er hinter seinem Schreibtisch von den Ausmaßen einer Tischtennisplatte. Das Jackett hatte er ausgezogen und über die Rückenlehne seines Ledersessels gehängt. Unter den Achseln seines weißen Hemds bemerkte Katia kreisrunde Schweißflecken.

»Aber letzten Endes sind es doch nur Kinderstreiche. Sie kennen doch die heutige Jugend.« Seine Stimme wurde warm und väterlich, dabei warf er einen strengen Blick auf Jelena, die fröstelnd auf ihrem Stuhl kauerte. »Sie fühlen sich wie in Amsterdam, bei dieser Hitze! Bald fangen sie an, Hanf in Brötchen zu stecken. – Doch,

doch, so macht man das in Holland, ich war dort, Sie können mir glauben! – Ob ich das probiert habe? Na ja, ich mußte, es wäre unhöflich gewesen, wenn ich abgelehnt hätte. – Natürlich werden wir unsere Maßnahmen ergreifen, da können Sie sicher sein – jawohl – ja, auf Wiederhören.«

Er legte den Hörer auf und sah siegesgewiß drein. »Und jetzt die nächste Bastion«, raunte er Katia zu, während er die Nummer eintippte, »mit dem stellvertretenden Wirtschaftsminister bin ich zur Schule gegangen. Aber bitte bedienen Sie sich doch.« Er wies auf das goldgeränderte Teeservice auf dem Beistelltisch. Die sorgsam auf einem Teller angerichteten Kekse dufteten verführerisch und sahen aus wie selbst gebacken. Katia nahm sich eine Tasse Tee und bot auch Jelena eine an. Die lehnte mit einer schroffen Geste ab.

»Wanja, mein lieber Freund!« tönte Bulatow. »Ich gratuliere dir. Das war absolut dein Verdienst – doch, doch, ich weiß das –, das Geld haben wir dringend nötig. Und die Arbeitsplätze auch. Ich sage immer zu Natalia: Mit Iwan Petrowitsch wird sich alles zum Guten wenden! – Da ist eine kleine Sache, die ich gern mit dir bereden möchte. Aber, Iwan Petrowitsch, vergessen wir nicht: So radikal wie früher dürfen wir uns nicht verhalten. Die ganze Welt schaut auf uns. Wir haben einen erfolgreichen internationalen Kongreß hinter uns. Und manche ausländischen Gäste sind immer noch da ...« Er sah Katia an und blinzelte ihr zu. »*Was* hast du heute bekommen? Einen Brief von der Aktionsgruppe ›Njet!‹? – Aha. – Einen Augenblick, bitte.« Er hielt den Hörer zu und wandte sich an Jelena: »Haben Sie einen Brief verschickt mit der Aufforderung: Verbrennt die Raketen in eurem eigenen Vorgarten?« Jelena nickte achselzuckend.

»Natürlich nicht!« Bulatows Stimme klang entrüstet.

Katia betrachtete das Ölgemälde an der Wand, es zeigte den udmurtischen Helden und Jäger Idna-Batyr im Kampf mit der mehrköpfigen Hydra. An seinen goldenen Schneeschuhen, *zarni kuas*, die sorgfältig an einen entlaubten Baum gestellt waren, hatte sie ihn erkannt. Zarni kuas. Warum speicherte das Hirn solche nebensächlichen Worte?

»Aber weißt du, Wanja, es ist auch nicht ungefährlich«, ging das Gespräch weiter. »Stell dir vor: In fünf Jahren kommen diese Jungs aus dem Gefängnis und bringen uns um. Ich stehe für die friedliche Lösung. Vielleicht eine Geldstrafe, zu gemeinnützigen Zwecken. – Ich verlasse mich auf dich.«

Er legte auf und wandte sich mit liebenswürdigem Lächeln an Katia.

»Vielen Dank, daß Sie die junge Dame da gleich zu mir geschickt haben. Sie haben dem Institut einen großen Dienst erwiesen. Wir werden die Jungs herausbekommen, schon heute, davon bin ich überzeugt.«

»Ich bewundere Ihr diplomatisches Geschick«, sagte sie mit einer leichten Neigung des Kopfes.

»Aber jetzt würde ich gern von Ihnen erfahren, Jelena«, Bulatow fixierte die Studentin, und sein Ton wurde kalt, »was in drei Teufels Namen wollten Sie mit diesem Brief? Ausgerechnet Sie als Sproß einer angesehenen Erfinderfamilie! Was haben Sie gegen die geplante Anlage?«

Katia sah dem Mädchen an, daß sie längst auf und davon wäre, wenn es hier nicht um ihre Freunde ginge. Ihr Gesicht zeigte eine nur schlecht unterdrückte Verachtung. Sie richtete sich auf.

»Ich danke Ihnen, daß Sie uns geholfen haben, Professor Bulatow. Ich sehe ein, daß ich Ihnen eine Antwort schuldig bin. Außerdem sollen es möglichst viele Leute erfahren: Diese Anlage wird unser ganzes Land vergiften.« Katia hielt den Atem an.

»W-wie bitte? Wie kommen Sie auf eine so absurde Idee?« Bulatow sah verwirrt aus.

»Professor Sokolov war nicht der Meinung, daß es eine absurde Idee ist. Vermutlich ist er deshalb jetzt tot.«

»Hat er euch Kinder da hineingezogen? Schöner Vertrauensbeweis.«

Jelena sah zornig aus. »Ist man erst erwachsen, wenn man nicht mehr den Mut hat zum Kämpfen? Professor Sokolov hat uns ernst genommen. Er hat uns gesagt, daß es die Studenten waren, von denen die großen Veränderungen im Westen ausgegangen sind. Aber in diese Sache hat er uns nicht einbezogen. Leider«, betonte sie. »Wir haben erst später davon erfahren, nach der Beerdigung. Und zwar durch ein Dossier, das uns – in die Hände gefallen ist.«

»Was für ein Dossier?« staunte Katia.

»Eigentlich war es für Professor Sokolov bestimmt. Es ist das Gutachten eines Experten für chemische Sicherheit. Ich verstehe es nicht ganz, aber soviel ist klar: Es geht um gefährliche Stoffe.«

Bulatow hatte sich wieder gefangen. »Ah-bah, das ist doch unmöglich«, sagte er wegwerfend. »Sie wissen doch, es wird heute alles so genau überprüft. Bestimmt wurde eine technische Expertise verlangt. Schließlich haben wir jetzt sogar schon eine grüne Bewegung in Udmurtien und eine Stelle für Ingenieursökologie an der technischen Universität«, bemerkte er in Katias Richtung. »Nein, also, an diese angeblichen Gefahren glaube ich nicht. Und wir wollen auch nicht vergessen, was für eine ausgesprochen positive Sache dieser Bau für unser Land ist.« Er schüttelte den Kopf. »Ach, Sokolov! Er hatte wirklich Phantasie für drei.«

Phantasie. Die hatte vor allem der Maler der farbenprächtigen Kampfszene bewiesen, dachte Katia. Idna-Batyr mit der Hydra, das war eindeutig gegen die Überlieferung.

Idna-Batyr war nämlich der einzige ihr bekannte Held, der sein Heil eben nicht im Kampf gesucht hatte, sondern in der Flucht – mit Hilfe der goldenen Schneeschuhe.

57.

So wie aus der Tabelle 3 folgt, gehören 85% aller russischen RDTT, die demontiert werden sollen, was etwa 62% der Gesamtmasse TRT ausmacht, zu dem Typus TRT – Variante II (oder Klasse 1.3).« Katia nickte erfreut. »Dieser Satz klingt erfrischend.« Je weiter sie sich in Berensteins zwanzigseitige Analyse des Verfahrens der Firma Smith & Sons, Arming & Disposal (USA), zur Entsorgung russischer Feststoffraketen vertiefte, desto mehr wünschte sie sich, den Autor der Studie persönlich zu sprechen, denn nur er würde ihr erklären können, worum es ging. Ob Sokolov diese ganzen Tabellen verstanden hatte?

Sie saßen auf buntbezogenen Kissen, Sitzmöbel gab es keine in Jelenas Zimmer.

Katia hatte sich durch zwölf Tabellen und lange Reihen von Formeln durchgekämpft.

»Sehen Sie: Hier werden die Tests analysiert, die die Amerikaner gemacht haben«, versuchte Jelena ihr zu erklären, »und hier sind die unterschiedlichen Treibstoffarten aufgelistet.«

»Ich kann mir unter einer Feststoffrakete wenig vorstellen«, sagte Katia. »Hat denn so eine Rakete keinen Benzintank wie ein Auto?«

»Nein, man unterscheidet zwischen Raketen mit flüssigem und festen Treibstoff. Bei der Feststoffrakete ist der Treibstoff Bestandteil des Triebwerks.«

»Wie funktioniert das?«

»Na ja, soweit ich weiß, sind es spezielle Treibstoffe in fester oder pastoser Form, die in der Brennkammer untergebracht sind. Man kann sie nicht herauslassen oder herausnehmen, man muß sie zusammen mit den übrigen Bestandteilen entsorgen.«

»Alle Achtung«, sagte Katia anerkennend.

»Mein Freund weiß über so etwas Bescheid«, erklärte Jelena.

Auch sie hatte Mühe, sich in dem Wust der Daten zurechtzufinden. »Aus der Tabelle 10 wird gefolgert, daß sich die größten Schwierigkeiten bei der Verbrennung des Typs TRT Variant 2 ergeben, die eine besonders hohe Verbrennungstemperatur haben, was wiederum den Luftdruck in der Verbrennungskammer beeinflußt, so daß die Gase, die beim Verbrennungsprozeß entstehen, eine gefährlich hohe Strömungsgeschwindigkeit entwickeln, was das Havarierisiko steigert«, las sie laut vor, als werde der Satz dadurch klarer. Sie sah auf. »Und dieser Zyanwasserstoff, der sich dann in den Abgasen befindet, der macht die ökologische Gefahr aus.«

Zyan. Katia wußte nur von Zyankali. Chemie war in der Schule nicht ihr stärkstes Fach gewesen.

Allerdings war sie Wissenschaftlerin genug, um zu wissen: Der vage Schrecken, den ihr der Name der chemischen Verbindung versetzt hatte, reichte als Argument nicht aus. Verdammt, warum hatte sie nur ihr Handy verloren!

Sie wandte sich an die Studentin: »Ihr seid doch alle Philologen. Wie habt ihr euch schlau gemacht, um das hier zu verstehen?«

»Wir wissen nur, daß es um ein gefährliches Verfahren geht. Wenn die Sache unglaubwürdig wäre, hätte Sokolov sie nicht so ernst genommen.« Jelena stand auf und öffnete beide Fensterflügel weit. Dann zündete sie sich eine Zigarette an, setzte sich auf die Fensterbank und blies den Rauch nach draußen.

Katia sah sich in dem Zimmer um. Die Einrichtung stand im Kontrast zu dem, was sie mit einem Blick von der elterlichen Wohnung erfaßt hatte: die dicken Teppiche, die Sitzgarnitur mit Schonbezügen, die alten Jagdwaffen an den Wänden, die roten Nelken in Kristallvasen, kurz: den Wohlstand arrivierter Sowjetbürger. Jelenas Zimmer war weiß gestrichen und sparsam möbliert mit Möbeln, die offenbar selbst gebaut waren.

Der Schreibtisch hatte die Form eines Fragezeichens, dessen Punkt als Computertisch fungierte. Die ungerahmten Graphiken an den Wänden stammten offenbar alle von ein und derselben Hand. Die Linienführung erinnerte Katia an Aubrey Beardsley, aber der Ausdruck war weniger sinnlich als spirituell. Ihr Auge blieb an einem Bild hängen, das mehrere ineinander verschlungene Ellipsen zeigte, darüber schwebten zwei stilisierte Gesichter, die auseinanderstrebenden Linien zugeordnet waren. Das Bild hieß: *Otschuschdenije.*

»Die Entfremdung«, sagte Jelena, die Katias Blick bemerkt hatte: »Gefällt es Ihnen?« Katias Gedanken wanderten zu Donaj. Es tat weh. »Ehrlich gesagt, nein – das heißt: Es ist gut, nur …«

»Ich mag es«, sagte Jelena ernsthaft, »es ist ein ehrliches Bild. Ich sehe darin meinen Vater und mich. Er war immer ein Vorbild für mich, wissen Sie. Als Waffenkonstrukteur ist er ziemlich berühmt, er hat den Automat Su12b entwickelt. Man hat ihn eine ›schlaue Waffe‹ genannt, sie war anspruchsvoller und viel genauer als die Kalaschnikow. Ich habe meinen Vater sehr bewundert – bis ich vierzehn war. Da habe ich begriffen, daß Waffen gemacht werden, um Menschen zu töten. Es dauerte lange, bis ich diese Vorstellung zulassen konnte, denn so denkt man nicht in dieser Stadt. Ich habe meinen Vater gefragt: Was empfindest du, wenn du Fernsehbilder von Leichen in Kriegsgebieten siehst? Stellst du dir vor: Diese Menschen sind mit Waffen getötet worden, die ich konstruiert habe? Mein Vater sagte: Daran denke ich nicht, wenn ich ein neues Gewehr entwickle, dann habe ich nur die technische Perfektion im Kopf, und später dann, in der Erprobungsphase, zielen wir ja nur auf weiße Scheiben aus Papier. Ich habe begriffen, daß er an technischen Lösungen arbeitet, und nichts weiter. Wie kann man einen Menschen verehren, der ein so eingeschränktes Denken hat?«

»Und jetzt, warum liegt er im Krankenhaus?« erkundigte sich Katia.

»Herzprobleme.«

»Vielleicht beschäftigt er sich doch mehr mit den Konsequenzen seines Tuns, als du denkst …«

»Mag sein, aber das gibt er nicht zu, auch vor sich selber nicht. Für ihn ist das Herz nur eine Pumpe«, sagte Jelena bitter, »und ich hoffe nur, daß die Ärzte genauso verdammt gute Techniker sind wie er selbst.« Sie schluckte. »Was ich eigentlich sagen wollte: Ich weiß, wie Menschen denken, die an technischen Verfahren arbeiten, ganz gleich, ob es Waffen sind oder Anlagen zur Beseitigung von Waffen. Der Mensch zählt in ihren Berechnungen nicht.«

58.

Die Aufgeschlossenheit gegenüber technischen Innovationen in Jelenas Elternhaus hatte unbedingt ihre Vorteile, fand Katia. Zum Beispiel, weil man dort über ein schnurloses Telefon verfügte, das ihr die Möglichkeit gab, in Ruhe zu telefonieren.

»Dein Liebhaber ist aber gar nicht nett«, sagte Olga vorwurfsvoll. »Er hat mich mit einem Wort bedacht ... Ich kann es dir gar nicht sagen, Ignat ist in der Nähe.«

»Mein Liebhaber?«

Olgas Stimme klang unverhüllt neugierig. »Katia, kann es sein, daß er ein Trinker ist?«

»Schon möglich.« Katia war zu verdutzt, um wegen dieser Unterstellung beleidigt zu sein. »Aber woher weißt du ...?«

Jetzt war Olga sehr vorsichtig mit ihrer Freundin. »Und – kann es auch sein, daß er doch kein Bildhauer ist?«

»Wie kein Bildhauer?«

»Wie kein Bildhauer?« Olga wurde streng. »Er hat mir alles über sich bereitwillig erzählt. Daß er die Schule abgebrochen hat. Und dann die Sache mit seiner Frau ...«

Katia schnappte laut nach Luft. »Welche Sache?«

»Na, weswegen er im Gefängnis gesessen hat! Nun stell dich doch nicht so dumm!« schrie sie fast ins Telefon. »Wie kannst du bloß mit einem Zuhälter! Und übrigens heißt er nicht Donaj, sondern Boris Borissowitsch, geboren 1939 in Magnitogorsk! Und last but not least: Er ist ebensowenig Udmurte wie du und ich!«

Einen Moment lang herrschte Funkstille. Dann kam Katia die Erleuchtung:

»O mein Gott, ich verstehe!« Sie schlug sich vor die Stirn. Dann mußte sie lachen. »Ich verstehe! Der Kerl von der Parkbank! Der Säufer! Und ich habe wie eine Blöde mein Handy gesucht ...«

Sie klärte Olga auf. Dann sagte ihr Olga, warum sie auf Katias Handy angerufen hatte. Es ging um Sergej Berenstein. Er war endlich von seiner Dienstreise zurückgekehrt und erwartete ihren Anruf.

Man kam sehr schnell zur Sache. Katia hatte das Telefon auf Mithören gestellt. Berensteins Stimme klang selbstsicher und unterkühlt. Er schien keine Bedenken zu haben, sich am Telefon zu einer so heiklen Sache zu äußern. Wahrscheinlich war er es gewohnt, sich Feinde zu machen, mutmaßte Katia.

»Haben Sie nicht verstehen können, daß es um den Octogengehalt und die Perchlorate in den russischen Treibstoffen geht?« fragte er überrascht. »Ich habe es doch sehr eingängig formuliert. Auf jeden Fall: Darauf basiert die ganze Kette meiner weiteren Überlegungen.« Katia nahm sich vor, sich von der wissenschaftlichen Arroganz ihres Gesprächspartners nicht beeindrucken zu lassen. »In Rußland und in den USA werden unterschiedliche Treibstofftypen verwendet«, fuhr er fort. »Die Kommission, die die ökologische Expertise zu diesem Projekt abzugeben hatte, war nicht darüber informiert, wie die Treibstoffe zusammengesetzt waren. Die Experten wußten nicht, was genau verbrannt werden soll, und so haben sie das fast blind unterschrieben. Nachdem unser gemeinsamer Freund ...«, er vermied es aber doch, Namen zu nennen, »... mich auf das Problem aufmerksam gemacht hatte, habe ich meine Informationsquellen genutzt. Dabei hat sich herausgestellt: Bei der Verbrennung des Materials, um das es in diesem Fall geht, werden gefährliche Stoffe wie Dioxine und Zyanwasserstoff freigesetzt. Der Begriff Blausäure ist Ihnen vielleicht geläufiger, eine farblose, aber äußerst giftige Flüssigkeit von charakteristischem Geruch. Diesen Prozeß nachzuvollziehen, ist übrigens nicht schwer, jeder Chemiker könnte das herausfinden.«

»Dioxin. Das ist mir ein Begriff«, nickte Katia.

»Dann wissen Sie sicher auch, daß es das übelste unter den synthetischen Giften ist. Das Schlimme daran ist, daß es stabile Verbindungen sind, die das Erbgut nachhaltig schädigen.«

»Und die Amerikaner, wissen sie, was für ein Risiko sie da eingehen?«

»Ich will das nicht behaupten. Man hat das Verfahren in einer Versuchsanlage in Nevada getestet, dabei wurden achtzehn Raketen in fünf Jahren verschrottet. Aber als es dann darum ging, die Fabrik zu bauen, hat man festgestellt, daß in dieser Wüste eine seltene Schildkrötenart lebt. Daraufhin hat man von dem Vorhaben wieder Abstand genommen.«

Katia ging ein Licht auf. Das waren die Schildkröten, die in den E-Mails erwähnt wurden.

»Es ist wirklich ein unglaubliches Abenteuer, auf das man sich da einlassen will«, betonte Berenstein. »Mitten in einem dichtbesiedelten Gebiet werden die Tests jetzt fortgesetzt, um die amerikanische Technologie zu perfektionieren.«

»Warum hat man ausgerechnet Udmurtien als Standort ausgewählt?«

»Ein Teil der Raketen, um die es geht, wurde in Udmurtien produziert, vielleicht deshalb. Außerdem: Die Region braucht Geld, deshalb hat man wohl damit gerechnet, daß es keinen Widerstand gibt. In der Nähe von Moskau oder anderen großen Städten gibt es grüne Bewegungen, die das nicht so leicht akzeptieren würden.«

»Aber kann man denn gar nichts mehr tun? Ist alles schon beschlossene Sache?«

»Wenn sich in der Region selbst kein Widerstand regt, sehe ich schwarz«, sagte Berenstein. »Deswegen ist es so – tragisch, daß die entscheidenden Leute, die das hätten organisieren können, so plötzlich ... gestorben sind. Aber jetzt ist immerhin über das Projekt schon öffentlich geredet worden. Damit hat man auch die Chance, Leute zu mobilisieren. Zum Beispiel sieht die russische Verfassung die Möglichkeit eines Referendums vor.«

»Angenommen, hier in Udmurtien fänden sich Leute, die so etwas auf die Beine stellen möchten, woher wissen sie, wie man so etwas anstellen muß?«

»Sie können sich an unsere ›Stiftung Grünes Haus‹ wenden. Die bietet für solche Fälle logistische und finanzielle Hilfen an.«

Katia kritzelte den Namen in ihr Notizbüchlein. »Ein Volksbegehren gegen die Abrüstung«, sagte sie nachdenklich. »Das klingt paradox für meine Ohren.«

»Wohl wahr. Aber unser Ziel muß es sein, die Anlagen, in denen man das bewerkstelligt, so sicher wie möglich zu machen. Dazu brauchen wir mehr Tests und eine optimale Technologie. Außerdem gibt es geeignetere Standorte. Warum baut man so eine Anlage nicht in der unbewohnten Steppe? In der Nähe der Raketenabschußrampe Kapustin Jar zum Beispiel. Da ist der Boden sowieso schon verseucht!«

Nachdem Katia den Hörer aus der Hand gelegt hatte, stand sie auf und reckte sich. Einen Augenblick lang sah sie stumm zum Fenster hinaus. Dann drehte sie sich um und sah Jelena prüfend an.

»Und?«

Bevor das Mädchen etwas sagen konnte, klingelte es an der Wohnungstür.

Wenig später kam Jelena mit dem großen, sommersprossigen Jungen zurück, den Katia schon von der Demonstration her kannte. »Das ist Jurij.«

Sie sahen sehr verliebt aus, bemerkte Katia neidisch.

»Das *war* Jurij, wenn ich nicht ganz schnell was zu essen bekomme«, stöhnte er. »Sie haben uns nichts gegeben, nicht mal Wasser und Brot!« Er sah müde aus, aber unversehrt. Seine Hosen schlabberten um die schmalen Hüften.

»Vielen Dank, daß Sie sich um Jelena gekümmert haben«, sagte er wohlerzogen.

Katia nickte. »Deine schöne Kreidezeichnung hat den Milizeinsatz leider nicht überdauert. Ich konnte nicht mal lesen, was du geschrieben hast.«

»›Wir wollen nicht auf der Müllkippe leben‹, sollte da stehen. Leider bin ich nicht fertig geworden. Diese Kreide bringt es nicht. Das nächste Mal kaufe ich mir eine Spraydose.«

»Nächstes Mal?« fragte Katia.

»Klar. Wir treffen uns morgen nachmittag. Dann besprechen wir, wie es weitergehen soll. Hier bei dir in der Wohnung übrigens«, sagte Jurij und fixierte Jelena, die mit einem Riesentablett aus der Küche kam. »Ist ja interessant«, sagte sie und runzelte die Stirn.

Katia entschloß sich zur sofortigen Flucht. Ihr Bedarf an Krisengesprächen war für heute gedeckt.

59.

Vor dem hellblau-weißen Wappen der Stadt Ischewsk langweilte sich der Nachtportier des Hotels Italmas International. »Ich würde gern mit Mr. Baranoff sprechen«, verlangte Katia. Der Mann warf einen prüfenden Blick auf die Besucherin, nickte und griff zum Telefonhörer. Auf dem Wappen waren ein Pfeil, eine Kneifzange und ein Vogelbeerzweig arrangiert. Katia begriff, daß sie die freundliche Koexistenz von Waffenindustrie, Handwerk und Natur vorstellen sollten.

»Mr. Baranoff ist auf Zimmer Nr. 9. Er bittet Sie, heraufzukommen«, teilte ihr der Nachtportier sehr distinguiert mit.

Sie hatte nicht unbedingt damit gerechnet, ihn tatsächlich anzutreffen. Desto besser. Dann wäre dies der Tag der Klärungen. Russisch oder Englisch? Als sie die Stufen aus nachgemachtem Marmor zum ersten Stock hochstieg und darüber nachdachte, in welcher Sprache sie mit Baranoff reden sollte, hörte sie die Musik. Klaviermusik. Sie kam aus Nummer neun direkt gegenüber dem Treppenabsatz. Katia lauschte. Es war etwas, was sie kannte, aber es fiel ihr nicht gleich ein, was es war: Mozart, ja, aber so hatte sie ihn noch nie gehört. Ein Mozart des zwanzigsten Jahrhunderts, atemberaubend, voller Brüche und Kanten, aber ohne daß die entrückte Schönheit dieser Musik preisgegeben wäre. Sie klopfte an die Tür.

Baranoff empfing sie mit dem entspannten Gesichtsausdruck, den er schon in der Fernsehrunde präsentiert hatte. Er war in T-Shirt und Bermuda-Shorts.

»I have come to congratulate you for today's morning TV-show«, sagte sie im munteren Ton eines Cheerleader-Girls.

»Danke schön«, verbeugte er sich. »Aber lassen Sie uns doch in der Sprache unseres Gastlands bleiben.«

Es war ein riesiges Zimmer, in das er sie hereinbat. Der Zustand des beigen Teppichbodens und der furnierten Möbel ließ eine baldige Renovierung wünschenswert erscheinen. Über das Bett war eine roséfarbene Rüschendecke ausgebreitet. Neben der geöffneten Badezimmertür stand ein emaillierter Wassereimer, in dem ein Tauchsieder steckte. Anscheinend war auch hier, im teuersten Hotel am Platz, die Warmwasserversorgung in der Sommersaison unterbrochen.

Die kleine mobile Büroeinheit dagegen war auf dem allerneuesten technischen Stand. Der Laptop war eingeschaltet, bunte Linien pulsierten auf dem Bildschirm. Aus zwei transportablen, aber hocheffizienten Lautsprechern tönte die hypnotisierende Klaviermusik.

Katia hätte zu gern gewußt, wer da spielte, aber sie verkniff sich die Frage.

»Ich würde gerne mit Ihnen über das Bauvorhaben sprechen«, erklärte sie statt dessen. »Zufällig habe ich nämlich erfahren, daß das eine ziemlich gefährliche Sache ist. Ich bin übrigens nicht die einzige, die das weiß. Heute nachmittag hat hier in der Stadt eine Demonstration grüner Aktivisten stattgefunden ...«

»Eine beeindruckende Veranstaltung«, grinste der Amerikaner, »mit fünf Leuten.«

Er tippte auf eine Taste seines Computers, und Katia sah sich selbst. »In Ihrem Kleid waren Sie ein Blickfang unter den Leuten auf dem Platz neben der Oper.«

»Woher haben Sie das?«

»Einer unserer Mitarbeiter hat die Aufnahmen von einem Kameramann gekauft, an Ort und Stelle für zweihundert Grüne, *seljenych*, wie die Russen sagen. Vor fünf Minuten habe ich sie nach Moskau geschickt, an unsere zentrale Niederlassung.«

»Und warum tun Sie das?«

»Ich bin gewohnt, meinen Job gut zu machen.«

»Gehört Mord auch zu Ihrem Job?« fragte Katia furchtlos.

Baranoff sah sie erstaunt an. Dann erschien ein dünnes Lächeln auf seinem Gesicht. »Ich glaube, Sie irren sich. Hören Sie, ich wollte gerade essen gehen. Vielleicht haben Sie Lust, mich zu begleiten. Dabei können wir über alles sprechen.«

Das Essen war wirklich gut. Der Amerikaner hatte ihr zu »*Mjaso w gorschotschke*« geraten, einem im Tontopf geschmorten Fleischgericht mit Pilzen und Zwiebeln.

Die Atmosphäre des Hotelrestaurants war allerdings so trist, wie Katia es auch von anderen russischen Hotels kannte.

Die wenigen Gäste – vorwiegend Männer – wirkten verloren in dem großen Saal. Einige hatten eine Wodkaflasche mit dem bekannten Porträt vor sich und ließen sich gezielt vollaufen.

Eine Drei-Mann-Kapelle dudelte Schlagermusik.

Für heute hatte der Sänger Katia zu seiner Muse ausersehen. »*Wsego odin lisch tolko ras zwetut sady w dusche u nas.*« Nur einmal im Leben blühen die Gärten, behauptete er PA-verstärkt und warf ihr herausfordernde Blicke zu. Unangenehm berührt sah Katia in die andere Richtung. Auf der Tanzfläche begannen zwei Frauen miteinander zu tanzen. Selbst in dem buntgesprenkelten Licht, das die rotierende Discokugel verbreitete, konnte man sehen, daß sie jung waren und sehr stark geschminkt. Eine kleine Gruppe von Mädchen blieb schwatzend an der Bar sitzen.

»Vernichtet werden muß das Zeug jedenfalls, das ist vertraglich so abgemacht. Und wenn nicht mit unserer Technologie, die, das kann ich Ihnen versichern, die sicherstmögliche ist, wie dann? Glauben Sie vielleicht, die Russen haben heute noch das Geld, etwas Eigenes zu entwickeln? Na, sehen Sie! Bliebe nur noch die Möglichkeit, die gefährlichsten Waffen aus dem Kalten Krieg unter freiem Himmel zu verschrotten. Und das ist dann mit Sicherheit ökologisch bedenklich. Den blauen Umweltengel für Raketen gibt es leider nicht.«

Katia hatte Baranoff ihren Standpunkt erläutert. Er hatte ihr mit unbewegter Miene zugehört. Aber jetzt redete er. Und er redete nicht schlecht. Wahrscheinlich glaubte er auch noch an das, was er sagte.

»Und Ihre Studenten, die werden schlichtweg mißbraucht, um dem Präsidenten irgend etwas anzuhängen. Das sind idealistische junge Leute, ich weiß! Aber Sie, Sie sollten doch wirklich besser wissen, was für Lügen im Wahlkampf ausgestreut werden.«

»Meinen Sie, daß es hier im Hotel die Möglichkeit gibt, zu kopieren?« fragte Katia. »Ich hätte gern, daß Sie dies hier lesen.« Sie überreichte ihm Berensteins Papier.

Er warf einen flüchtigen Blick darauf. »Was ist das?«

»Eine ökologische Expertise«, erklärte Katia. »Von einem Moskauer Chemieprofessor, der als der russische Umweltpapst gilt.«

Er schürzte verächtlich die Lippen.

Katia fixierte ihn eindringlich. »Moment. Bevor Sie das beiseite tun, müssen Sie eins bedenken: An diesem Papier klebt Blut, das Blut von drei Menschen. Irgend jemand hat großes Interesse daran, diese Informationen zu unterdrücken.«

»Das sind gefährliche Dinge, die Sie da behaupten. Wer sind Sie eigentlich, daß Sie sich mit so was beschäftigen? Arbeiten Sie vielleicht für Greenpeace in Deutschland?«

»Nein«, gab Katia giftig zurück. »Ich bin Anwältin und suche Mandanten, die im Schadensfall Ihre Firma verklagen würden. Passen Sie bloß auf, ich bin in der Branche bekannt für die Milliarden, die ich gewöhnlich herausschlage.«

»Das glaube ich Ihnen nicht«, lachte Baranoff. »Aber ich schätze Ihren Sinn für Humor. Es wäre mir allerdings wirklich wichtig, zu erfahren, mit wem ich es zu tun habe.«

»Sie haben sicher Ihre Kanäle, um das herauszufinden. Im Augenblick vertrete ich die Interessen dieses Landes.«

»So, so. Ich bin mir aber nicht sicher, ob der Präsident damit einverstanden ist.«

»Hören Sie.« Katia schwieg einen Moment. »Ich habe ein Problem: Ich bin nämlich nicht in der Lage, wegzusehen.«

Sie sah seinen Augen an, daß sie ihn jetzt erreicht hatte. »Und Sie, Sie sind in Rußland geboren. Es kann Ihnen doch nicht gleichgültig sein, was hier passiert.«

»Meine Eltern haben dieses Land verlassen, weil ihnen nicht gleichgültig war, was hier passierte. Damals war ich zehn, und niemand hätte sich träumen lassen, daß ich zurückkommen würde, um Atomraketen zu verschrotten. Das könnte man doch eine positive Entwicklung nennen«, sagte er trocken.

Der Schlagerheini sang nun Englisch. *»I wanna be loved by you, just you ...«* Aus den Rauchwolken um die Bar löste sich ein dunkelhaariges Mädchen und kam zu ihnen herübergestakst. Sie stemmte ihre Hände auf den Tisch, ließ ein bemerkenswertes Dekolleté sehen und sah Baranoff in die Augen: »You like to dance?«

fragte sie mit schwerem Akzent. Der Amerikaner lehnte höflich ab und wandte sich wieder Katia zu.

»Eine positive Entwicklung«, erklärte die ihm völlig ungerührt, »ist das vor allen Dingen für die Firma Smith & Sons, Arming and Disposal. Was für ein Geschäft: mit dem Bau von Waffen und ihrer Verschrottung Geld zu verdienen!«

»Wäre es Ihnen lieber, wenn die Raketen kostensparend auf Mitteleuropa abgefeuert worden wären?« schnappte Baranoff zurück. Langsam schien er die Geduld zu verlieren. »Übrigens: Das Geld für die Abrüstung kommt nicht nur meiner Firma, sondern auch Ihren lieben Udmurten zugute. Hören Sie«, er beugte sich vor und dämpfte seine Lautstärke, »ich möchte Ihnen einen freundschaftlichen Rat geben: Bremsen Sie Ihre anti-amerikanischen Emotionen. Es gibt Leute hier, die das gar nicht gerne haben. Sie möchten doch sicher nicht, daß man Sie schneller als geplant in Ihr Land zurückbefördert, oder?«

»Soll das eine Drohung sein? Dann sollten Sie wissen, daß das Papier schon an die entsprechenden Medien weitergereicht wurde«, bluffte Katia. »Und übrigens: Es gibt einige Leute, die wissen, wo ich jetzt, in diesem Augenblick, bin. Falls Sie auf dumme Gedanken kommen sollten und mir Ihren Mitarbeiter hinterherschikken.«

»Wofür halten Sie mich?« Baranoff sah jetzt ehrlich empört aus.

»Für einen loyalen Vertreter der Firma Smith & Sons.«

60.

M*ilostiwaja gosudarynja!*« Bulatow hatte ihr einen Zettel geschrieben. Die Anrede war im ausgesucht höflichen Briefstil des 19. Jahrhunderts abgefaßt. Die Schrift allerdings ... Katia kniff die Augen zusammen. Sie war mikroskopisch klein, manches konnte man nur raten. »Ich beeile mich, Ihnen mitzuteilen ... dank unserer gemeinsamen Anstrengungen ... alle vier Studenten auf freiem Fuß ... Unannehmlichkeit ... Major Grebenko hat angerufen ... heute nachmittag um 17 Uhr beim zentralen Milizposten Gagarina Str. 23 im Untergeschoß zu erscheinen.«

Endlich. Katia zweifelte keinen Augenblick daran, daß das etwas Positives zu bedeuten hatte. Womöglich hatte im Kopf des Majors etwas Klick gemacht. Er hatte sich also doch entschlossen, sie ernst zu nehmen.

Objektiv gesehen waren sechs Menschen nicht viel, aber Jelenas kleines Nest füllten sie aus – nicht nur mit ihrer physischen Präsenz, sondern auch mit dem kumulierten Gewicht ihrer konspirativen Gedanken. Sie waren mitten in der Diskussion, als Katia dazukam. Sie nickte in die Runde und hockte sich auf den Boden. Schwül war es, noch schwüler als draußen. Sie streckte ihren Arm nach einem der Gläser aus, die auf einem Tablett auf dem Boden standen, und füllte es mit der verdächtig grünen Flüssigkeit aus der Kristallkaraffe. Hoffentlich keine Kolokoltschik-Limonade ...

»Und was hast du dann gemacht?« Einer, der ungefähr in Katias Alter war, hatte die Frage gestellt, ein sportlicher, dunkelhaariger Mann in hellen Hosen und blütenweißem Hemd – der Vater von Dima, einem noch ganz kindlichen Jungen, der ständig lächelte.

»Ich habe mich natürlich nicht hinuntergebeugt«, antwortete Jurij wichtig. »Ich kenne diese Tricks. Sie schmeißen einen Kugelschreiber auf den Boden, und du sollst ihn aufheben. Wenn du dich dann nach vorne beugst, schlagen sie dich auf die Nieren.«

Das Telefon klingelte.

»Petja hat abgesagt. Seine Eltern haben ihn unter Hausarrest gesetzt«, verkündete Jelena mit einer enttäuschten Grimasse.

Das mußte der Junge mit der Trommel sein, begriff Katia.

»Ich habe meinen Eltern gar nicht gesagt, wohin ich gehe«, sagte der hochaufgeschossene, ernst dreinblickende Anatolij. »Mein Vater war auch ziemlich sauer. Er sagt: Das Kraftwerk hier in Ischewsk ist schon so gefährlich, da kommt es auf das bißchen Gift auch nicht mehr an. Hauptsache, wir haben Arbeit.«

»Vielleicht rechnet er sich eine Stelle in der neuen Fabrik aus?« grinste Jurij.

Dimas Vater nickte. »Mit dieser Logik werdet ihr es noch häufiger zu tun bekommen«, prophezeite er ihnen. Dann wandte er sich an Katia. »Übrigens, ich heiße Andrej Leonidowitsch. Ich bin Arzt am Krankenhaus hier in Ischewsk, da kann man die ökologischen Probleme nicht übersehen, die wir hier jetzt schon haben.«

»Man kann noch nicht mal mehr in unserem See baden«, lächelte Dima unglücklich, »vielleicht wäre es besser, gar nicht so viel zu wissen.«

»Du mußt aber viel wissen, wenn du einer Protestbewegung angehören willst«, korrigierte ihn der Vater. »Der allgemeine Gesundheitszustand der Menschen hier ist sowieso schon schlecht«, redete er weiter. »Die Lebenserwartung der Männer sinkt dramatisch, die Zahl der Krebserkrankungen ist höher als in den benachbarten Regionen, die Geburtenrate geht zurück, und wir beobachten Hormonkrankheiten schon bei Kindern. Bei vielen ist das Autoimmunsystem geschwächt. Es kann aber noch schlimmer kommen, wenn wir die Entwicklung nicht stoppen.«

»Ein verdammter Mist ist das«, sagte Jelena. »Ich habe zum Thema Dioxin gestern abend einiges aus dem Internet gefischt, bis nachts um ein Uhr habe ich daran gesessen. Wollt ihr es hören?«

Sie nahm einen Packen Papier von ihrem Schreibtisch und begann wahllos daraus vorzulesen. »Dioxin ... eine Sammelbezeichnung für polychlorierte Dibenzodioxine und Furane ... es gibt ungefähr zweihundert unterschiedliche ... sie bilden sich häufig als

Nebenprodukte bei der Herstellung von Chlorchemikalien und finden sich als Verunreinigungen in den Rohprodukten ... sie entstehen bei der Papierbleiche und ...«, sie hob die Stimme, »immer dann, wenn Hitze auf chlororganische Produkte einwirkt: bei Bränden, in Stahlwerken beim Einschmelzen von PVC-haltigem Schrott und bei der Müllverbrennung ... besonders das Erdreich wird verseucht. Und wird es bleiben: Dioxine werden so gut wie gar nicht abgebaut ... ah, nein, stimmt gar nicht mehr, da habe ich nämlich etwas gefunden. Hier ist es: ›Reductive dehalogenation of chlorinated dioxins by an anaerobic bacterium‹. Das haben übrigens deutsche Forscher gezüchtet.«

»Stop«, flehte Dima.

Aber Jelena überhörte ihn. Sie nahm ein anderes Blatt: »Dioxine sind 67 000mal giftiger als Zyankali und fünfhundertmal giftiger als Strychnin. Und hier, eine gute Nachricht: ›Japanische Forscher von der Obijiro-Universität für Landwirtschaft und Tiermedizin haben herausgefunden, daß eine Variante des Sojaproduktes Tofu die Leber vor der Ansammlung krebserregender Dioxine schützt. Der gefriergetrocknete ›Koyadofu‹ hindere rund achtzig Prozent der aufgenommenen Dioxine, sich in der Leber anzuhäufen.«

Sie sah auf: »Was ist denn das? Tofu?«

»Lies mal das von diesem Agent Orange«, forderte Jurij sie auf.

»Moment. Ich kann es gerade nicht finden. Ah, das ist auch interessant: Dioxine sind schon in kleinsten Mengen schädlich. Sie verursachen Krebs, schädigen das Immunsystem, Nerven, Leber und Stoffwechsel, und sie verändern die Chromosomen. 1984 weist eine belgische Studie Dioxin in der Muttermilch nach. Aufgrund der Veröffentlichung wächst die Entrüstung, Mütterinitiativen gründen sich. Ach, ständig passiert was in Belgien, was war da noch mit den belgischen Hühnern ... Ah, hier ist es: Im Vietnamkrieg setzen die USA das mit dem Dioxin TCDD verunreinigte Mittel ›Agent Orange‹ zur Entlaubung ein. Zwei Millionen Hektar Fläche und Tausende von Menschen werden verseucht. Unmittelbar danach steigt die Zahl der Totgeburten um das Fünfzigfache, die Zahl der Leberkrebs-Todesfälle verfünffacht sich. Noch Jahre später werden Kinder mit Mißbildungen, Herz- und Hirnschäden geboren.«

Dima verging das Lächeln. »Na bitte. Dann wäre es also nicht das erste Mal, daß sie ein anderes Land als Testfeld benutzen.«

»Ganz so scheint es mir hier aber nicht zu sein«, wandte Katia ein. »Ich denke, den Amerikanern ist einfach nicht klar, daß die russischen Raketen mit anderen Treibstoffsorten ausgestattet sind.«

»Glauben Sie das wirklich?« wandte Jurij sich an sie. »Ich denke: Wenn es ihnen wichtig wäre, wüßten sie es.«

»Immerhin durften sie in Nevada die Anlage nicht bauen, damit den Schildkröten nichts passiert«, unterstützte ihn Jelena. »Also kennen sie die Risiken.«

»Die Leibeigenschaft ist vorbei, aber wir werden von unseren Politikern an Amerika verkauft«, sagte der schweigsame Anatolij düster.

»Ich glaube, es bringt uns nicht weiter, wenn wir nach Schuldigen suchen, ob in Amerika oder unter unseren eigenen Politikern«, wandte Andrej Leonidowitsch ein. »Wir müssen pragmatisch sein. Die Frage ist: Wie können wir die Anlage verhindern oder – wenn sie denn kommt – erreichen, daß sie so sicher wie möglich wird?«

»Offensichtlich kennen Sie sich mit solchen Aktionen aus«, bemerkte Katia anerkennend.

»So kann man das nicht sagen. Aber ich habe Kontakt zu ein paar Leuten in Perm, die letztes Jahr ein Chemielager verhindert haben. In unserem Fall allerdings ... wir nehmen es mit Leuten auf, die diese Anlage unbedingt wollen«, sagte Dimas Vater sorgenvoll. »Es könnte gefährlich sein. Das müssen wir auch bedenken.«

»Jetzt ist die Sache schon öffentlich. Das Fernsehen hat darüber berichtet. Sie werden es nicht wagen, Gewalt anzuwenden«, gab Katia sich optimistisch. »Ich glaube, es wäre sehr sinnvoll, mit Sergej Berenstein Kontakt aufzunehmen. Er selbst hat uns seine Unterstützung zugesagt. Er unterhält Kontakte zu Umweltorganisationen auch außerhalb Rußlands. Außerdem hat er vorgeschlagen, ein Referendum herbeizuführen.«

»Ein Referendum, mit diesen Leuten hier, die man für zehn Kilo Kartoffeln kaufen kann!« lachte Jurij verächtlich. Sein Gelächter wurde von dem unerwarteten Krachen eines gewaltigen Donnerschlags übertönt. Ein Gewitter, bemerkte Katia dankbar – endlich.

»Man muß die Menschen eben überzeugen«, hielt ihm der Arzt vor, »oder dachtest du, du gehst einmal auf den Platz, und damit ist alles erledigt? Das war überhaupt so eine Aktion! Beim nächsten Mal meldet ihr die Demonstration gefälligst vorher an. Am besten fangt ihr damit an, das Grundgesetz zu lesen, da seht ihr, was ihr für Rechte habt. Bitte haltet euch an die demokratischen Regeln. Ihr seid keine Untergrundorganisation.«

Katia grinste. Solche Sätze hatten sie sich auch anhören müssen, im Sommer 1983 – von keinem Geringeren als Heinrich Böll. Die pure Angst war es gewesen, die sie, die damals Achtzehnjährige, in die Reihen der Friedensbewegten getrieben hatte, Angst, daß Deutschland, beide Teile Deutschlands, zum Schauplatz einer atomaren Auseinandersetzung zwischen Ost und West werden würde.

»Habt ihr wirklich solche Angst vor uns gehabt?« fragte der kleine Dima mit einem noch breiteren Grinsen als sonst. Die Idee schien ihm zu gefallen.

»Wie alt warst du damals? Eins oder zwei? Also, vor dir persönlich nicht!«

Mit welcher Inbrunst sie damals die große Uhr aus Pappe vor sich hergetragen hatte, den Zeiger auf fünf vor zwölf. Damals hatte sie geglaubt, wenn beide Seiten erst mal ihre Waffen verschrotten, dann wird alles gut. Niemals hätte sie sich vorgestellt, daß auch die Abrüstung mit Gefahren verbunden sein könnte.

»Es waren Hunderttausende damals in Bonn, und alles verlief friedlich.« Sie merkte, wie ein Teil der Begeisterung, die sie damals empfunden hatte, beim Erzählen zurückkehrte: »Das müßt ihr euch vorstellen: eine Menge, zusammengesetzt aus Menschen, wie sie unterschiedlicher nicht sein können: Priester und Kommunisten, Hausfrauen und Punks. Alle angetrieben von einem gemeinsamen Ziel. Und das Tollste war: Wir haben es erreicht, dieses Ziel!«

Anatolij sah Katia zweifelnd an. »Ob das auch hier bei uns möglich wäre? Es gibt so ein Gefühl von Machtlosigkeit, das klebt an uns wie Mehltau.«

Jurij versetzte seinem Freund einen aufmunternden Puff. »Mensch, Junge. Aber weißt du, was das gestern war? Die erste Umweltdemonstration in Udmurtien, und wir waren dabei!«

»Das war erst der Anfang«, sagte Jelena euphorisch. »Die Geschichte wird jetzt von uns gemacht!« Sie strahlte Katia an. »Komisch. Als ich Sie zum ersten Mal sah, hätte ich nie geglaubt, daß Sie eine Friedensaktivistin sind.«

Katia lächelte irritiert. »Bin ich auch nicht«, sagte sie leise, »das ist nur eine Jugenderinnerung.«

61.

Es hatte aufgehört zu regnen, aber das Gewitter hatte sich noch nicht ganz verzogen. Es grollte in der Ferne. Katia sah in den Himmel, wo sich eine neue, dunkle Wolkenfront zusammenballte. Einen Moment lang bereute sie, daß sie das Angebot von Andrej Leonidowitsch, sie in seinem Moskwitsch mitzunehmen, abgelehnt hatte. Aber dann atmete sie die frische, feuchte Luft und freute sich auf einen Spaziergang. Es war nicht weit zur Miliz, höchstens eine Viertelstunde. Nach einem Blick auf die Uhr beschloß Katia, den Umweg über das Seeufer zu nehmen.

Die Vorstellung, die udmurtische Umweltbewegung mit aus der Taufe gehoben zu haben, versetzte sie in eine angenehm beschwingte Stimmung. Das Baugelände besetzen, Brief an den Präsidenten Putin schreiben, ökologisches Protestlager, Flugblattaktionen, Referenden, Aktionen mit Moskauer Künstlern ... Der Phantasie waren keine Grenzen gesetzt.

Sie lenkte ihre Schritte in den schwarzgelackten Manolo-Blahnik-Highheels auf einen grasbewachsenen Trampelpfad, der zum Ischewsk-See führte. Vor drei Tagen war sie diesen Weg mit Donaj gegangen. Auf einem Holzsteg hatten zwei alte Männer gesessen und geangelt. Jetzt saß niemand da. Aber ihren Blecheimer für die Köder hatten sie vergessen. Von dem triefenden Blattwerk der Trauerweide tropfte es hinein. Das rhythmische Geräusch verband sich mit dem Pfeifen einer Amsel zu einem sehnsüchtigen kleinen Lied.

Aber die Tropfen, die jetzt vom Himmel fielen, kamen nicht von den Bäumen. Sie wurden stärker und härter. Es waren Hagelkörner, die Katia auf der bloßen Haut trafen. Ihr enges chilifarbenes Sommerkleid wurde schnell naß und umgab sie wie ein Panzer, der vormals schwingende Rock klebte an ihren Beinen fest.

Sie begann zu laufen. Die Überreste der sowjetischen Parkkultur in Form einer *Besedka* waren nicht weit entfernt, sah Katia. Schwatzplatz, Palaverhäuschen ... Während sie rannte, suchte sie nach einer angemessenen deutschen Übersetzung für das Wort, das den ehemals blauen Säulentempel aus Beton bezeichnete. Bei diesem Wetter würde sie dort wohl niemanden treffen, der für einen nachmittäglichen Plausch gut wäre. Genau, Schwatztempel wäre wohl das Treffende, dachte sie, als sie den Zufluchtsort erreichte. Im selben Moment nahm sie einen stechenden Geruch wahr. So penetrant konnte nur Boris Borissowitsch, der ehemalige Zuhälter und gegenwärtige Besitzer ihres Handys, riechen.

Dann fühlte sie sich von zwei groben Händen gepackt. Im Bruchteil einer Sekunde spürte Katia den Zorn in sich aufsteigen, der ihr schon in manchen Augenblicken ihres Lebens als treue Waffe zur Seite gestanden hatte. Sie riß ihr rechtes Bein hoch und rammte den spitzen Absatz in den sandalenbeschuhten haarigen Fuß ihres Verfolgers. Seinen Ausruf des Schmerzes nahm sie befriedigt zur Kenntnis. Er informierte sie über zweierlei: erstens, sie hatte ihn verletzt, und zweitens, die Stimme gehörte nicht Boris Borissowitsch. Auch seine Wortwahl war gemäßigter, dachte Katia, während er sie bei den Haaren packte und ihren Kopf gegen die Säule stieß.

»*Suka*« – Hündin hatte er sie genannt.

62.

Als sie wieder zu sich kam, war es dunkel. Das durfte nicht sein.

Es war Katias Impuls, das Licht auf dem Tischchen rechts von ihr anzuknipsen, aber sie griff ins Leere.

Wo war sie?

Da, wo ihr rechter Arm jetzt lag, fühlte es sich kalt an, hart und rauh. Sie ergaben keinen Sinn, diese Informationen, nichts, was sich in ihrem Kopf verwerten ließ. Ihr Kopf ... er tat weh. Mühsam hob Katia die Hand, um sich zu betasten. Sie erkannte ihr eigenes Gesicht nicht wieder, es fühlte sich an wie – heiße Pizza fiel ihr absurderweise ein, und diese harten Krusten auf Stirn und Nase – das war Blut, getrocknetes Blut. Blut schmeckte sie auch im Mund. Prüfend fuhr sie mit der Zunge über ihre Zähne. Die Kante des rechten Schneidezahns fehlte, stellte sie mit wachsender Panik fest. Dieses Schwein. Er hatte sie geschlagen, jetzt wußte sie es wieder. Und hierhergeschleppt, wo immer dieses Hier sich befinden mochte.

Was hatte er mit ihr angestellt? Ihr Kleid, die Unterwäsche – nein, das alles war in Ordnung. In Ordnung – Katia wunderte sich, wie ihr Gehirn ein solches Wort überhaupt noch produzieren konnte. Nichts war in Ordnung. Und die Dunkelheit, nachtschwarz wie vor Ewigkeiten in der Kuala. Wenn sie jetzt schrie, wer würde da kommen und sie retten? Sie probierte es. »Donaj!« Niemand kam.

War sie zum Opfer für Inmar ausersehen? Warum sie? Ja, natürlich: Sie selbst hatte sich doch als Retterin der Udmurten aufgespielt, anstatt sich aus dem Staub zu machen, wie Idna-Batyr auf den goldenen Schneeschuhen. Und jetzt war die Vorführung zu Ende. Lag die Schlinge schon bereit? Katia spürte, wie ein Zittern von ihrem Körper Besitz ergriff, gegen das sie sich nicht wehren konnte.

»Jetzt tief und ruhig atmen«, befahl sie sich eingedenk der Regeln ihrer Yogalehrerin. Wie ging noch ihr persönliches Mantra? »Die Erd' ist rund, das seh ich ein, drum kann sie auch nicht eckig sein.« – Nein, das war es nicht. Aber es wirkte trotzdem.

Sie lag auf einer Matratze auf dem Boden in einem kalten Raum. Es roch nach Schimmel – woraus auf einen Keller zu schließen war.

Konnte sie aufstehen und herumgehen? Sie konnte.

Vorsichtig tastete sie sich in eine Richtung voran. Fünf Schritte, und sie war an der Wand. Sie fühlte sich genauso an wie der Boden. Weitere drei Schritte, und sie hatte eine Ecke erreicht. Sie setzte ihre bloßen Füße vorsichtig auf den Boden. Schmutzig war er, dieser Boden. Man hatte sich nicht die Mühe gemacht, für sie zu fegen. Eine metallene Fläche identifizierte sie als Tür. Einen Griff fand sie nicht. Sollte sie mit den Fäusten auf die Tür loshämmern, sollte sie um Hilfe rufen? Es hätte wohl keinen Sinn. Sie tat es trotzdem und horchte dem vibrierenden Geräusch hinterher. Dann war wieder alles still.

Mit neu aufkeimender Verzweiflung setzte sie ihren Inspektionsgang fort. Ihr Gefängnis war ziemlich groß, ein großer, leerer Raum von ungefähr vier mal fünf Metern, schätzte sie, und es war schwer, im Dunkeln die Matratze wiederzufinden. Als sie sie gefunden hatte, legte sie sich hin und wickelte sich in die dünne Decke ein. Unangenehm synthetisch fühlte sich das Gewebe an.

Sie wußte nicht, ob es Tag oder Nacht war, nicht einmal das. Sie erinnerte sich, in dem Bericht über eine Entführung gelesen zu haben, daß man unter Schock das Zeitgefühl sehr schnell verliert. Eine Entführung. War sie Lösegelderpressern in die Hände gefallen? Der Möglichkeit, daß so etwas mit ihr passieren könnte, war sie sich als Kind sehr wohl bewußt gewesen. Aber es war eben nie geschehen. Und jetzt ... Aber Deutschland war so weit weg. Wie konnten sie wissen ...

Ihre Gedanken drehten sich im Kreis, führten zu nichts, und irgendwann versank Katia wieder in Schlaf.

Später weckte sie ein metallisches Geräusch, und die Tür wurde von außen geöffnet. Katia setzte sich auf und starrte geblendet auf den Lichtkegel, der jetzt in den Raum fiel.

Das Gesicht des Mannes, der in der Tür erschien, konnte sie nicht erkennen. Er trug eine wollene Maske mit drei hineingeschnittenen

Löchern für Augen und Mund. Oben besaß sie den unpassend lächerlichen Bommel einer Pudelmütze. Katia konnte nicht anders – sie wurde von einem hysterischen Lachreiz überfallen. Wortlos stellte der Mann zwei Eimer in ihre Zelle – der eine wohl als Toilette gedacht – und machte die Tür wieder zu.

Er sieht lächerlich aus, aber er meint es ernst, dachte Katia, und doch konnte sie nicht aufhören, zu lachen.

Das ist eine Entführung – dieser Satz, so unwirklich er ihr bisher erschienen war, bahnte sich jetzt mit Vehemenz einen Weg in ihr Bewußtsein, und ihre Hysterie wich großer Angst.

Es war wieder dunkel. »He, Sie!« Sie sprang auf, so schnell sie konnte. »Warten Sie! Warten Sie gefälligst!« schrie sie und bewegte sich dahin, wo sie die Tür vermutete. Sie ertastete das Schlüsselloch, legte das Ohr an die Stelle und horchte. Er war da, dieser Mann, da hinter der Tür, sie hörte ihn atmen. »Antworten Sie mir. Bitte«, sagte sie jetzt leise. »Ich weiß, daß Sie da sind.«

»Hitler kaputt«, kam es zögernd von draußen.

Katia stutzte. War sie einem Verrückten in die Hände gefallen?

»Ich brauche Licht, eine Lampe, verstehst du«, brüllte sie durch das Schlüsselloch. »Sonst höre ich nicht auf zu schreien.«

Statt einer Antwort hörte sie Schritte, die sich entfernten. Es waren gleichmäßige, feste Schritte. Das waren nicht die Schritte, die sie verfolgt hatten, bildete sie sich ein. Und diese Stimme hatte auch anders geklungen, sehr viel jünger. Da war sie sich sicher.

Sie mußte sich zwingen, an etwas Angenehmes zu denken, an etwas Helles, Warmes. Ein alter Park in Essen-Bredeney kam ihr in den Sinn. Das Labyrinth aus Buchsbäumen, in dem sie mit Carl-Philipp Verstecken gespielt hatte, die alten Rhododendronbüsche, in deren Schutz man Pipi machen konnte, wenn man nicht ins Haus laufen und das Spiel unterbrechen wollte. Das Marino-Marini-Pferd kann man reiten, die eigenen Beine sind noch zu kurz, um raufzuklettern, da kommt der Großvater und hebt sie hinauf. Sie trägt ein weißes Kleid mit gesmoktem Oberteil.

Aber warum hatte das Bronzepferd in Richtung Osten gezeigt?

63.

Katia wußte nicht, wieviel Zeit vergangen war, als die Tür zum zweiten Mal aufging.

»Licht«, sagte der Maskenmann auf russisch und stellte ein Tablett auf den Boden. Dann zog er eine Birne aus der Hosentasche und deutete auf die leere Lampenfassung, die von der Decke baumelte. »Aber du bleiben da. Sonst – peng.« Er klopfte gemächlich mit der Rechten auf den Holster an seinem Gürtel. Dann schraubte er die Birne ein.

Katia atmete auf. Immerhin war es jetzt hell. Sie sah auf ihre Armbanduhr. Viertel vor acht. Abends oder morgens? Ihr Bewacher hatte den Blick gesehen. *»Dawaj tschasy«,* verlangte er und streckte die Hand nach der Uhr aus. Als sie sie ihm herüberreichte, versuchte sie, ihn direkt anzusehen. Fast überrascht stellte sie fest, daß er nicht die Augen eines Tiers hatte, sondern die eines übernächtigten Menschen mit erhöhten Bilirubin-Werten. Das Weiße war gelblich gefärbt. Er drehte den Kopf zur Seite und mied ihren Blick.

»Wo ist meine Tasche?« fragte Katia. Sie bekam keine Antwort. Wie er ihre Zelle verließ ... rückwärts, wie bei Hofe. Aber dort hatten sie die Hand auf dem Degen, und hier ...

Die Beleuchtung, so spärlich sie auch war, steigerte ihren Mut erheblich. Man wollte sie wohl doch nicht umbringen, wozu brachte man ihr sonst Essen? Hastig verschlang sie das mit dicken Wurstscheiben belegte Weißbrot und trank Wasser aus dem Metallbecher, der an dem kleineren Eimer befestigt war.

Ein paar Krümel waren auf den Boden gefallen. Katia beobachtete, wie sofort ein paar Ameisen zur Stelle waren, um sie abzutransportieren. Wohin brachten sie ihre Beute? Die Spur der Ameisen verlief über eine Ecke des Raumes die Wand hinauf bis zu einer rechteckigen Pappscheibe, deren obere Kante gegen die Decke stieß. Darunter verschwanden sie. Offenbar deckte die Pappe ein Fenster ab.

Wenigstens die Ameisen kannten den Ausgang, dachte Katia.

Jetzt wurde hinter der Tür ein seltsames Murmeln laut.

«*Swetit solnze.* The sun shines. *Idjot doschd.* It's raining. *W Moskwe choroschaja pogoda, a w Kaliforniji?* The weather in Moscow is nice, how is the weather in California?«

Er machte seine Sache nicht schlecht, aber sein »Th« war fürchterlich. Wozu brauchte er Englisch? Optimisten lernen Englisch, und Pessimisten lernen Chinesisch, sagte man in Rußland. Die Optimisten wohnen diesseits des Urals.

Ihr Bewacher bastelte an seiner Karriere. In welchem Bereich stellte er sich seine Zukunft vor? Kidnapping im In- und Ausland? Oder war das hier nur ein Ferienjob für ihn?

»Moscow is big. Moscow is fine. I like. You like?«

»Es heißt: *Do you like it?*« verbesserte sie ihn.

»Do you like it?« wiederholte er nach einem Augenblick des Schweigens.

»Richtig. But I don't like it here!« Katia horchte vergeblich auf eine Antwort.

»I want to go. Understand?« versuchte sie es noch einmal. Sie sprach langsam und akzentuiert, in dem Bestreben, sich seinem Niveau anzupassen.

»You – not go.« Er machte eine Pause. »I'm sorry«, fügte er höflich und ziemlich flüssig hinzu.

Jetzt verstand Katia. Smith & Sons, Arming & Disposal. Ihr Bewacher arbeitete also für die Amerikaner. Dann konnte sie sich an drei Fingern ausrechnen, daß die Moskauer Niederlassung, an die Baranoff das Filmmaterial geschickt hatte, den Befehl zu ihrer Entführung erteilt hatte.

Es war vorbei mit ihrer Selbstbeherrschung.

»Laß mich raus, du Schwein«, wütete sie, »sofort!«

Was sie noch alles gebrüllt hatte, wußte sie hinterher nicht mehr. Nur, daß sie schon fast heiser war, als die Tür aufgerissen wurde und ein anderer Mann mit Maske in ihre Zelle gestapft kam. Der Stinkmorchel. Sie erkannte ihren Kidnapper sofort am Geruch. Und dann an seiner Stimme.

»Sieh dich gut an, *suka.*« Mit einer rohen Geste drückte er ihr einen Handspiegel vor die Nase. »Du hast schon mal besser ausgesehen. Und wenn du nicht aufhörst, zu schreien, wirst du dich überhaupt nicht mehr wiedererkennen.«

Das, was Katia im Spiegel sah, erinnerte sie nur von ferne an ihr eigenes Gesicht.

»Okay«, zwang sie sich zur Ruhe, »okay. Aber ich möchte wissen, warum ich hier bin und was Sie mit mir vorhaben.«

»Das wirst du schon noch erfahren.« Damit war das Gespräch zu Ende.

64.

Anhand der Mahlzeiten, die man ihr gebracht hatte, versuchte Katia zu rekonstruieren, wie lange sie sich schon in der Gewalt ihrer Entführer befand. Eine Kartoffelsuppe mit gebratenen Zwiebeln wurde normalerweise zu Mittag gegessen. Danach hatte es wieder Brot mit Wurst gegeben. Die darauf folgende Pause kam ihr ziemlich lang vor, so daß sie annahm, daß der lauwarme Kakao mit Brot und einem gekochten Ei ihr Frühstück war.

Ob die Männer das gleiche aßen wie sie? Der eine jedenfalls, der jüngere, schien immer dazusein, den anderen hörte sie nur manchmal.

Einmal hatten die beiden Karten gespielt, vermutlich um Geld. »*Bita!*« Den letzten Stich hatte offenbar der ältere gemacht. Als Antwort auf die Flüche seines Kumpans brummte er etwas von »Liquiden«, die ihm reichlich Geld ins Portemonnaie schaffen würden, wenn er erst reif wäre für diesen Job.

»Zwei davon im Monat, und in einem halben Jahr kannst du dir ein Auto kaufen.«

Liquide, was meinte er nur damit?

»Und vielleicht hast du Glück und bekommst in diesen Tagen deinen ersten.«

Katia merkte, wie ihr übel wurde. Es wurde wirklich Zeit, daß sie hier rauskam. Aber wie?

Immerhin gab es die Möglichkeit, daß man sie hier fand. Sie dachte daran, was seit ihrem Verschwinden draußen passiert sein mochte, und es beruhigte sie einen Augenblick lang. Bestimmt hatte Bulatow sich Sorgen gemacht. Und Grebenko, er hatte sie doch erwartet. Was hatte er unternommen, nachdem sie nicht erschienen war? Andererseits – was hatte er eigentlich von ihr gewollt? Sie war so sicher davon ausgegangen, daß es etwas Erfreuliches war. Aber womöglich hatte er nur vorgehabt, sie zu verhaften, auf allerhöchsten Befehl. Vielleicht saß sie überhaupt auf allerhöchsten Befehl in diesem Loch, und man hatte vor, sie hier verschimmeln zu lassen.

Es war ein tiefes und für Katia seltenes Gefühl von Ohnmacht, das sie ergriff. Sie konnte nichts tun, als hier sitzen und hoffen, daß sie von ihren Freunden gefunden wurde.

Sie schleppte ihre Matratze näher an die Tür heran. Jetzt konzentrierte sie sich mit allen Sinnen auf das, was vor ihrer Zelle vor sich ging. Die Männer sprachen ziemlich ungeniert über alles, was sie bewegte. Offenbar waren sie Teil eines größeren Unternehmens, das den Namen »Sheriff 2« trug. »Schuld und Sühne« hätte Katia passender gefunden. Sie verstanden ihr Geschäft als Dienstleistung. Ihre Aufgaben waren vielfältiger Art, sie reichten vom »Objekt- und Personenschutz« über das Einsammeln von Schutzgeldern mit und ohne körperlichen Einsatz bis hin zu den bereits erwähnten »Liquiden«. Von ihren Auftraggebern sprachen sie nicht direkt, aber immerhin konnte Katia aus ihren Bemerkungen schließen, daß es sich um höhere und höchste Chargen handelte. Von einem mit dem abseitigen Namen »Gondoliere« erwarteten sie weitere Instruktionen, soviel hatte sie verstanden.

Einmal meinte sie, den Namen Ramazanow zu hören. Fest angestellt oder freischaffend, fragte sich Katia. Dann verbot sie sich weitere Spekulationen in diese Richtung. Es gab bestimmt eine Menge Leute in Udmurtien, die so hießen. Und höchstwahrscheinlich hatte sie sich nur verhört.

Ach, Donaj. Sie dachte an den Ausdruck von verhaltenem Übermut, mit dem er die »Mutter der Sonne« aus ihrem Versteck unter dem Türbalken hervorgezogen hatte.

Hatte er ihr nicht alles gezeigt, was er war und was sein Leben ausmachte?

Wieder eine Chance verpaßt. Die abstrakte Liebe zur Menschheit ist leichter als die kleine Liebe zu einem.

Es wäre besser für sie gewesen, wenn sie ihn in seinen künstlerischen Zielen unterstützt hätte, anstatt sich der Aufklärung dubioser Suizidfälle zu verschreiben.

Wenn man sie jetzt liquidieren würde, dann wäre dieser ihr letzter Liebhaber gewesen.

65.

»Ah, da ist Kolja. Sdorowo! Nimm dir eine Harke und komm zu uns.«

»Gleich. Muß eben noch schnell aufs Klo.«

»Bringst du aus der Gerätekammer die Gießkanne mit?«

»Immer ich!«

Es waren Kinderstimmen, die Katia aufweckten. Ganz nah waren sie. Kinder, die spielten. Träumte sie?

»Dieser Kolja, immer kommt er zu spät!« Die Stimme gehörte einem Mädchen, zehn, elf, vielleicht zwölf Jahre alt. Sie irrte sich also nicht.

Die Gespräche, das Lachen, das Laufen entfernte sich, kam wieder näher.

Wenn sie jetzt um Hilfe schrie, würden ihre Bewacher sie zum Schweigen bringen, bevor die Kinder irgend etwas unternehmen konnten. Katia überlegte fieberhaft. Wie konnte sie sich bemerkbar machen, ohne die Falschen zu alarmieren?

Sie nahm die Matratze, schob sie dahin, wo sie hinter der Pappe ein Fenster vermutete, und rollte sie zusammen. Nein, so würde sie es nicht erreichen. Der Wassereimer – vielleicht konnte sie ihn als Trittleiter benutzen. Mit eiligen Bewegungen kippte sie den restlichen Inhalt in den Toiletteneimer und hob ihn auf die Matratzenrolle. Dann prüfte sie die Stabilität und kletterte auf den Eimer. Eine ziemlich wackelige Angelegenheit war das, aber es müßte halten. Katia reckte sich und zerrte an der Pappe, die allerdings fester saß, als sie vermutet hatte. Verdammter Mist. An ihrer Hand spürte sie einen Luftzug, vielleicht war das Fenster nicht einmal geschlossen. Sie probierte es ein zweites Mal. Diesmal schaffte sie es, die Abdekkung an der rechten unteren Ecke zu lockern. Ein Strahl Tageslicht kam zum Vorschein. Und etwas, das sie einen kleinen Schrei ausstoßen ließ. Ein Haufen winziger Fliegen, vermischt mit Larven und

Eiern, hatte sich in den Überresten eines toten Vogels eingenistet. Katia erschauerte und brachte damit den Eimer zum Kippen. Das wird nicht gut ausgehen, dachte sie noch, während sie stürzte.

Der Eimer fiel mit Getöse auf den Estrich, der Becher rollte mit Schwung über den Boden bis zur gegenüberliegenden Wand. Während er noch rollte, wurde die Tür aufgerissen, und der Stinkmorchel kam hereingehinkt, ein Maschinengewehr im Anschlag. Die Maske hatte er in der Eile nicht überziehen können. Katia konnte sehen, wie wütend er war. Er hatte nur einen Blick gebraucht, um zu verstehen, was los war.

»Auf den Boden, *korosta*«, sagte er und versetzte ihr einen Stoß mit dem Gewehrkolben. Dann spuckte er aus.

»Und wehe, du gibst einen Laut von dir.«

Mit geschlossenen Augen lag sie auf dem Boden. Was war das für ein Gewehr, mit dem er sie bedrohte? War es die Kalaschnikow oder der von Jelenas Vater konstruierte Automat Su-12b, und was hieß wohl *korosta*? Ein dicker Klebestreifen verschloß ihr den Mund und machte das Atmen schwer. »Du willst es ja nicht anders«, brummte er. Dann riß er ihre Arme nach hinten und legte ihr Handfesseln an.

Sie hätte ihm Geld anbieten können, dachte Katia. Mehr Geld als das, was er von seinen Auftraggebern bekam. Warum war sie nicht früher auf den Gedanken gekommen?

Jetzt war es zu spät. Sie sah keinen Ausweg mehr.

Sie konnte nicht einmal die Tränen wegwischen, die sie weinte.

Dann bekam sie Besuch.

Jemand beugte sich hinunter zu ihr. Sie kannte dieses Gesicht, und es war keine angenehme Überraschung.

66.

Als sie wieder zu sich kam, wußte sie, daß es Baranoff war. Den Knebel hatte er ihr abgenommen. Jetzt kniete er neben ihr und bemühte sich, die Klebestreifen von ihren Handgelenken zu lösen. Katia versuchte, aus seinem Gesicht zu lesen, mit welchen Absichten er gekommen war. »Nehmen Sie mein Messer«, sagte jemand, der hinter Baranoff stand. Katia erkannte in ihm seinen muskelbepackten Mitarbeiter. Im Augenblick verzichtete er allerdings auf Drohgebärden und probierte eine Art Lächeln.

»Hef-fa!« Ein gewaltiges Niesen erschütterte Katias Gefängnis. In der Tür stand Major Aleksej Grebenko, heuschnupfengeplagt und voller Sorge. »Meine liebe Tzensberk! Gott sei Dank, Sie leben noch!« Weitere mögliche Äußerungen wurden von einem Niesanfall verhindert.

Er ist der Mörder! wollte Katia schreien, aber sie brachte nur ein Flüstern zustande und deutete auf den Amerikaner. »Nehmen Sie ihn fest!«

»Meine liebe Tzensberk. Ich bin sicher, Sie irren sich. Mr. Baranoff hat uns sehr geholfen, Sie zu finden. Ohne ihn ...« Grebenko nieste ein weiteres Mal.

Wie durch einen Schleier nahm Katia wahr, daß die Männer sie stützten und durch einen langen Gang und eine Treppe hinauf ans Tageslicht führten. Das erste, was sie wahrnahm, war der Duft blühender Linden.

»Ich hab dir vom Urlaub in Udmurtien abgeraten.« Das war Olgas Stimme, mit einem deutlich vorwurfsvollen Unterton. Dann fühlte sie sich fest von ihr in die Arme genommen. Eine Weile lang standen sie so da, ganz still. Wie klein Olga war. Hatte sie ihre abenteuerlichen Absätze zu Hause gelassen? Katia spürte einen warmen Tränenstrom an ihrer Schulter.

»Kann ich deine Sonnenbrille leihen?« flüsterte sie Olga ins Ohr. »Ich brauch sie noch dringender als du.«

Zwei Meter entfernt von ihnen hielt ein weißer Uasik-Minibus mit quietschenden Reifen und spuckte eine Menge bekannter Gesichter aus: Bulatow und seine Frau, Jelena und ihr männliches Gefolge: den selbstbewußten Jurij, Andrej, ernst und gefaßt, den schwarzlockigen Petja und den kleinen Dima, der wie immer lächelte. Sein Vater Andrej Leonidowitsch mit dem Stethoskop um den Hals war bereit zur medizinischen Notversorgung. Einer nach dem anderen kamen sie auf sie zugeschwommen, schüttelten ihr die Hand, klopften ihr auf die Schulter und versicherten ihr ein um das andere Mal, wie froh sie seien, sie lebendig und mehr oder weniger unversehrt anzutreffen. Dann entrollten die Studenten ein Transparent, auf dem in pinkfarbenen Lettern geschrieben stand: »Wir sagen nein zum Menschenraub in Udmurtien!«

Hinter dem Zaun stand rauchend eine überschlanke, schwarzgekleidete Frau und applaudierte ihnen – es war Nadjeschda Dmitrijewna. Sie versuchte, Distanz zu halten zu ihrem zutraulichen Mitraucher, in dem Katia Boris Borissowitsch wiedererkannte. Verlegen und ohne ein Wort der Erklärung überreichte er Katia das für immer verloren geglaubte Handy. Es fühlte sich klebrig an.

Einer fehlte in diesem Gruppenbild unter den Linden.

Wo war Donaj, fragte Katia sich.

Natalia trug ein hellblau kariertes Kleid und einen Henkelkorb am Arm. »Katia, Detotschka, Sie müssen schrecklich hungrig sein«, sagte sie, nachdem sie Katia an ihren gewaltigen Busen gedrückt hatte, »nehmen Sie ein Stück Masurka mit Walnüssen und Rosinen – eine meiner Spezialitäten, nebenbei gesagt. Das wird Sie stärken. Weiteres«, sie blinzelte ihr zu, »gibt es zu Hause. Ich habe ein kleines Festmenü anläßlich Ihrer Befreiung gekocht: Peripetchi mit Kohl gefüllt, Radieschen- und Gurkensalat, Hammelragout, und zum Nachtisch«, ihr Gesicht war verheißungsvoll wie ein Trommelwirbel, »Warjeniki mit Süßkirschen.«

»Oleg. Kamera läuft.« Als die Moderatorin Adelaida Tschugaj frischtoupiert aus dem Jasminbusch gesprungen kam, wurde Katia endgültig klar: Sie war wieder frei.

»Meine Damen und Herren. An diesem sonnigen Tag mitten in den Ferien befinden wir uns …«

Katia sah sich um: Vor der Wand eines langgezogenen Gebäudes sah sie schmale, frischgeharkte Beete, die mit Tagetes und Minibegonien bepflanzt waren. Sie sah einen großen freien Platz mit allerlei Sportgerät, Reckstangen in drei verschiedenen Größen und zwei Basketballkörbe.

»… auf dem Pausenhof des Piotr-Tschaikowsky-Gymnasiums, in dessen Keller …«

Man hatte sie also in einer Schule gefangengehalten. Sie hätte nicht bemerkt, wie Oleg Mitjajew seine Kamera auf sie gerichtet hatte, um sie so, wie sie jetzt war, im Bild festzuhalten: barfuß, das verschwollene Gesicht nur notdürftig hinter der Sonnenbrille versteckt, das chilifarbene Kleid schmutzig und zerrissen, dazu mit vollen Backen Natalias Kuchen kauend, hätte es nicht bemerkt, wenn nicht Olga mit ihren geschmeidigen Bewegungen lächelnd auf den Kameramann zugegangen wäre, um ihre Hand auf die Linse zu legen. »Sie werden meine Freundin doch nicht filmen wollen in diesem Aufzug. Dazu brauchen wir ein anderes Entführungskleid, nicht wahr?« sagte sie schmeichelnd. Dann wurde ihr Ton schneidend. »Laß dich ja nicht von mir erwischen, sonst …« Sie machte eine einschlägige Drohgeste, die Oleg um seine Männlichkeit fürchten ließ. Schnell schaltete er die Kamera ab.

Dann war ja anscheinend alles klar – bis auf eines. Katia wandte sich an Baranoff.

»Wer war eigentlich dieser Pianist neulich?«

67.

Mit einer energischen Geste verriegelte Olga die Tür des Abteils, nachdem die Schaffnerin ihre Fahrkarten kontrolliert hatte. »Ihre Fahrkarten, bitte.« Sie sagte Biljetiki, nicht Biljety. Weiß der Himmel, warum man in ganz Rußland so hartnäckig am Diminutiv festhielt.

Sie waren allein. Dank Bulatows Verbindungen hatten sie das Abteil für sich.

Erleichtert ließ sich Katia auf die gepolsterte Sitzbank fallen und schleuderte die Tapotschki von den Füßen. Sie hatten sie kurz vor der Abreise auf dem Markt gekauft, da Katias bandagiertes linkes Bein in keinen Schuh paßte. Andrej Leonidowitsch hatte ihr den Verband angelegt. Immerhin hatte sie sich beim Sturz vom Wassereimer nichts gebrochen. Eine Verstauchung, nichts weiter. Die Tapotschki waren aus braunem Cord und sahen häßlich aus, aber etwas anderes hatte Katia in ihrer Größe nicht finden können.

Man hatte sie in Ischewsk mit großem Bahnhof verabschiedet. Aus den Lautsprechern hatte der unvermeidliche »Abschied einer Slawin« gedröhnt. Das war's dann also gewesen.

Von Donaj fehlte weiterhin jede Spur, sonst waren alle erschienen, auch Baranoff.

»Der Typ ist mir nach wie vor unheimlich«, sagte Katia und nahm die Sonnenbrille ab. Die Schwellung war zurückgegangen, und die blauen Spuren in ihrem Gesicht spielten jetzt ins Grüngelbliche. »Erst ist er völlig verschlossen, dann gibt er den souveränen Erfolgsmenschen, und jetzt – zeigt er richtig menschliche Züge …«

»Ich fand ihn interessant«, antwortete Olga. »Sehr nachdenklich und differenziert, gar nicht der Typ beinharter Geschäftsmann.« Sie zog sich für die Zugfahrt um: Ihre dunkelblauen Shorts waren an den seitlichen Schlitzen mit goldenen Ankern dekoriert, das T-Shirt dazu war blau-weiß geringelt.

Katia sah ihr zu. Wie lange war es her, daß sie zusammen im Discovery gesessen hatten? Von ihrer eigenen Abenteuerlust war nicht viel übriggeblieben. Sie sehnte sich nach vertrautem Terrain. »Während ich da im Keller saß, dachte ich … ich dachte, Baranoff hätte den Auftrag zu meiner Entführung gegeben.«

»Das sicher nicht. Ich denke, es wurde eine Etage höher entschieden. Wahrscheinlich wußte er nicht mal davon. Auf jeden Fall hat er Himmel und Hölle in Bewegung gesetzt, um dich ausfindig zu machen.«

»Wirklich?« Katia machte ein ungläubiges Gesicht.

»Na ja, vielleicht hat er auch nur so getan. Dann wäre er allerdings ein sehr guter Schauspieler. Katia …« Olga zögerte einen Moment. »Gleb sagt, mit deiner Penetranz bist du verschiedenen Leuten wirklich auf die Nerven gegangen. Dieses Projekt hier soll reibungslos über die Bühne gehen, verstehst du, ohne Zeitverzögerung, ohne Widerstand und vor allen Dingen ohne große Diskussionen in den Medien. Es gibt einen erheblichen Zeitdruck aus politischen und wirtschaftlichen Gründen. Erstens: das START-II-Abkommen muß erfüllt werden, und zweitens: Smith & Sons lassen keinen Zweifel daran, daß sich ihr Engagement nur rechnet, wenn alles nach Plan geht. Sokolov und Wjatkin wollten ein demokratisches Vorgehen. Das hätte Zeit gekostet. Folglich hat man sie – nun ja – ausgeschaltet, bevor sie an die Öffentlichkeit gehen konnten.«

»Und was ist mit Igor Böhm?«

»Den Lokalpolitiker meinst du? Es sieht wirklich nach einem Unfall aus, sagt jedenfalls Grebenko.«

»Für wie glaubwürdig hältst du ihn?«

»Na ja, immerhin hat er im Fall Sokolov eine zweite Obduktion angeordnet. Und mit den Moskauer Kollegen hat er Kontakt aufgenommen wegen Wjatkin. Gleb meint allerdings, es wird nichts dabei herauskommen, nichts für die Öffentlichkeit jedenfalls.«

»Da gab es noch einen Dritten in der Reihe der ungeklärten Selbstmorde, einen Bauunternehmer namens Victor Ogryskow.«

»Ja, Grebenko hat von ihm gesprochen. Der Fall liegt aber doch wohl etwas anders. Sieht so aus, als hätten sich da zwei Konkurrenten nicht einigen können, wer den dicken Fisch an Land ziehen darf.«

»Was, glaubst du, hatte man mit mir vor?«

»Ich glaube nicht, daß sie vorhatten, dich umzubringen. Das hätte dann doch zu großes Aufsehen erregt. Aber man wollte dich einschüchtern.«

»Dann war meine Befreiung also kein Zufall?«

»Ich weiß es nicht. In jedem Fall aber erwarten sie von dir, daß du dich in Zukunft aus dieser Sache raushältst. Bitte riskier es nicht, daß ... Auch von Deutschland aus nicht, verstehst du?«

Katia nickte. Eine Weile lang sah sie schweigend zum Fenster hinaus. Der Rhythmus der russischen Züge wirkte wie immer beruhigend auf sie. Das, was da draußen entstand, das weiße Gebäude, es sah aus wie eine Moschee. Die Schaffnerin klopfte und kündigte an, daß der Zug ausnahmsweise nicht in Kasan halten werde – wegen der Cholerafälle.

»Wie schade!« Olga war enttäuscht. Am Bahnsteig hatte sie Tschak-Tschak kaufen wollen. »Eine tatarische Leckerei«, erklärte sie, »honigsüß und einfach paradiesisch.«

»Etwas Süßes willst du?« fragte Katia. »Warte mal.« Sie begann in ihrer Reisetasche zu wühlen, bis ihre Finger auf etwas Festes, in Zeitungspapier Eingewickeltes, stießen. Sie packte es aus. »Scharjat-Badja 6/2002« stand auf dem Etikett – der Honig der Zaren. Von Donajs Mutter.

»Sieh mal, das ist alles, was von meiner udmurtischen Liebe übriggeblieben ist.« Sie öffnete den Schraubdeckel vorsichtig, fischte einen Löffel aus Natalias Proviantbeutel und ließ Olga probieren.

»Hmmm – wunderbar. Du hast ihn gestern also nicht mehr erreicht? Er ist schon seit Tagen verschwunden. Als ich am Abend nach deiner Entführung bei Bulatow anrief, sagte er, du seist wahrscheinlich bei Donaj. Er hat mehrere Male bei ihm angerufen, und als da keiner ans Telefon ging, wurde er langsam nervös, ich natürlich auch – und dieser Grebenko. Er hat ihn auch überall gesucht, sogar in dein Scharjat-Badja ist er gefahren. Auch da war er nicht.«

»So sind sie, diese Udmurten, wenn sie nicht gefunden werden wollen ... Die Flucht ist ihre Art von Selbsterhaltungsstrategie.«

»Aber was für einen Grund könnte er denn haben, sich unsichtbar zu machen?«

»Keine Ahnung. Ich war nicht sehr einfühlsam ihm gegenüber, aber …«

»So kennen wir unsere Katia. Mach dir nichts draus.«

»Danke schön. Na ja, aber ich weiß nicht, was ich von ihm halten soll. Muß ich mir um ihn Sorgen machen? Oder versteckt er sich, weil … Weißt du, Olga, manchmal kommt mir der Gedanke, daß er sich nicht ganz freiwillig um mich gekümmert hat, daß er …«

»… den Auftrag dazu hatte? Wie kommst du bloß auf so einen Unsinn.« Olga betrachtete angestrengt ihre Fußnägel. Sie waren abwechselnd in Blau und Gold lackiert. Auf den großen Zehen klebte je ein winziger goldener Anker auf blauem Hintergrund.

Katia sah sie prüfend an. »Was weißt du, Olga? Antworte mir.«

68.

Es dauerte eine Weile, bis Katia wieder Lust auf Pelmeni entwickelte. Monatelang rief schon der bloße Gedanke an russische Spezialitäten auf ihrer empfindlichen Haut allergische Reaktionen hervor. Aber eines Abends im Herbst, nach einem Essen mit Bruder und Schwägerin im Clubrestaurant, wobei man lange und ausführlich über das prächtige Gedeihen der nunmehr drei Kinder gesprochen hatte, war es wieder soweit: Sie ließ den MG stehen, nahm ihr Fahrrad und radelte ins Schanzenviertel. Zu ihrem Bedauern gab es das Sestriza Aljonuschka nicht mehr, statt dessen hatte sich in den Räumen eine portugiesische Pastelaria eingerichtet. Katia bestellte sich einen großen Galão und ein Karameltörtchen, setzte sich ans Fenster und sah in den lauen Hamburger Regen hinaus. Plötzlich wußte sie, was sie zu tun hatte. Sie würde die ganze Geschichte zu Papier bringen und sich alles von der Seele schreiben, worüber sie nicht sprechen mochte. Vielleicht konnte man sie unter einem Pseudonym veröffentlichen. Die Arbeit an dem Text machte ihr Freude, aber sie zog sich in die Länge. Die Verpflichtungen an der Uni hatten Vorrang.

Unterdessen ging das Leben weiter. Von Olga kam eine elegant gedruckte Hochzeitseinladung aus Moskau. Anschließend würden sie und Gleb auf die Azoren reisen, hatte Olga mit der Hand dazugekritzelt. »Die sind gerade en vogue in den Kreisen, in denen ich jetzt verkehre. Babuschka Vera findet sie übrigens ordinär. Die Kreise, nicht die Azoren, ohne Stil. Wie es mir mit Gleb geht, fragst du mich immer. Jetzt habe ich das passende Wort dafür entdeckt. Mir geht es mit Gleb einfach *schokoladno*.« Ein Leben in Schokolade gepackt. War es das, was Olga auf die Dauer guttun würde, fragte sich Katia. Sie beschloß, einen kleinen Pfeil in diese Richtung in ihrer Hochzeitsrede abzuschießen.

Mischa Baranoff schickte ihr aus Flagstaff, Arizona, eine CD von

Mariya Yudina und ein paar Zeilen: Er habe seinen Job bei Smith & Sons, Arming and Disposal, aufgegeben. Nun sei er Vertriebsleiter eines CD-Herstellers und fühle sich sehr wohl.

Mariya Yudina, geboren 1899 in einer Arztfamilie, Schülerin von Rubinstein, beginnt mit dreizehn in St. Petersburg zu studieren, erfuhr Katia aus dem Booklet. Sie legte die CD auf: Mozarts Rondo in a-Moll, Köchelverzeichnis 511. Yudinas Interpretation beglückte Katia noch viel mehr als beim ersten Hören.

1923 Professorin ... läßt sich 1919 taufen ... Weg zu Gott über die Kunst ... studiert Geschichte und Philosophie ... zwanziger und dreißiger Jahre ... Yudina-Kreis, darin verkehren Philosophen, Schriftsteller, Maler, u. a. Michail Bachtin, Boris Pasternak, Daniil Charms ... Aleksandr Baranow ... 1930 wird sie entlassen wegen Religiosität ... Verbot der Konzerttätigkeit ... gestorben 19. 11. 1970.

Baranow? Sollte er ein Nachfahre von ...?

Katia griff nach dem wattierten Umschlag. Beim Öffnen hatte sie ihn entzweigerissen, gerade da, wo der Absender gestanden hatte.

Aus dem Kreis Ugrjumow bekam sie regelmäßig Nachrichten von Jelena. Nach anfänglichen Zweifeln, ob allein der Kontakt mit der udmurtischen Protestszene gefährlich sein könnte, schrieb Katia ihr zurück. So erfuhr sie, daß das geplante Referendum tatsächlich stattgefunden hatte – mit sechsundneunzig Prozent der Stimmen gegen den Bau der Fabrik. Daraufhin wurde das Vorhaben eingestellt. Vorangegangen waren Demonstrationen aller Art, die sich von der lokalen Ebene aus erstaunlich schnell ausgebreitet hatten. Sogar in Moskau hatte es eine Aktion vom »Verband radikaler Künstler« gegeben. Jelena hatte ein Foto mitgeschickt, das einige halbnackte, mit Dreck beschmierte junge Menschen vor dem Office von Smith & Sons, Arming and Disposal, zeigte. Im Hintergrund sah man zwei Milizbeamte, die den Auftritt eher amüsiert zu beobachten schienen.

Einige Monate später kam eine verzweifelte Nachricht von Jelena, daß der Bau allen öffentlichen Bekundungen zum Trotz heimlich weiterbetrieben werde.

Katia schrieb ihr zurück und bekam keine Antwort.

Von Bulatow erhielt sie – überbracht durch einen Austauschstudenten – einen dicken Umschlag. Darin war eine Einladung zum nächsten finno-ugrischen Kongreß in Ischewsk. Das Thema lautete: »Das udmurtische Phänomen. Paradoxa der ethnopolitischen Transformation im 21. Jahrhundert«.

Weiter gab es eine handgeschriebene »persönliche Bitte« an »ljubesnaja Katia«. Es ging um ein Praktikum für Bulatows Nichte bei der »Vereins- und Westbank« in Hamburg. Nun denn.

Das dritte war ein unkommentierter Zeitungsausschnitt aus der »Ischewskaja Prawda«:

Auf dem Zentralplatz ist sehr viel Platz!

Unmittelbar gegenüber der im Volksmund so genannten »Skier von Galina Kulakowa« wurde am gestrigen Nachmittag ein zweites Denkmal eingeweiht. Das Monument aus schwarzem Granit stellt einen Kämpfer mit nach oben zeigenden, offenen Handflächen dar. »Ischewsk steht für Frieden!« steht auf dem Sockel. Die Kritiker sprechen von der Mehrdeutigkeit der Figur wie bei allen Werken des bekannten udmurtischen Bildhauers Donaj Ramazanow. »Wir sind heute Zeugen eines tiefgreifenden Wandels in den Köpfen der Menschen, und das wundervolle Symbol dieses Wandels möchten wir den Menschen von Ischewsk schenken«, sagte der Vertreter einer amerikanischen Investorenfirma anläßlich der Einweihungsfeier. Das in Teilen kritische Publikum sprach von »Idna Batyr goes West«.

In der Hoffnung, mehr über diese Angelegenheit zu erfahren, befragte Katia www.poisk.ru.

Aber als sie den Namen »Ramazanow« eingab, erhielt sie lediglich die Auskunft: »0 Ergebnis(se)«. Nach weiteren Bemühungen stieß sie auf eine andere interessante Nachricht, daß nämlich der Name Kalaschnikow in Zukunft für Armbanduhren »und andere Freizeitprodukte« stehen werde. Die Solinger Firma Marken Marketing International werde diese etwas anderen Kalaschnikows in deutsche Kaufhäuser bringen. Udmurtien rückte näher.